Curso de Formação do Missionário Fazedor de Tendas
Equipando Cristãos em qualquer parte do mundo para a Missão Espiritual
e a Autossuficiência Financeira

Fazendo tendas como São Paulo

Editora Appris Ltda.
1.ª Edição - Copyright© 2023 do autor
Direitos de Edição Reservados à Editora Appris Ltda.

Nenhuma parte desta obra poderá ser utilizada indevidamente, sem estar de acordo com a Lei nº 9.610/98. Se incorreções forem encontradas, serão de exclusiva responsabilidade de seus organizadores. Foi realizado o Depósito Legal na Fundação Biblioteca Nacional, de acordo com as Leis nos 10.994, de 14/12/2004, e 12.192, de 14/01/2010.

Catalogação na Fonte
Elaborado por: Josefina A. S. Guedes
Bibliotecária CRB 9/870

B819m
2023
	Brandão, Reverendo Francisco DCB
	    Curso de formação do missionário fazedor de tendas : equipando cristãos em qualquer parte do mundo para missão espiritual e a autossuficiência financeira : fazendo tendas como São Paulo / Reverendo Francisco DCB Brandão. – 1 ed. – Curitiba : Appris, 2023.
	    280 p. ; 23 cm.
	
	    Inclui referências.
	    ISBN 978-65-250-5336-3
	
	    1. Missionários. 2. Educação financeira. 3. Sustentabilidade. I. Título.
	
	                                                          CDD – 266

Appris editora

Editora e Livraria Appris Ltda.
Av. Manoel Ribas, 2265 – Mercês
Curitiba/PR – CEP: 80810-002
Tel. (41) 3156 - 4731
www.editoraappris.com.br

Printed in Brazil
Impresso no Brasil

Rev. Francisco DCB Brandão

Curso de Formação do Missionário Fazedor de Tendas
Equipando Cristãos em qualquer parte do mundo para a Missão Espiritual e a Autossuficiência Financeira

Fazendo tendas como São Paulo

FICHA TÉCNICA

EDITORIAL	Augusto V. de A. Coelho
	Sara C. de Andrade Coelho
COMITÊ EDITORIAL	Marli Caetano
	Andréa Barbosa Gouveia (UFPR)
	Jacques de Lima Ferreira (UP)
	Marilda Aparecida Behrens (PUCPR)
	Ana El Achkar (UNIVERSO/RJ)
	Conrado Moreira Mendes (PUC-MG)
	Eliete Correia dos Santos (UEPB)
	Fabiano Santos (UERJ/IESP)
	Francinete Fernandes de Sousa (UEPB)
	Francisco Carlos Duarte (PUCPR)
	Francisco de Assis (Fiam-Faam, SP, Brasil)
	Juliana Reichert Assunção Tonelli (UEL)
	Maria Aparecida Barbosa (USP)
	Maria Helena Zamora (PUC-Rio)
	Maria Margarida de Andrade (Umack)
	Roque Ismael da Costa Güllich (UFFS)
	Toni Reis (UFPR)
	Valdomiro de Oliveira (UFPR)
	Valério Brusamolin (IFPR)
SUPERVISOR DA PRODUÇÃO	Renata Cristina Lopes Miccelli
ASSESSORIA EDITORIAL	Daniela Nazario
REVISÃO	Marcela Vidal Machado
DIAGRAMAÇÃO	Renata Cristina Lopes Miccelli
CAPA	Sheila Alves

Dedico esta obra à equipe de ensino religioso da extinta Escola Regina Coeli, em São Luís do Maranhão, às professoras Concita Lisboa (in memoriam), Luiza Brandão (in memoriam), Maria Alves (in memoriam) e Socorro Duarte, cuja experiência, dedicação e perseverança contribuíram de modo ímpar para o crescimento do Evangelho e, consequentemente, da paz e da justiça social. Que suas memórias sejam honradas e que seu legado continue a inspirar gerações futuras. A vocês, verdadeiras guardiãs da fé, meu mais profundo reconhecimento e gratidão.

Agradecimentos

Gostaria de expressar meus sinceros agradecimentos às pessoas que foram fundamentais no decorrer dos meus quase 40 anos como praticante da espiritualidade cristã, com um foco especial na paz e na justiça social. Suas contribuições e apoio foram essenciais para minha jornada, e sou profundamente grato por tê-los encontrado.

Gostaria de começar agradecendo aos pastores das igrejas do Canadá, reverendo Isaac Amorin e Craig Humble. Sua orientação espiritual e encorajamento contínuo no início da minha carreira na igreja batista canadense me ajudaram a manter minha fé e a me dedicar à busca da paz e da justiça em minha vida.

Também gostaria de expressar meu especial agradecimento ao pastor Ubirajara B. da Silva, da Junta de Missões Mundiais da Convenção Batista Brasileira. Embora já não esteja mais entre nós, sua dedicação incansável ao ministério e sua sabedoria compartilhada foram inestimáveis para meu crescimento espiritual.

Não posso deixar de mencionar os pastores Agostinho Bezerra de Araújo, Enoc Almeida Vieira e José Anilson Granjeiro (*in memorian*), da Igreja Batista no Brasil. Seus ensinamentos, sermões inspiradores e apoio inabalável foram fundamentais para minha caminhada espiritual.

Além disso, gostaria de expressar meu profundo agradecimento ao falecido padre Martin Roberge, ex-diretor do extinto Instituto das Missões da San Paul University. Sua liderança, conhecimento teológico e exemplo de serviço ao próximo foram fontes de inspiração para mim.

Por fim, gostaria de expressar meu reconhecimento ao falecido Padre Edmond Polliot, diretor da Caritas e capelão em Sherbrooke. Sua dedicação incansável em ajudar os necessitados e seu compromisso com a justiça social serviram como um exemplo poderoso para mim.

A todos vocês, pastores e padres mencionados, que foram parte essencial do meu percurso espiritual, meu coração transborda de gratidão. Que Deus abençoe-os abundantemente e continue a usar suas vidas para transformar o mundo com amor, compaixão e justiça.

Prefácio

A obra missionária é um dos aspectos mais importantes e historicamente diversos da vida e do ministério da igreja. Missões é o trabalho da igreja para alcançar e ensinar os povos do mundo em nome de Cristo. O chamado missionário é uma parte vital da vida de um seguidor de Jesus Cristo. Esses corajosos missionários que se aventuraram longe do conforto de seus lares e comunidades para garantir que o Evangelho se espalhe pelo mundo são os heróis desconhecidos. Eles muitas vezes são os primeiros a enfrentar os aspectos únicos do choque cultural, mudança, barreiras linguísticas e, por vezes, governos hostis. O chamado missionário é uma parte vital da vida de todo seguidor de Jesus Cristo.

Neste livro, Francisco Brandão oferece insights importantes sobre missões, especialmente no que diz respeito aos missionários bivocacionais, conhecidos como "missionários tendas". Seu livro oferecerá recursos e informações valiosas para aqueles que sentem o chamado para serem *tendmakers* e servirem como missionários em todo o mundo. A esperança das nações está em Cristo, e precisamos aprender como alcançar almas preciosas com o Evangelho de Jesus Cristo.

Reverendo Isaac Amorin

Foi pastor das seguintes igrejas: Gospel Baptist Church (Cambridge, Ontário), Eastview Baptist Church (Ottawa, Ontário), Kipling Avenue Baptist Church (Toronto, Ontário), First Baptist Church (Tillsonburg, Ontário), Good News Church (Cambridge, Ontário). Consagrado e pastor vinculado à Convenção Batista de Ontário e Quebec (CBOQ/Canadá).

Preface

The work of missions is one of the most important and historically diverse aspects of church life and ministry. Missions is the work of the church to reach and teach the peoples of the world for Christ's sake. The missionary call is a vital part of the life of a follower of Jesus Christ. Those brave missionaries who have ventured far from the comforts of their own homes and communities to make sure the Gospel spreads throughout the world are the unsung heroes. They often are the first individuals who braved the unique facets of culture shock, change, language barriers, and sometimes hostile governments. The missionary call is a vital part of the life of every follower of Jesus Christ.

In this book Francisco Brandão provides important insights into missions especially the bi-vocational missionary, tentmaking missionary. His book will offer resources and valuable information for those who feel the call to be tentmakers and serve as missionaries throughout the world. The hope of the nations is in Christ, and we need to learn how to reach precious souls with the Gospel of Jesus Christ.

*** Reverend Isaac Amorin***

Former pastor of the following churches: Gospel Baptist Church, Cambridge, Ont., Eastview Baptist Church. Ottawa, Ont., Kipling Avenue Baptist Church, Toronto, Ont., First Baptist Church, Tillsonburg, Ont., Good News Church, Cambridge. Ont. Consecrated and Pastor linked to the Baptist Convention of Ontario and Quebec-CBOQ/Canada

Apresentação

O *Curso de Formação do Missionário Fazedor de Tendas* é um programa de treinamento intensivo apresentado em formato de livro e projetado para equipar cristãos. Este curso é destinado a pessoas que desejam seguir os passos do apóstolo Paulo e se tornar missionários fazedores de tendas.

Durante o curso, os participantes aprenderão as técnicas e habilidades necessárias para trabalhar com couro e tecidos, a fim de fabricar tendas, sacolas e outros produtos. Além disso, eles serão treinados em técnicas de evangelismo, liderança espiritual e autossuficiência financeira.

O curso será ministrado por professores experientes e líderes espirituais que compartilharão suas próprias experiências e conhecimentos práticos. Os participantes terão a oportunidade de trabalhar em oficinas práticas para desenvolver suas habilidades e aplicar o que aprenderam em um ambiente de trabalho real.

Ao concluir o curso, os participantes estarão equipados e com capacidade de liderar e servir comunidades, compartilhando sua fé em Jesus Cristo e ajudando a atender às necessidades das pessoas.

Esta obra é uma oportunidade única para os cristãos que desejam seguir o exemplo do apóstolo Paulo e tornar-se líderes espirituais eficazes e autossuficientes. Se você está procurando uma maneira de servir a Deus de maneira prática e impactante, este curso é para você!

Reverendo Francisco DCB Brandão

Sumário

1
A IMPORTÂNCIA DA CONFIANÇA EM DEUS NA MISSÃO DE SUSTENTO PRÓPRIO 25
1.1 Como colocar a confiança em Deus para o sustento do missionário fazedor de tendas 26

2
MISSÃO DE SUSTENTO PRÓPRIO..28
2.1 Relacionamentos autênticos com as comunidades locais 29
2.2 Fundamentos bíblicos da missão de sustento próprio 30
2.3 Exemplos de lugares onde as organizações missionárias tradicionais não conseguem chegar, mas são alcançados pelo missionário fazedor de tendas..31
2.4 Os benefícios da missão de sustento próprio para a obra missionária 32
2.5 Vantagens do missionário fazedor de tendas: flexibilidade e baixo custo que ele oferece 34
2.6 Missão de sustento próprio em tempo integral..............................35
2.7 Como equilibrar a missão de sustento próprio em tempo integral e o compromisso firme com Deus..36
2.8 Maneiras de encontrar pessoas que compartilham a mesma visão missionária que você 36
2.9 Testemunhando o Evangelho em seu ambiente de trabalho ou negócio...38
2.10 Compartilhando sua história no campo missionário como método de dividir a esperança..39
2.11 Missão de sustento próprio em cooperação com a igreja local 40
2.12 Métodos para envolver a igreja local no trabalho missionário fazedor de tendas 41
2.13 Missão de sustento próprio em parceria com organizações missionárias...42
2.14 Onde o fazedor de tendas pode encontrar organizações missionárias para estabelecer parcerias 43

3
DIFICULDADES FINANCEIRAS E FALTA DE RECURSOS 45
3.1 Métodos para o fazedor de tendas gerenciar suas finanças com sabedoria e planejamento adequado...46

4
DESAFIOS CULTURAIS E LINGUÍSTICOS 48
    4.1 Técnicas para aprender a aceitar as diferenças culturais
    e evitar mal-entendidos e ações impróprias 49

5
SOLIDÃO E ISOLAMENTO EM UM PAÍS ESTRANGEIRO 51
    5.1 Técnicas para estabelecer relacionamentos significativos
    com pessoas locais 52

6
ESTRESSE EMOCIONAL E PSICOLÓGICO 54
    6.1 Métodos para amenizar o choque cultural no campo missionário 55

7
TREINAMENTO TEOLÓGICO E PRÁTICO 57
    7.1 Fazedor de tendas e o desenvolvimento de suas habilidades
    interpessoais e culturais 58
    7.2 Treinamento teológico do fazedor de tendas 59

8
APOIO E MENTORIA DE LÍDERES E PASTORES 61

9
TÉCNICAS PARA O FAZEDOR DE TENDAS ENCONTRAR APOIO E MENTORIA DE LÍDERES E PASTORES NO CAMPO MISSIONÁRIO 63

10
PLANEJAMENTO FINANCEIRO E ESTRATÉGICO PARA A MISSÃO DE SUSTENTO PRÓPRIO 66

11
COMO ELABORAR O PLANEJAMENTO FINANCEIRO ADEQUADO PARA O CAMPO MISSIONÁRIO 68
    11.1 Como elaborar o plano estratégico para o trabalho missionário 69

12
CAMPO MISSIONÁRIO DO FAZEDOR DE TENDAS..........................71
   12.1 Definição e características do campo missionário 72
   12.2 Oportunidades das missões cristãs em países de Língua Portuguesa 73

13
TIPOS DE CAMPO MISSIONÁRIO: URBANO, RURAL, ENTRE OUTROS...75
   13. 1 Técnicas para considerar habilidades pessoais para definir o campo missionário urbano ou rural 76

14
CONTEXTO SOCIAL, CULTURAL E RELIGIOSO DO CAMPO MISSIONÁRIO..........................78
   14.1 Exemplos de contexto social, cultural e religioso do campo missionário no âmbito da igreja local..........................79

15
A IMPORTÂNCIA DA CONTEXTUALIZAÇÃO DA CULTURA LOCAL NA MISSÃO..........................81
   15.1 Conceituando evangelização agressiva e as crenças e práticas religiosas da comunidade local 82

16
BASES DO CHAMADO MISSIONÁRIO CRISTÃO..........................84
   16.1 Como identificar o verdadeiro chamado para ser um missionário cristão...85

17
O CHAMADO DIVINO PARA A MISSÃO 87
   17.1 Como entender uma sensação sutil de direção ou propósito para o chamado missionário..........................88

18
A VISÃO E PROPÓSITO DA MISSÃO NA BÍBLIA 89
   18.1 A visão do fazedor de tendas sobre a pessoa de Jesus para definir o propósito da missão no campo missionário 90
   18.2 A responsabilidade da igreja na promoção da missão..........................90
   18.3 Como envolver a igreja local na promoção da missão..........................91

19
A IMPORTÂNCIA DA ORAÇÃO NA VIDA MISSIONÁRIA 93

20
MÉTODOS PARA O FAZEDOR DE TENDAS ESTABELECER A ORAÇÃO COMO PARTE VITAL DA VIDA MISSIONÁRIA 94

21
CULTURA E O CAMPO MISSIONÁRIO CRISTÃO 96
    21.1 Métodos para os missionários trabalharem com as pessoas da comunidade local mantendo os princípios e as regras bíblicas 97

22
O CONCEITO DE CULTURA E SUA RELAÇÃO COM A MISSÃO 99
    22.1 Pontos importantes da cultura local que facilitam relacionamentos significativos com as pessoas da comunidade 100

23
O DESAFIO DE COMUNICAR O EVANGELHO EM DIFERENTES CULTURAS 102

24
O PAPEL DA ENCARNAÇÃO NA MISSÃO TRANSCULTURAL 104

25
O RESPEITO À DIVERSIDADE CULTURAL NO TRABALHO MISSIONÁRIO 106

26
COSMOVISÃO E O MISSIONÁRIO COMO EDUCADOR 108
    26.1 Definição e importância da cosmovisão 109
    26.2 A cosmovisão cristã e sua relação com a missão 109
    26.3 O papel do missionário como educador e formador de cosmovisão 110
    26.4 O papel do formador de cosmovisão na transformação das comunidades 111
    26.5 A necessidade de uma cosmovisão bíblica para a missão eficaz 113

27
TERMINOLOGIAS BÍBLICAS E A LINGUAGEM DA SOCIEDADE PÓS-MODERNA 115
27.1 A importância da comunicação clara e eficaz na missão 117
27.2 O uso de terminologias bíblicas e sua compreensão na sociedade atual...118
27.3 O desafio da linguagem na sociedade pós-moderna 119
27.4 A relevância da comunicação contextualizada na missão............... 121

28
COMO ESTUDAR A BÍBLIA SOZINHO 124
28.1 A importância do estudo da Bíblia para a missão....................... 127
28.2 Métodos e técnicas de estudo bíblico individual 128
28.3 A relação entre a compreensão bíblica e a missão...................... 129
28.4 Métodos e técnicas de estudo bíblico individual 129
28.5 O papel do Espírito Santo na interpretação bíblica 131

29
DESAFIOS DA COMUNICAÇÃO NA LÍNGUA OFICIAL DO CAMPO MISSIONÁRIO 134
29.1 A importância do aprendizado da língua oficial do campo missionário 137
29.2 Desafios no processo de aprendizado da língua e como superá-los.. 138
29.3 A importância da comunicação clara e eficaz na missão transcultural 140
29.4 O papel da língua na construção de relacionamentos e na pregação do Evangelho 143

30
MÉTODOS E TÉCNICAS APLICADAS AO FAZEDOR DE TENDAS COMO MISSIONÁRIO DE AUTOSSUSTENTO 145
30.1 Técnicas para construir relacionamentos como missionário fazedor de tendas na missão 148
30.2 Métodos e técnicas de autossustento no campo missionário 150
30.3 O desafio de conciliar a atividade profissional com a missão............. 154
30.4 A importância da integridade e do testemunho no trabalho profissional e na missão.. 157
30.5 As principais características do testemunho cristão 158

31
ORGANIZAÇÃO SOCIAL E POLÍTICA DOS CRISTÃOS AO REDOR DO MUNDO 160
31.1 Conheça as principais igrejas congregacionais do mundo 161
31.2 Conheça algumas igrejas episcopais do mundo 162
31.3 Conheça as diferentes denominações e organizações cristãs e suas características.. 163
31.4 Características de uma denominação cristã 164
31.5 As diversas igrejas ortodoxas no mundo e suas tradições únicas 168

32
IGREJA CATÓLICA ROMANA E AS DEMAIS IGREJAS ORTODOXAS NO DECURSO DA HISTÓRIA...170
32.1 Proposta de evangelização da Igreja Católica Romana................... 171
32.2 Obra social na Igreja Católica Romana 172
32.3 Organização administrativa da Igreja Católica........................... 174
32.4 Proposta política da Igreja Católica Romana 176

33
PROPOSTA DE EVANGELIZACAO DA IGREJA BATISTA E SUA ORGANIZAÇÃO ADMINISTRATIVA E POLÍTICA 178
33.1 Programas e projetos desenvolvidos pela Aliança Batista Mundial 179
33.2 Proposta de evangelização das igrejas batistas.......................... 180
33.3 Organização administrativa das igrejas batistas 182
33.4 Obras sociais e comunitárias nas igrejas batistas 183
33.5 Proposta política das igrejas batistas...................................... 185
33.6 Doutrina da Igreja Batista... 186
33.7 Diferença bíblica entre princípios e regras................................ 187
33.8 A ordenança da Santa Ceia na Comunidade Batista Tradicional 188
33.9 A ordenança do batismo na Comunidade Batista Tradicional 189
33.10 A consagração do pastor nas igrejas batistas............................. 190
33.11 Organização administrativa na Comunidade Batista Tradicional: conceitos fundamentais para o bom funcionamento da igreja local.......... 192
33.12 A responsabilidade financeira é atribuída aos leigos da igreja local.... 194
33.13 O papel dos diáconos na Igreja Batista: desafios e oportunidades para servir a comunidade 195
33.14 Desafios e Práticas Exemplares na Gestão Financeira da Igreja Batista Local: Um Olhar Sobre Transparência e Responsabilidade 196
33.15 Desafios na gestão financeira da igreja batista local 197

33.16 Melhores práticas na gestão financeira da igreja batista local 197
33.17 Melhores práticas para gestão financeira transparente e responsável. . 199
33.18 A estrutura administrativa da igreja batista local: diferentes terminologias . 200
33.19 Participação efetiva dos membros da igreja batista
nas Assembleias de Membros 201
33.20 Como se tornar membro de uma igreja batista tradicional
e suas responsabilidades espirituais e materiais? 204
33.21 Trazendo a comunhão à mesa: experiências de confraternização
da irmandade batista em diferentes partes do mundo 206
33.22 O modelo de comunhão e gerenciamento administrativo
da igreja batista e o modelo neopentencostal de igreja 209
33.23 A integridade como elemento fundamental no gerenciamento
espiritual e administrativo da igreja batista 210
33.24 A Comunidade Batista e sua presença mundial 212
33.25 O impacto das mídias sociais na Comunidade Batista: como as igrejas
estão usando as mídias sociais para se comunicar com os membros e divulgar
suas atividades e eventos 214
33.26 O desafio da globalização para a Comunidade Batista: como as igrejas
estão se adaptando às culturas locais e abraçando a diversidade cultural
para se tornarem mais inclusivas 216
33.27 O papel da Comunidade Batista na era das mídias sociais e da globalização ...217
33.28 Globalização e a missão da Comunidade Batista: desafios
e oportunidades para a adaptação cultural 219
33.29 Tornando-se resilientes e criativos: a resposta da Comunidade Batista
às mudanças do mundo globalizado 220

34
PROPOSTA DE EVANGELIZAÇÃO DAS IGREJAS PENTENCOSTAIS E NEOPENTENCOSTAIS E SUA ORGANIZAÇÃO ADMINISTRATIVA E POLÍTICA 222
34.1 Organização administrativa das igrejas pentecostais.................... 223
34.2 Proposta política das igrejas pentecostais 223
34.3 Igrejas pentecostais e neopentecostais 224

35
ORGANIZAÇÕES NÃO GOVERNAMENTAIS CRISTÃS EM VOLTA DO MUNDO 226
35.1 Organizações batistas sem fins lucrativos: apoiando comunidades
em todo o mundo... 227

36
A DOUTRINA CRISTÃ, OS PRINCÍPIOS E AS REGRAS SEGUNDO AS ESCRITURAS..232

36.1 Diferença bíblica entre princípios e regras................................ 233

36.2 Fundamento bíblico e principais técnicas espirituais
para separar diariamente uma hora de oração com Jesus..................... 234

36.3 Seguindo exemplos de grandes líderes espirituais e a rotina
do apóstolo Paulo como missionário fazedor de tendas 237

36.4 O papel do pastor leigo como missionário fazedor de tendas
e sua conexão com o sacerdócio de todos os crentes 240

36.5 A consagração em outras denominações cristãs: a questão
da aceitação pela Comunidade Batista Tradicional 241

36.6 A consagração em outras denominações cristãs: princípios,
regras e fundamentos... 242

37
ANABATISTAS E A CONFISSÃO BATISTA DE LONDRES DE 1644: A INFLUÊNCIA NA IDENTIDADE DA DENOMINAÇÃO BATISTA........244

37.1 Trazendo à tona as raízes anabatistas: a influência na Confissão Batista
de Londres de 1644 246

37.2 Os anabatistas e sua posição radical contra a violência e o militarismo
na Europa do século XVI 247

37.3 Estrutura administrativa na comunidade anabatista 250

37.4 Compreendendo a teologia da esperança de Jürgen Moltmann à luz
da esperança cristã... 252

37.5 Deus comunitário e comunidade cristã na teologia da esperança
de Jürgen Moltmann.. 254

37.6 Campo missionário para o fazedor de tendas no mundo globalizado:
África, Ásia, Europa, América Latina e América do Norte 257

37.7 Fazedores de tendas no Canadá: portas abertas no século XXI 258

37.8 Diversidade no ministério 261

37.9 Breve biografia dos teólogos canadenses mencionados 262

37.10 Outros autores citados nesta obra que escreveram
sobre os fazedores de tendas.. 263

38
O DESAFIO DAS POLÊMICAS NA DOUTRINA DA IGREJA: COMO LIDAR COM AS DIVERGÊNCIAS? 265
38.1 Bebida alcoólica entre cristãos 266
38.2 Alguns líderes cristãos e sua abordagem sobre uso da bebida alcoólica 267
38.3 Principais denominações cristãs e sua abordagem sobre o uso da bebida alcoólica 268
38.4 Denominação batista e sua abordagem sobre o uso da bebida alcoólica 269
38.5 A polêmica da Santa Ceia no âmbito das igrejas batistas: quem pode participar?... 270

REFERÊNCIAS 273

1

A IMPORTÂNCIA DA CONFIANÇA EM DEUS NA MISSÃO DE SUSTENTO PRÓPRIO

A prática da missão de sustento próprio é uma das formas mais comuns de trabalho missionário em muitas partes do mundo (BICKERS, 1995). Esse modelo é especialmente importante em contextos onde o acesso aos recursos financeiros é limitado e onde a presença de missionários é vista com desconfiança pelas comunidades locais.

No entanto, a missão de sustento próprio também é uma das formas mais desafiadoras de trabalho missionário. O missionário fazedor de tendas é responsável por financiar seu próprio trabalho e sustentar-se financeiramente durante todo o tempo que estiver no campo. Isso pode ser especialmente difícil em contextos onde a cultura local é muito diferente da cultura de origem do missionário.

É nesse contexto que a confiança em Deus se torna fundamental para o missionário fazedor de tendas. O trabalho missionário não é apenas uma tarefa que o missionário realiza, mas também uma vocação que ele recebeu de Deus. Isso significa que o missionário deve depender completamente de Deus para prover as suas necessidades, tanto materiais quanto espirituais.

A Bíblia está repleta de exemplos de pessoas que confiaram em Deus em situações difíceis. Abraão, por exemplo, confiou em Deus quando foi chamado a deixar sua casa e sua terra para ir a um lugar que Deus lhe mostraria. Davi confiou em Deus quando enfrentou Golias, mesmo quando todos os outros achavam que ele não tinha chance. Paulo confiou em Deus quando foi perseguido e preso por sua pregação do Evangelho.

A confiança em Deus também é fundamental para o missionário fazedor de tendas porque ele não pode depender apenas de si mesmo para encontrar recursos financeiros. Ele precisa confiar em Deus para abrir portas de oportunidade e prover meios de sustento. O missionário fazedor de tendas precisa estar sempre aberto às oportunidades que Deus lhe apresenta, mesmo quando elas parecem improváveis.

Além disso, a confiança em Deus também é importante para a saúde emocional e espiritual do missionário fazedor de tendas. Quando as dificuldades e os desafios da vida no campo se tornam grandes demais para o missionário lidar sozinho, ele precisa confiar em Deus para lhe dar forças e coragem para continuar.

Por fim, a confiança em Deus é uma forma de testemunhar para as pessoas ao redor do missionário fazedor de tendas. Quando eles veem que o missionário confia em Deus para prover suas necessidades e enfrentar os desafios da vida no campo, eles são levados a questionar suas próprias crenças e a considerar a possibilidade de seguir Jesus.

Em resumo, a importância da confiança em Deus na missão de sustento próprio é fundamental. O missionário fazedor de tendas precisa confiar em Deus para prover suas necessidades financeiras, emocionais e espirituais, e estar sempre aberto às oportunidades que Deus lhe apresenta. Ao fazer isso, ele testemunha para as pessoas ao seu redor e é uma bênção para as comunidades que ele serve.

1.1 Como colocar a confiança em Deus para o sustento do missionário fazedor de tendas

Para o missionário fazedor de tendas, confiar em Deus para o sustento é fundamental. Afinal, ele está trabalhando para sustentar-se financeiramente enquanto cumpre uma missão espiritual, e essa combinação pode ser desafiadora. Aqui estão algumas maneiras de colocar a confiança em Deus para o sustento:

- Ore e busque orientação divina: o missionário fazedor de tendas deve começar o dia com oração, pedindo a Deus orientação para o trabalho e para sua missão espiritual. Ore por sabedoria e discernimento em relação aos clientes e

- fornecedores e peça a Deus para fornecer as oportunidades certas de trabalho.
- Mantenha um coração agradecido: em meio aos desafios e dificuldades do trabalho e da missão, é importante lembrar-se de agradecer a Deus pelas bênçãos e oportunidades que Ele já forneceu. Manter um coração agradecido pode ajudar o missionário fazedor de tendas a permanecer otimista e confiante em Deus para o futuro.
- Mantenha-se fiel às Escrituras: ler e meditar nas Escrituras é uma maneira de se conectar com Deus e fortalecer a confiança em sua provisão. A Bíblia contém muitos exemplos de como Deus apresenta maneiras do cristao se conectar com ele., e isso deve ser nossa? maneira de se conectar com ,./> fonte de inspiração e encorajamento.
- Esteja aberto a oportunidades: o missionário fazedor de tendas deve estar aberto a oportunidades de trabalho que possam surgir. Mesmo que o trabalho possa parecer diferente do que ele está acostumado, o missionário deve lembrar-se de que Deus pode usar todas as oportunidades para fornecer para ele e sua família.
- Confie na providência de Deus: por fim, o missionário fazedor de tendas deve lembrar-se de que Deus é um provedor fiel e confiável. Mesmo que as coisas pareçam incertas ou desafiadoras, o missionário pode confiar que Deus está trabalhando em seu favor e que ele nunca o deixará desamparado.

Em resumo, confiar em Deus para o sustento requer fé, oração, gratidão e disposição para seguir a orientação divina. O missionário fazedor de tendas deve lembrar-se de que Deus é um provedor confiável e que ele sempre fornecerá as necessidades básicas para aqueles que confiam nEle.

2
MISSÃO DE SUSTENTO PRÓPRIO

A missão de sustento próprio é um modelo de trabalho missionário que envolve o missionário ser financeiramente autossuficiente durante seu tempo no campo. Diferente de outros modelos missionários, onde as despesas são cobertas por uma organização ou igreja, o missionário de sustento próprio deve financiar seu próprio trabalho e viver de maneira autossuficiente no campo.

Isso pode parecer um desafio assustador, mas a missão de sustento próprio oferece várias vantagens. Uma delas é que o missionário de sustento próprio pode trabalhar em lugares onde o acesso a recursos financeiros é limitado. Em muitos países em desenvolvimento, por exemplo, as organizações missionárias não podem oferecer recursos suficientes para sustentar missionários a longo prazo. Isso pode limitar o alcance da missão, mas o missionário de sustento próprio tem a capacidade de se adaptar à realidade local e ser financeiramente independente.

Outra vantagem da missão de sustento próprio é que ela pode ajudar a construir relacionamentos mais autênticos com as comunidades locais. Os missionários de sustento próprio precisam encontrar maneiras de se inserir nas comunidades em que trabalham, e isso muitas vezes envolve trabalhar e viver de maneira semelhante às pessoas locais. Eles também precisam desenvolver habilidades de negociação e resolução de problemas para alcançar seus objetivos e estabelecer relacionamentos significativos com a comunidade.

A missão de sustento próprio também oferece desafios significativos para os missionários, mas também pode ser uma oportunidade para crescer pessoalmente e espiritualmente. O missionário de sustento próprio precisa confiar em Deus para prover suas necessidades financeiras e ser criativo em sua busca de oportunidades de trabalho e geração de renda. Isso pode ajudar o missionário a se tornar mais independente e confiante em sua capacidade de superar desafios.

Por fim, a missão de sustento próprio pode ser uma oportunidade para os missionários compartilharem seus dons e talentos com as comunidades em que trabalham. Ao trabalhar e viver de maneira autossuficiente, os missionários podem ajudar a desenvolver a economia local e compartilhar habilidades e conhecimentos com as pessoas a seu redor.

Em resumo, a missão de sustento próprio é um modelo de trabalho missionário que envolve o missionário ser financeiramente autossuficiente durante seu tempo no campo. Embora possa ser desafiador, a missão de sustento próprio oferece várias vantagens, incluindo a capacidade de trabalhar em lugares onde o acesso a recursos financeiros é limitado, construir relacionamentos mais autênticos com as comunidades locais e crescer pessoalmente e espiritualmente.

2.1 Relacionamentos autênticos com as comunidades locais

Para o missionário fazedor de tendas, cultivar relacionamentos autênticos com as comunidades locais é fundamental para o sucesso de sua missão. Aqui estão algumas maneiras de construir esses relacionamentos:

- Esteja disposto a aprender sobre a cultura local: o missionário fazedor de tendas deve estar aberto a aprender sobre a cultura local, incluindo as tradições, crenças e valores. Ao mostrar interesse e respeito pela cultura local, ele pode estabelecer um terreno comum para construir relacionamentos autênticos.

- Seja humilde e respeitoso: ao interagir com a comunidade local, o missionário deve ser humilde e respeitoso em todas as interações. Ele deve evitar julgar ou criticar as pessoas por suas crenças ou comportamentos e, em vez disso, demonstrar respeito e empatia.

- Construa relações de confiança: o missionário fazedor de tendas deve buscar construir relações de confiança com as pessoas locais. Isso pode envolver a demonstração de confiabilidade, integridade e honestidade em todas as interações. Ao estabelecer uma base sólida de confiança, o missionário pode ganhar o respeito e a lealdade da comunidade local.
- Seja um ouvinte atento: para construir relacionamentos autênticos, o missionário fazedor de tendas deve ser um ouvinte atento. Ele deve estar disposto a ouvir as preocupações e necessidades da comunidade local e trabalhar com ela para encontrar soluções que funcionem para todos.
- Participe ativamente na vida da comunidade: o missionário fazedor de tendas deve estar disposto a participar ativamente na vida da comunidade. Isso pode envolver a participação em eventos locais, programas de caridade e outras atividades comunitárias. Ao fazer isso, ele pode construir relacionamentos mais fortes e autênticos com as pessoas locais.

Em resumo, cultivar relacionamentos autênticos com as comunidades locais requer humildade, respeito, confiança, escuta atenta e participação ativa na vida da comunidade. O missionário fazedor de tendas deve lembrar-se de que a construção de relacionamentos duradouros e significativos é fundamental para o sucesso de sua missão.

2.2 Fundamentos bíblicos da missão de sustento próprio

A missão de sustento próprio tem sua base bíblica em vários princípios e exemplos encontrados na Escritura. O apóstolo Paulo é um exemplo bíblico de um missionário de sustento próprio. Ele frequentemente trabalhava como fabricante de tendas para financiar sua missão, conforme registrado em Atos 18:3: "e, como era do mesmo ofício, ficou com eles e trabalhava; pois tinham por ofício fazer tendas".

Paulo também enfatizou a importância do trabalho e da autossuficiência em suas cartas. Em 2 Tessalonicenses 3:10, ele escreveu: "Porque, quando ainda estávamos convosco, vos mandamos isto, que, se alguém não quiser trabalhar, não coma também". Paulo defendia a importância do trabalho e da autossuficiência e entendia que a inatividade poderia prejudicar a missão e a comunidade.

Além disso, em 1 Timóteo 5:8, Paulo escreveu: "Mas, se alguém não tem cuidado dos seus e especialmente dos da sua família, negou a fé e é pior do que o infiel". Essa passagem enfatiza a importância do sustento próprio, não apenas para o missionário, mas também para sua família. Ser capaz de prover para si e para os membros de sua família é fundamental para a missão de sustento próprio.

Outro exemplo bíblico é o de Priscila e Áquila, um casal que acompanhou Paulo em sua missão e também trabalhava como fabricante de tendas. Eles foram mencionados em Atos 18:2-3 como um casal que se juntou a Paulo em Corinto e trabalhava junto em sua oficina de fabricação de tendas.

Em resumo, a missão de sustento próprio tem uma base bíblica sólida. O apóstolo Paulo é um exemplo de missionário de sustento próprio que trabalhava para financiar sua missão e ele enfatizava a importância do trabalho e da autossuficiência em suas cartas. Além disso, a história de Priscila e Áquila demonstra que o trabalho e o sustento próprio podem ser integrados à missão missionária. A missão de sustento próprio é uma forma valiosa de missão que pode permitir que missionários alcancem lugares onde as organizações missionárias tradicionais não conseguem chegar e, também, pode ser uma forma de compartilhar habilidades e conhecimentos com as comunidades locais.

2.3 Exemplos de lugares onde as organizações missionárias tradicionais não conseguem chegar, mas são alcançados pelo missionário fazedor de tendas

O missionário fazedor de tendas, por trabalhar em um emprego secular na comunidade local, pode ter acesso a lugares onde as organizações missionárias tradicionais não conseguem chegar. Aqui estão alguns exemplos:

- Ambientes de trabalho: o missionário fazedor de tendas pode ter acesso a ambientes de trabalho onde organizações missionárias tradicionais não podem entrar. Por exemplo, ele pode trabalhar em uma fábrica ou escritório onde as oportunidades de compartilhar o Evangelho são limitadas.

- Locais remotos: o missionário fazedor de tendas pode trabalhar em locais remotos, onde as organizações missionárias tradicionais não têm presença. Por exemplo, ele pode trabalhar em uma mina ou plataforma de petróleo em áreas rurais ou remotas.
- Países fechados ao Evangelho: o missionário fazedor de tendas pode ter acesso a países onde as organizações missionárias tradicionais não podem entrar. Por exemplo, ele pode trabalhar em um negócio local em um país onde a pregação do Evangelho é proibida ou restrita.
- Comunidades com barreiras culturais: o missionário fazedor de tendas pode ter acesso a comunidades onde as barreiras culturais são altas. Por exemplo, ele pode trabalhar em uma comunidade onde o idioma local é difícil de aprender e entender, ou onde as crenças religiosas são diferentes das suas.
- Comunidades em situações de crise: o missionário fazedor de tendas pode ter acesso a comunidades em situações de crise, como desastres naturais ou conflitos armados. Por trabalhar na comunidade local, ele pode ter oportunidades de servir e compartilhar o amor de Cristo em momentos de necessidade.

Em resumo, o missionário fazedor de tendas pode ter acesso a lugares onde as organizações missionárias tradicionais não podem chegar, proporcionando oportunidades únicas para compartilhar o Evangelho e fazer a diferença na vida das pessoas.

2.4 Os benefícios da missão de sustento próprio para a obra missionária

A missão de sustento próprio é uma abordagem alternativa para a obra missionária, em que o missionário financia seu próprio trabalho, em vez de depender de doações de igrejas e organizações missionárias. Essa abordagem tem vários benefícios para a obra missionária, tanto do ponto de vista prático quanto espiritual.

Um dos benefícios mais evidentes da missão de sustento próprio é a flexibilidade. Como o missionário não depende do financiamento de uma organização, ele tem mais liberdade para escolher onde trabalhar e como usar seus recursos. Isso permite que o missionário alcance lugares e pessoas que, de outra forma, poderiam ser inacessíveis.

Outra vantagem da missão de sustento próprio é a independência. Ao financiar seu próprio trabalho, o missionário tem mais controle sobre suas atividades e sua abordagem à obra missionária. Isso pode ser especialmente útil em áreas onde as organizações missionárias são vistas com desconfiança ou não são bem-vindas.

A missão de sustento próprio também pode ser uma forma eficaz de estabelecer relações duradouras com as comunidades locais. Como o missionário está trabalhando e vivendo no local, ele tem a oportunidade de se envolver com as pessoas e a cultura local em um nível mais profundo do que seria possível de outra forma. Isso pode levar a uma maior compreensão mútua e a uma maior receptividade ao Evangelho.

Além disso, a missão de sustento próprio pode ser uma oportunidade de compartilhar habilidades e conhecimentos com as comunidades locais. Como o missionário muitas vezes tem que trabalhar para financiar sua missão, ele pode oferecer treinamento em habilidades práticas, como agricultura, carpintaria, costura, ou outras habilidades úteis para a comunidade. Isso pode ser uma forma eficaz de ajudar as pessoas a melhorar suas vidas, bem como abrir portas para compartilhar o Evangelho.

Por fim, a missão de sustento próprio pode ajudar a construir a igreja local. Como o missionário está trabalhando e vivendo no local, ele tem a oportunidade de estabelecer relacionamentos com os membros da comunidade e ajudá-los a crescer em sua fé. Isso pode levar a uma maior maturidade espiritual e um maior envolvimento na igreja local.

Em resumo, a missão de sustento próprio tem vários benefícios para a obra missionária, incluindo flexibilidade, independência, estabelecimento de relações duradouras com as comunidades locais, compartilhamento de habilidades e conhecimentos e construção da igreja local. Essa abordagem pode permitir que missionários alcancem lugares e pessoas que, de outra forma, seriam inacessíveis, bem como oferecer uma forma eficaz de compartilhar o Evangelho e melhorar a vida das pessoas.

2.5 Vantagens do missionário fazedor de tendas: flexibilidade e baixo custo que ele oferece

Uma das vantagens do missionário fazedor de tendas é a flexibilidade e o baixo custo que ele oferece. Enquanto as organizações missionárias tradicionais geralmente dependem de grandes quantias de dinheiro e recursos para operar, o missionário fazedor de tendas pode trabalhar e viver de maneira simples, com um orçamento modesto. Ele pode usar suas habilidades e talentos para trabalhar em empregos locais e contribuir para a economia local, enquanto compartilha o Evangelho com aqueles a seu redor.

Outra vantagem é a independência financeira. Enquanto as organizações missionárias tradicionais precisam depender de doações e apoio financeiro de outras pessoas ou organizações, o missionário fazedor de tendas pode depender de si mesmo para sua subsistência. Ele pode trabalhar para se sustentar e usar sua renda para financiar suas atividades missionárias. Isso permite uma maior liberdade e autonomia na tomada de decisões e na execução de projetos missionários.

Além disso, o missionário fazedor de tendas pode ser mais flexível em relação ao tempo e local de sua missão. Ele não está limitado por um período específico de tempo ou por um destino específico. Ele pode escolher trabalhar em diferentes empregos e viver em diferentes lugares, sempre buscando oportunidades para compartilhar o amor de Cristo com as pessoas a seu redor. Isso pode permitir uma abordagem mais personalizada e eficaz para alcançar as pessoas em sua cultura e contexto específico.

Em resumo, a flexibilidade e independência financeira do missionário fazedor de tendas podem permitir uma abordagem mais acessível e sustentável para a missão, oferecendo novas oportunidades para compartilhar o Evangelho em lugares onde as organizações missionárias tradicionais não conseguem chegar.

2.6 Missão de sustento próprio em tempo integral

A missão de sustento próprio em tempo integral refere-se a um tipo de trabalho missionário que se dedica exclusivamente à obra missionária, mas ao mesmo tempo é capaz de sustentar-se financeiramente sem a ajuda de uma organização missionária. Esse modelo de missão é conhecido como "fazedores de tendas" ou "missionários bivocacionais".

O conceito de "fazedores de tendas" tem origem nas epístolas do apóstolo Paulo, que em sua jornada missionária se dedicava a pregar o Evangelho e ao mesmo tempo exercia sua profissão de fabricante de tendas para sustentar-se financeiramente. Esse modelo de trabalho permitiu a Paulo maior liberdade e flexibilidade em sua missão, além de não sobrecarregar as comunidades cristãs locais com suas necessidades financeiras.

Atualmente, a missão de sustento próprio em tempo integral é uma opção para missionários que desejam servir a Deus em tempo integral, mas que não querem depender financeiramente de organizações missionárias. Essa opção também pode ser uma alternativa para áreas onde o acesso a missões estrangeiras é limitado ou onde o trabalho missionário é proibido.

Entre os benefícios da missão de sustento próprio em tempo integral estão a autonomia financeira, a possibilidade de se adequar aos desafios do campo missionário de modo mais flexível, a capacidade de trabalhar em tempo integral na obra missionária sem sobrecarregar as comunidades cristãs locais e a oportunidade de testemunhar o Evangelho em ambientes não cristãos.

Por outro lado, a missão de sustento próprio em tempo integral também pode apresentar desafios, como a necessidade de equilibrar o trabalho missionário com a profissão, a administração financeira e a falta de apoio e treinamento de organizações missionárias.

Em resumo, a missão de sustento próprio em tempo integral é uma opção viável para missionários que desejam dedicar-se integralmente à obra missionária sem depender financeiramente de organizações missionárias. É importante lembrar, no entanto, que esse modelo de trabalho requer um compromisso firme com Deus e com o equilíbrio entre a missão e a vida profissional

2.7 Como equilibrar a missão de sustento próprio em tempo integral e o compromisso firme com Deus

Equilibrar a missão de sustento próprio em tempo integral e o compromisso firme com Deus pode ser um desafio, mas é possível com algumas práticas e hábitos saudáveis. Aqui estão algumas sugestões:

- Tenha uma rotina de oração e leitura bíblica: reserve um tempo diariamente para se conectar com Deus por meio da oração e leitura da Bíblia. Isso ajuda a manter o foco em Deus e a lembrar-se de que Ele é a fonte de força e provisão.
- Estabeleça prioridades: defina prioridades claras e estabeleça metas realistas para a sua missão. Lembre-se de que, embora seja importante ganhar dinheiro para se sustentar, a missão de compartilhar o amor de Deus é a prioridade número um.
- Esteja aberto às oportunidades: esteja atento às oportunidades de compartilhar o amor de Deus em seu trabalho e relacionamentos pessoais. Deus pode usar qualquer situação para alcançar as pessoas e é importante estar aberto e disponível para ser usado por Ele.
- Cerque-se de pessoas que compartilham a mesma visão: encontre amigos e parceiros de oração que compartilham a mesma visão de alcançar as pessoas para Cristo. Isso pode ajudar a manter o foco em Deus e a se sentir encorajado e apoiado na missão.

2.8 Maneiras de encontrar pessoas que compartilham a mesma visão missionária que você

- Conecte-se com organizações missionárias: muitas organizações missionárias têm uma rede de pessoas que compartilham a mesma visão e o mesmo objetivo. Você pode entrar em contato com essas organizações e se envolver em suas atividades e eventos.

- Participe de eventos e conferências missionárias: existem muitas conferências missionárias realizadas em todo o mundo que reúnem pessoas com interesses semelhantes. Ao participar desses eventos, você pode conhecer outras pessoas que compartilham sua visão missionária.
- Junte-se a grupos de discussão online: há muitos grupos de discussão online, como fóruns e redes sociais, onde pessoas com interesses semelhantes podem se conectar e compartilhar ideias.
- Converse com pessoas em sua comunidade: converse com amigos, familiares e membros da igreja que compartilham sua visão missionária. Eles podem conhecer outras pessoas que possam se juntar a você em sua missão.
- Crie sua própria comunidade: se você não encontrar uma comunidade que compartilha sua visão missionária, crie uma. Organize encontros regulares ou eventos e convide outras pessoas que possam estar interessadas em se juntar a você.
- Descanse e descanse em Deus: lembre-se de que o descanso é importante e que Deus quer que tenhamos equilíbrio em nossas vidas. Tire um tempo para descansar e confiar em Deus para cuidar das necessidades financeiras enquanto você se dedica à missão de compartilhar o amor de Deus.

Confiar em Deus para cuidar das nossas necessidades financeiras pode ser um processo desafiador, especialmente quando enfrentamos dificuldades financeiras. Aqui estão algumas sugestões sobre como descansar e confiar em Deus para cuidar das nossas necessidades financeiras:

- Ore e entregue suas preocupações a Deus: comece orando e entregando suas preocupações financeiras a Deus. Peça a Ele que o guie e o ajude a confiar em Sua providência. Lembre-se de que Deus promete cuidar de todas as nossas necessidades (Filipenses 4:19).
- Estabeleça um orçamento e viva dentro de suas possibilidades: embora possa ser tentador gastar mais do que ganhamos, é

importante estabelecer um orçamento realista e viver dentro de nossas possibilidades. Isso ajudará a minimizar o estresse financeiro e permitirá que confiemos em Deus para suprir nossas necessidades.

- Seja grato por aquilo que você tem: a gratidão é uma ótima maneira de lembrar a si mesmo que Deus tem suprido suas necessidades. Ao ser grato pelo que você já tem, você pode desenvolver uma perspectiva positiva e encontrar paz em meio às dificuldades financeiras.
- Procure ajuda financeira, se necessário: se você estiver enfrentando dificuldades financeiras significativas, não hesite em procurar ajuda financeira. Existem muitas organizações que podem fornecer assistência, aconselhamento e recursos para ajudá-lo a lidar com suas necessidades financeiras.
- Mantenha-se fiel em suas ofertas: não deixe de ofertar mesmo quando as finanças estão apertadas. Lembre-se de que, ao ofertar, estamos confiando em Deus para prover para nós e para os outros.

Lembre-se de que confiar em Deus para cuidar das nossas necessidades financeiras é um processo contínuo e que exige nossa confiança e fé em Deus. Não desanime, pois Ele está sempre presente para nos ajudar.

Ao equilibrar a missão de sustento próprio em tempo integral e o compromisso firme com Deus, é importante lembrar que Deus é a fonte de força e provisão. Mantenha-se fiel a Ele e busque orientação em Sua Palavra para orientar suas escolhas e decisões.

2.9 Testemunhando o Evangelho em seu ambiente de trabalho ou negócio

Testemunhar o Evangelho em seu ambiente de trabalho ou negócio é uma forma importante de compartilhar o amor de Deus com aqueles a seu redor. Aqui estão algumas sugestões sobre como fazer isso:

- Seja um bom exemplo: a melhor maneira de testemunhar o Evangelho é viver de acordo com os princípios cristãos. Seja honesto, justo, gentil e respeitoso com todos com quem trabalha. Isso mostrará aos outros a diferença que Jesus pode fazer em suas vidas.
- Oração: é uma ferramenta poderosa para testemunhar o Evangelho. Ore por seus colegas de trabalho e clientes, para que Deus possa tocá-los e abrir seus corações para o Evangelho.
- Compartilhe sua história: conte aos outros como Deus tem trabalhado em sua vida. Compartilhe como sua fé o ajuda a enfrentar desafios e a encontrar propósito e significado em seu trabalho.
- Converse com as pessoas: esteja disposto a ter conversas significativas com seus colegas de trabalho e clientes. Faça perguntas e ouça atentamente. Isso pode abrir a porta para compartilhar o Evangelho de uma forma que seja relevante para eles.
- Seja respeitoso: respeite as crenças e opiniões dos outros e esteja disposto a ter discussões saudáveis e respeitosas sobre a fé. Não force suas crenças sobre os outros, mas esteja pronto para compartilhar sua perspectiva quando apropriado.

Testemunhar o Evangelho em seu ambiente de trabalho ou negócio pode ser uma maneira poderosa de espalhar o amor de Deus. Lembre-se de que cada pessoa é única e pode responder de maneira diferente ao Evangelho, então seja paciente e confie em Deus para trabalhar em seus corações.

2.10 Compartilhando sua história no campo missionário como método de dividir a esperança

Compartilhar sua história pessoal no campo missionário pode ser uma maneira poderosa de compartilhar a esperança cristã com os outros. Aqui estão algumas sugestões de como fazer isso:
- Seja autêntico: compartilhe sua história pessoal com autenticidade. Não tente ser alguém que não é nem tente impres-

sionar as pessoas. Seja honesto sobre seus desafios, dúvidas e lutas, bem como sobre sua fé em Deus.

- Seja sensível à cultura: lembre-se de que as pessoas em diferentes culturas podem responder de maneira diferente ao Evangelho e à história cristã. Certifique-se de adaptar sua história à cultura local e usar exemplos que sejam relevantes para as pessoas que você está alcançando.
- Seja claro: certifique-se de que sua história seja clara e fácil de entender. Use linguagem simples e evite jargões religiosos que possam não fazer sentido para aqueles que não estão familiarizados com a fé cristã.
- Destaque a transformação: compartilhe como sua fé em Deus transformou-o pessoalmente e como isso afetou sua vida. Isso pode ajudar as pessoas a ver a relevância e o poder do Evangelho em suas próprias vidas.
- Esteja disposto a ouvir: quando compartilhar sua história, esteja disposto a ouvir as histórias dos outros também. Isso pode ajudá-lo a entender melhor as pessoas que você está alcançando e pode abrir a porta para futuras conversas e oportunidades de compartilhar a esperança cristã.

Compartilhar sua história pessoal no campo missionário pode ser uma maneira eficaz de dividir a esperança cristã com os outros. Lembre-se de que cada pessoa é única e pode responder de maneira diferente ao Evangelho, então seja paciente e confie em Deus para trabalhar em seus corações.

2.11 Missão de sustento próprio em cooperação com a igreja local

A missão de sustento próprio em cooperação com a igreja local é uma estratégia que visa envolver a igreja local no trabalho missionário, permitindo que missionários sejam enviados ao campo missionário sem depender exclusivamente de organizações missionárias para seu sustento financeiro.

Nesse modelo de missão, o missionário trabalha em parceria com a igreja local para mobilizar recursos financeiros e apoio para a realização do trabalho missionário. A igreja local assume o compromisso de sustentar o missionário, orar por ele e acompanhá-lo em seu ministério.

Entre os benefícios da missão de sustento próprio em cooperação com a igreja local estão o fortalecimento da parceria entre o missionário e a igreja local, o envolvimento mais amplo da igreja no trabalho missionário, a possibilidade de maior autonomia e flexibilidade na realização do ministério e a oportunidade de estabelecer relacionamentos mais profundos com as pessoas no campo missionário.

No entanto, essa estratégia também apresenta desafios, como a necessidade de uma comunicação clara e efetiva entre o missionário e a igreja local, o estabelecimento de metas e objetivos claros para o trabalho missionário, a criação de estratégias para mobilizar recursos financeiros e apoio da igreja local e a necessidade de construir relações de confiança e parceria entre o missionário e a igreja local.

Em resumo, a missão de sustento próprio em cooperação com a igreja local é uma estratégia que visa envolver a igreja local no trabalho missionário, permitindo que missionários sejam enviados ao campo missionário sem depender exclusivamente de organizações missionárias para seu sustento financeiro. É importante lembrar que essa estratégia requer um compromisso sólido entre o missionário e a igreja local, além de uma comunicação clara e efetiva para o sucesso do trabalho missionário em cooperação.

2.12 Métodos para envolver a igreja local no trabalho missionário fazedor de tendas

Incluir a igreja local no trabalho missionário fazedor de tendas pode ser uma excelente forma de ampliar o impacto da missão e criar relacionamentos autênticos com a comunidade. Aqui estão algumas sugestões sobre como envolver a igreja local no trabalho missionário fazedor de tendas:

- Compartilhe a visão: é importante que a igreja local compreenda e esteja alinhada com a visão da missão. Compartilhe a visão, os objetivos e as estratégias do trabalho missionário fazedor de tendas com a liderança da igreja local e congregação para obter o apoio e a colaboração deles.

- Crie oportunidades de envolvimento: ofereça oportunidades para que membros da igreja local possam envolver-se diretamente no trabalho missionário, como participar de atividades em conjunto com o missionário fazedor de tendas, fornecer hospedagem ou serviços de transporte, ajudar na tradução, entre outras atividades.
- Realize eventos de sensibilização: realize eventos de sensibilização para compartilhar informações sobre o trabalho missionário fazedor de tendas e como a igreja local pode se envolver e apoiar. É importante que as pessoas compreendam o papel crucial que desempenham no sucesso da missão.
- Mantenha a igreja atualizada: informe a igreja local sobre as atividades e os resultados do trabalho missionário fazedor de tendas. Compartilhe histórias de sucesso, desafios enfrentados e orações específicas para que a igreja possa se envolver de maneira mais significativa e contínua.
- Orem juntos: incentive a igreja local a orar pelo trabalho missionário do fazedor de tendas e pelo missionário. Realize momentos de oração em conjunto e compartilhe solicitações específicas de oração.

Incluir a igreja local no trabalho missionário do fazedor de tendas pode ajudar a construir relacionamentos autênticos com a comunidade e aumentar o impacto da missão. Certifique-se de comunicar claramente a visão, criar oportunidades de envolvimento, realizar eventos de sensibilização, manter a igreja informada e orar juntos.

2.13 Missão de sustento próprio em parceria com organizações missionárias

A missão de sustento próprio em parceria com organizações missionárias é uma estratégia que visa combinar a autonomia e a flexibilidade da missão de sustento próprio com o suporte e o acompanhamento de uma organização missionária.

Nesse modelo de missão, o missionário é enviado ao campo missionário com seu próprio sustento financeiro, mas conta com a assistência e o suporte de uma organização missionária em áreas como treinamento, aconselhamento, cuidado pastoral, supervisão e monitoramento do trabalho missionário.

Entre os benefícios da missão de sustento próprio em parceria com organizações missionárias estão a possibilidade de maior autonomia e flexibilidade na realização do ministério, a oportunidade de construir relações de confiança e parceria com organizações missionárias e a possibilidade de ter acesso a recursos e conhecimentos especializados em missões.

No entanto, essa estratégia também apresenta desafios, como a necessidade de uma comunicação clara e efetiva entre o missionário e a organização missionária, a criação de estratégias para mobilizar recursos financeiros e apoio da organização missionária, a necessidade de equilibrar a autonomia do missionário com a orientação e o suporte da organização missionária e a possibilidade de conflitos entre a visão e os objetivos do missionário e da organização missionária.

Em resumo, a missão de sustento próprio em parceria com organizações missionárias é uma estratégia que combina a autonomia e a flexibilidade da missão de sustento próprio com o suporte e o acompanhamento de uma organização missionária. É importante lembrar que essa estratégia requer uma comunicação clara e efetiva e um compromisso sólido entre o missionário e a organização missionária para o sucesso do trabalho missionário em parceria.

2.14 Onde o fazedor de tendas pode encontrar organizações missionárias para estabelecer parcerias

O fazedor de tendas pode encontrar organizações missionárias para estabelecer parcerias por meio de diversas maneiras. Aqui estão algumas sugestões:

- Pesquisa online: existem muitas organizações missionárias que têm sites, portanto, uma pesquisa na internet pode fornecer informações sobre organizações missionárias que trabalham na área ou país onde o fazedor de tendas está trabalhando. O fazedor de tendas pode entrar em contato com essas organizações para saber se estão interessadas em estabelecer uma parceria.

- Contato com outras pessoas que trabalham na área missionária: o fazedor de tendas pode entrar em contato com outros missionários, pastores ou líderes cristãos que trabalham na mesma área. Eles podem estar cientes de organizações missionárias que trabalham na área e podem fornecer informações valiosas sobre como estabelecer uma parceria.
- Participação em conferências ou eventos de missões: o fazedor de tendas pode participar de conferências ou eventos de missões para aprender mais sobre organizações missionárias e estabelecer contatos com outras pessoas que trabalham na área.
- Procurar organizações missionárias com objetivos semelhantes: o fazedor de tendas pode procurar organizações missionárias com objetivos semelhantes aos seus. Elas podem estar mais abertas a estabelecer uma parceria com alguém que compartilha sua visão e missão.
- Entrar em contato com igrejas locais: o fazedor de tendas pode entrar em contato com igrejas locais para saber se elas têm conexões com organizações missionárias que trabalham na área. As igrejas locais também podem estar interessadas em apoiar a missão do fazedor de tendas e podem estar dispostas a ajudar a estabelecer uma parceria.

É importante lembrar que o estabelecimento de uma parceria com uma organização missionária pode levar tempo e esforço. É necessário que o fazedor de tendas esteja aberto a discutir necessidades, objetivos e expectativas de ambas as partes antes de decidir se estabelecerá uma parceria.

3
DIFICULDADES FINANCEIRAS E FALTA DE RECURSOS

As dificuldades financeiras e a falta de recursos são desafios comuns enfrentados por missionários fazedores de tendas. Eles são responsáveis por encontrar e manter fontes de renda suficientes para financiar suas atividades missionárias, o que pode ser uma tarefa difícil e estressante.

Além disso, o fato de ter que dedicar tempo e energia significativos para trabalhar e ganhar dinheiro pode dificultar o envolvimento em atividades missionárias. Isso pode levar a um desgaste físico e emocional, bem como à falta de tempo e disposição para se envolver em ministérios de evangelismo e discipulado.

Para superar esses desafios, é importante que missionários fazedores de tendas aprendam a gerenciar suas finanças com sabedoria e planejamento cuidadoso. Eles também podem considerar formas criativas de levantar recursos, como desenvolver habilidades para trabalhar em diferentes áreas, estabelecer parcerias com igrejas e organizações missionárias e buscar o apoio de familiares e amigos.

Outra solução é encontrar maneiras de integrar o trabalho e a missão, buscando oportunidades de testemunhar e compartilhar o Evangelho no ambiente de trabalho. Além disso, o missionário pode encontrar maneiras de usar suas habilidades e talentos para servir a Deus e à igreja local, por exemplo, ensinando inglês, trabalhando com crianças ou organizando eventos comunitários.

Finalmente, é importante que os missionários fazedores de tendas confiem em Deus e mantenham um relacionamento íntimo com

Ele. Eles devem orar por provisão financeira e buscar a orientação do Espírito Santo em relação a suas atividades missionárias. Com confiança e perseverança, os missionários fazedores de tendas podem superar as dificuldades financeiras e encontrar maneiras criativas de cumprir sua missão de propagar o Evangelho de Cristo em todo o mundo.

3.1 Métodos para o fazedor de tendas gerenciar suas finanças com sabedoria e planejamento adequado

Gerenciar as finanças com sabedoria é crucial para o sucesso do missionário fazedor de tendas, pois a falta de planejamento financeiro pode causar estresse e dificuldades financeiras desnecessárias. Aqui estão alguns métodos para gerenciar as finanças com sabedoria:

- Elaborar um orçamento: é importante que o missionário fazedor de tendas estabeleça um orçamento para seus gastos. O orçamento deve incluir todos os gastos, incluindo despesas regulares, como moradia, alimentação e transporte, além de despesas variáveis, como viagens e emergências.
- Controlar os gastos: o missionário fazedor de tendas deve acompanhar seus gastos e certificar-se de que está dentro do orçamento estabelecido. Isso pode ser feito por meio de aplicativos de gerenciamento financeiro, planilhas ou anotações em um caderno.
- Estabelecer prioridades: o missionário fazedor de tendas deve estabelecer prioridades para seus gastos, dando ênfase às necessidades básicas, como moradia, alimentação e cuidados com a saúde, priorizando outras despesas de acordo com sua importância.
- Evitar dívidas: o missionário fazedor de tendas deve evitar contrair dívidas, a menos que seja absolutamente necessário. Em vez disso, é importante economizar dinheiro para emergências e possíveis imprevistos.
- Procurar oportunidades de trabalho: o missionário fazedor de tendas deve estar sempre atento a oportunidades de trabalho que possam ajudar a complementar sua renda. Isso

pode incluir trabalhos freelancer, serviços temporários ou trabalhos em tempo parcial.

- Pedir conselhos financeiros: se o missionário fazedor de tendas tiver dificuldades em gerenciar suas finanças, ele pode buscar a ajuda de um conselheiro financeiro ou de outros missionários fazedores de tendas com mais experiência nessa área.
- Orar e confiar em Deus: por fim, é importante que o missionário fazedor de tendas ore a Deus por sabedoria e orientação financeira e confie que Ele irá prover todas as suas necessidades.

4
DESAFIOS CULTURAIS E LINGUÍSTICOS

Os desafios culturais e linguísticos são obstáculos significativos para os missionários fazedores de tendas que trabalham em contextos transculturais. Aprender uma nova língua e entender a cultura local pode levar tempo e esforço consideráveis. Além disso, as diferenças culturais podem levar a mal-entendidos e ações impróprias, o que pode prejudicar o testemunho cristão e afetar negativamente as relações com a comunidade local.

Para superar esses desafios, os missionários fazedores de tendas precisam investir tempo e energia na aprendizagem da língua e cultura local. Eles devem estar dispostos a cometer erros e aprender com eles, enquanto se esforçam para se comunicar de maneira clara e respeitosa. Além disso, é importante ter uma abordagem humilde e aprender com as pessoas locais, em vez de impor suas próprias crenças e valores.

Outra solução é buscar a orientação de líderes e mentores locais, bem como trabalhar em colaboração com igrejas e organizações missionárias locais. Ao trabalhar em parceria com líderes locais, os missionários fazedores de tendas podem obter uma compreensão mais profunda da cultura e das necessidades da comunidade, bem como desenvolver estratégias de ministério eficazes que sejam culturalmente relevantes e sensíveis.

Também é importante lembrar que a cultura é dinâmica e está sempre mudando. Os missionários fazedores de tendas devem estar dispostos a se adaptar e ajustar sua abordagem de ministério para se adequar às mudanças culturais em andamento. Isso requer um coração aberto e flexibilidade, bem como uma compreensão profunda das raízes culturais e históricas da comunidade local.

Finalmente, é importante que os missionários fazedores de tendas tenham uma base sólida na Palavra de Deus e confiem em Sua orientação para enfrentar os desafios culturais e linguísticos. Eles devem buscar orientação e força na oração e na meditação da Palavra de Deus, lembrando que sua identidade está em Cristo e não nas diferenças culturais ou linguísticas. Com perseverança, humildade e uma abordagem sensível à cultura local, os missionários fazedores de tendas podem superar os desafios culturais e linguísticos e fazer a diferença para o Reino de Deus.

4.1 Técnicas para aprender a aceitar as diferenças culturais e evitar mal-entendidos e ações impróprias

Aceitar as diferenças culturais é um processo que exige disposição para aprender, compreender e respeitar as particularidades de cada cultura. Algumas técnicas que podem ajudar a lidar com as diferenças culturais e evitar mal-entendidos e ações impróprias são:

- Pesquisar sobre a cultura local: antes de se mudar para um novo país ou trabalhar em uma comunidade diferente, é importante pesquisar e aprender sobre a cultura local. Isso inclui entender as normas sociais, costumes e tradições.
- Aprender a língua local: aprender a língua local pode ser uma grande ajuda para se comunicar e se relacionar com as pessoas da comunidade. Isso também pode ajudar a evitar mal-entendidos e ações impróprias devido à barreira da língua.
- Respeitar as diferenças culturais: é importante ter em mente que cada cultura tem suas próprias normas e valores, e essas diferenças devem ser respeitadas. Isso inclui evitar julgar ou impor sua própria cultura aos outros.
- Ser sensível às necessidades da comunidade: ao trabalhar em uma comunidade diferente, é importante estar atento às necessidades locais e adaptar suas ações e estratégias para atendê-las da melhor maneira possível.
- Pedir feedback e aprender com os erros: é importante pedir feedback aos membros da comunidade e estar aberto a

aprender com seus erros. Isso pode ajudar a evitar mal-entendidos e ações impróprias no futuro.

- Trabalhar em equipe: trabalhar em equipe com membros locais pode ajudar a entender melhor a cultura e evitar mal-entendidos e ações impróprias. Além disso, pode ser uma forma eficaz de alcançar os objetivos da missão com mais eficiência.
- Buscar mentoria: buscar mentoria de líderes experientes que trabalham na comunidade há mais tempo pode ser uma ótima maneira de aprender a lidar com as diferenças culturais e evitar mal-entendidos e ações impróprias.

5
SOLIDÃO E ISOLAMENTO EM UM PAÍS ESTRANGEIRO

A missão de sustento próprio é uma jornada desafiadora que pode exigir que o missionário viva em um país estrangeiro por um longo período de tempo. Uma das principais dificuldades que os missionários de sustento próprio enfrentam é a solidão e o isolamento em um ambiente desconhecido.

Ao contrário dos missionários enviados por organizações, o missionário de sustento próprio geralmente não tem uma rede de suporte imediata. Isso pode levar a sentimentos de solidão e isolamento, especialmente se o missionário não fala o idioma local ou não entende a cultura local.

Os missionários de sustento próprio podem ter dificuldades de estabelecer relacionamentos significativos com pessoas locais, especialmente se a cultura é muito diferente da sua. Eles também podem enfrentar barreiras linguísticas que dificultam a comunicação e a compreensão mútua.

Para lidar com esses desafios, é importante que o missionário de sustento próprio desenvolva estratégias para se conectar com a comunidade local e estabeleça um sistema de suporte. Isso pode incluir a participação em atividades sociais, a busca de oportunidades para praticar o idioma local e a formação de amizades com pessoas locais que compartilham de seus valores.

O missionário de sustento próprio também pode considerar a possibilidade de estabelecer parcerias com outras pessoas ou organizações que possam fornecer apoio emocional, espiritual e prático.

Isso pode incluir a igreja local, organizações missionárias existentes ou outros missionários que estejam trabalhando no mesmo campo.

Ao enfrentar a solidão e o isolamento em um país estrangeiro, é importante que o missionário de sustento próprio mantenha uma perspectiva positiva e esteja aberto a novas experiências e oportunidades de crescimento pessoal e espiritual. Com uma abordagem positiva e uma mentalidade aberta, o missionário de sustento próprio pode superar esses desafios e fazer uma diferença significativa na obra missionária.

5.1 Técnicas para estabelecer relacionamentos significativos com pessoas locais

Estabelecer relacionamentos significativos com pessoas locais pode ser uma parte importante do trabalho missionário fazedor de tendas. Algumas técnicas que podem ajudar nesse processo incluem:

- Aprender a língua local: isso pode ajudar a construir relacionamentos significativos com as pessoas locais. Ao aprender a língua, você pode comunicar-se mais efetivamente e entender melhor a cultura e a perspectiva local.
- Demonstrar respeito pela cultura local: respeitar a cultura local pode ajudar a construir confiança e estabelecer relacionamentos significativos. Isso inclui demonstrar interesse e respeito pelas tradições e valores locais.
- Participar de atividades locais: a participação em festivais e eventos comunitários pode ajudar a estabelecer relacionamentos significativos com as pessoas locais. Isso pode proporcionar oportunidades para conhecer novas pessoas e aprender mais sobre a cultura local.
- Ser autêntico e transparente sobre quem você é e aquilo em que você acredita: isso pode ajudar a construir relacionamentos significativos com as pessoas locais. Isso pode ajudá-los a entender melhor suas motivações e a desenvolver um senso de confiança e respeito mútuos.

- Demonstrar interesse genuíno nas pessoas: isso pode ajudar a estabelecer relacionamentos significativos. Isso inclui ouvir atentamente suas histórias e perspectivas e demonstrar interesse em suas vidas e comunidades.
- Ser paciente: construir relacionamentos significativos pode levar tempo e esforço. É importante ser paciente e persistente em seus esforços, mesmo quando as coisas parecem difíceis.

6
ESTRESSE EMOCIONAL E PSICOLÓGICO

A missão de sustento próprio pode trazer consigo uma série de desafios emocionais e psicológicos para o missionário. Viver em um país estrangeiro, longe da família, de amigos e da cultura a que está acostumado, pode ser extremamente desgastante e levar a sentimentos de isolamento e solidão. Além disso, o processo de adaptação a um novo ambiente cultural e linguístico pode ser estressante e desafiador.

O estresse emocional e psicológico pode ser agravado pela falta de recursos financeiros, falta de apoio e encorajamento de amigos e familiares e pela pressão de sustentar-se financeiramente enquanto se dedica à obra missionária. O missionário também pode sentir a pressão de realizar a obra missionária de maneira eficaz, o que pode aumentar os níveis de ansiedade e estresse

Para lidar com esses desafios emocionais e psicológicos, é importante que o missionário tenha um sistema de suporte adequado. Isso pode incluir manter contato regular com a família e amigos, participar de grupos de apoio em sua comunidade ou igreja local, estabelecer amizades com pessoas locais e outros missionários e buscar aconselhamento profissional, se necessário.

O missionário também deve estar ciente de sua saúde mental e física e buscar maneiras de cuidar de si mesmo. Isso pode incluir estabelecer rotinas saudáveis, fazer exercícios físicos regularmente, buscar hobbies e interesses que tragam alegria e satisfação e reservar tempo para relaxar e descansar.

Por fim, é importante lembrar que Deus é um companheiro constante em todo o processo de missão de sustento próprio. O missionário pode encontrar conforto e força em sua fé e na oração e deve lembrar-se de que Deus está sempre presente e disposto a ajudar em tempos de dificuldade.

6.1 Métodos para amenizar o choque cultural no campo missionário

O choque cultural pode ser uma das maiores dificuldades enfrentadas por missionários fazedores de tendas em um novo país. Algumas técnicas que podem ajudar a amenizar o choque cultural incluem:

- Pesquisar e estudar a cultura local: antes de chegar ao novo país, é importante fazer uma pesquisa e estudar a cultura local. Isso pode ajudar a entender tradições, costumes e comportamentos locais e pode ajudar a reduzir a sensação de choque cultural quando você chegar.

- Participar de um programa de treinamento intercultural: muitas organizações missionárias oferecem programas de treinamento intercultural para ajudar os missionários a se prepararem para trabalhar em um ambiente culturalmente diverso. Esses programas podem ajudar a entender melhor as diferenças culturais e como lidar com elas.

- Fazer amizades locais: isso pode ajudar a construir pontes entre sua cultura e a cultura local. Isso pode ajudar a entender melhor as diferenças culturais e ajudar a reduzir a sensação de choque cultural.

- Ter uma mente aberta: é importante ter uma mente aberta e estar disposto a aprender com as diferenças culturais que você encontra. Isso pode ajudar a reduzir a sensação de choque cultural e promover um ambiente de aprendizado e crescimento.

- Adaptar-se às diferenças culturais: é importante estar disposto a adaptar-se às diferenças culturais que você encontra. Isso pode incluir aprender novas formas de se comunicar, ajustar-se a novos horários ou modos de trabalho, ou mudar suas expectativas em relação à comida e ao estilo de vida.

- Pedir ajuda: não tenha medo de pedir ajuda a outras pessoas, incluindo missionários mais experientes ou pessoas locais. Eles podem oferecer orientação e ajuda na adaptação à nova cultura.

7
TREINAMENTO TEOLÓGICO E PRÁTICO

O treinamento teológico e prático é um aspecto importante para a missão de sustento próprio. O missionário precisa ter um entendimento sólido da Bíblia e dos princípios cristãos para levar a mensagem do Evangelho de modo eficaz. Isso inclui não apenas conhecimento teórico, mas também a capacidade de aplicar esses ensinamentos na prática.

Além disso, é importante que o missionário tenha habilidades práticas necessárias para a vida em um país estrangeiro. Isso inclui, por exemplo, habilidades de comunicação e negociação, conhecimento de leis e costumes locais e a capacidade de adaptar-se a diferentes culturas e modos de vida.

O treinamento pode ser obtido por meio de cursos, seminários, *workshops* e estágios. É importante que o missionário busque por treinamento tanto em sua área de atuação específica (como evangelismo, discipulado, trabalho com crianças, etc.) quanto em áreas mais gerais que podem ajudá-lo a se adaptar melhor ao novo ambiente e lidar com os desafios que surgem na vida missionária.

Outra forma de treinamento importante é o acompanhamento e mentoria de missionários experientes. Aprender com a experiência de quem já passou pelos mesmos desafios pode ser extremamente valioso para o missionário em sua jornada.

Em resumo, o treinamento teológico e prático é um aspecto fundamental para o sucesso da missão de sustento próprio. O missionário precisa estar bem preparado para levar a mensagem do Evangelho de modo eficaz, bem como para lidar com os desafios práticos da vida em um país estrangeiro.

7.1 Fazedor de tendas e o desenvolvimento de suas habilidades interpessoais e culturais

O desenvolvimento de habilidades interpessoais e culturais é fundamental para o missionário fazedor de tendas, pois permite que ele se comunique de modo mais eficaz com as pessoas locais e estabeleça relacionamentos significativos com elas. Um treinamento teológico pode oferecer oportunidades para desenvolver essas habilidades, incluindo:

- Aprender sobre a cultura local: um bom treinamento teológico deve incluir uma seção sobre a cultura local e as práticas sociais, para que o missionário fazedor de tendas tenha uma compreensão mais profunda das pessoas com quem está trabalhando.
- Participar de atividades culturais: o treinamento teológico também pode incluir atividades culturais, como danças, música e culinária local. Participar dessas atividades pode ajudar o missionário fazedor de tendas a se integrar na comunidade e estabelecer relacionamentos mais fortes.
- Desenvolver habilidades de comunicação: o treinamento teológico pode incluir aulas de comunicação eficaz, ajudando o missionário fazedor de tendas a se comunicar de maneira clara e concisa e a ouvir ativamente as pessoas com quem ele está trabalhando.
- Aprender a resolver conflitos: o conflito pode surgir em qualquer ambiente, e é importante que o missionário fazedor de tendas saiba como lidar com isso de maneira apropriada. O treinamento teológico pode incluir sessões sobre resolução de conflitos, ajudando o missionário fazedor de tendas a se tornar mais hábil em lidar com problemas e a evitar mal-entendidos culturais.
- Desenvolver uma mentalidade de serviço: finalmente, o treinamento teológico deve enfatizar a importância do serviço, ajudando o missionário fazedor de tendas a se concentrar nas necessidades das pessoas locais e a buscar maneiras de

atender a essas necessidades. Por meio do serviço e do amor, o missionário fazedor de tendas pode fazer a diferença na vida das pessoas e estabelecer relacionamentos duradouros e significativos.

7.2 Treinamento teológico do fazedor de tendas

O treinamento teológico para o fazedor de tendas pode variar dependendo da denominação ou organização missionária com a qual o missionário está associado. No entanto, em geral, o treinamento teológico deve incluir uma sólida compreensão da Bíblia e da teologia cristã, além de habilidades práticas para o ministério no campo missionário.

Algumas áreas específicas que podem ser abordadas no treinamento teológico para o fazedor de tendas incluem:

- Teologia bíblica e sistemática: uma compreensão sólida da Bíblia e dos principais temas teológicos é fundamental para o ministério cristão em qualquer contexto. O fazedor de tendas deve ter um entendimento claro da doutrina cristã básica, incluindo a trindade, a salvação, a natureza de Deus e a missão da igreja.
- Missiologia: o fazedor de tendas deve ter um conhecimento profundo da missão de Deus no mundo e do papel da igreja no cumprimento dessa missão. Isso inclui uma compreensão da história e teologia da missão cristã, bem como a capacidade de se adaptar e trabalhar dentro de contextos culturais diferentes.
- Estudos culturais: para ser eficaz no campo missionário, o fazedor de tendas deve ter uma compreensão profunda da cultura local e da forma como a fé cristã se relaciona com essa cultura. O treinamento teológico deve incluir estudos culturais que ajudem o missionário a compreender crenças, valores e práticas da cultura local.
- Habilidades ministeriais práticas: o fazedor de tendas deve ser capaz de se envolver em atividades ministeriais práticas, como liderança de grupos de estudo bíblico, aconselhamento

pastoral, evangelismo e discipulado. O treinamento teológico deve incluir habilidades práticas nessas áreas e outras relevantes para o ministério do fazedor de tendas.

Além dessas áreas, o treinamento teológico deve incluir uma ênfase na formação espiritual do fazedor de tendas, incluindo disciplinas como a oração, o estudo da Bíblia e o envolvimento na comunidade cristã local. É importante que o treinamento teológico seja relevante e adaptado às necessidades específicas do fazedor de tendas no campo missionário.

8

APOIO E MENTORIA DE LÍDERES E PASTORES

A missão de sustento próprio pode ser uma tarefa solitária e desafiadora. É importante que o missionário tenha o apoio de líderes e pastores de sua igreja para ajudá-lo em seu chamado. Esses líderes podem oferecer orientação, mentoria e suporte emocional e espiritual para o missionário. Eles também podem ajudar o missionário a manter-se conectado com sua comunidade local de fé, mesmo enquanto ele está no campo missionário.

Além disso, líderes e pastores podem ajudar a igreja a entender a importância da missão de sustento próprio e incentivá-la a apoiar financeiramente o missionário. Eles podem também promover oportunidades para que o missionário compartilhe suas experiências e aprendizados com a igreja local, trazendo uma perspectiva global para a comunidade de fé.

Muitas organizações missionárias também oferecem treinamento e suporte para missionários de sustento próprio. Esses recursos podem incluir treinamento teológico e prático, além de ajuda com questões financeiras e administrativas. É importante que o missionário procure por essas oportunidades de capacitação para se preparar para o trabalho missionário e para lidar com os desafios que possam surgir.

Em resumo, o apoio de líderes e pastores é fundamental para o missionário de sustento próprio. Eles podem oferecer suporte emocional e espiritual, ajudar a igreja a entender a importância da missão de sustento próprio e promover oportunidades para compartilhar aprendizados e experiências. Além disso, é importante que o missionário busque treinamento e recursos oferecidos por organizações missionárias para se capacitar para a tarefa que tem pela frente.

Mentoria e aconselhamento pessoal são duas abordagens diferentes para ajudar as pessoas a atingir seus objetivos e enfrentar desafios. Embora existam algumas semelhanças entre os dois, também existem algumas diferenças importantes.

A mentoria é um relacionamento de longo prazo entre um mentor e um aprendiz. O mentor é uma pessoa experiente e bem-sucedida em sua carreira ou área de especialização, e o aprendiz é uma pessoa que deseja crescer e aprender com o mentor. A mentoria envolve a transmissão de conhecimentos, habilidades e experiências por parte do mentor para ajudar o aprendiz a desenvolver suas próprias habilidades e atingir seus objetivos. A mentoria geralmente é um processo informal e flexível, no qual o aprendiz e o mentor trabalham juntos em um ambiente de confiança.

Já o aconselhamento pessoal é um processo mais formal e estruturado no qual um conselheiro profissional ajuda o indivíduo a enfrentar problemas e desafios pessoais. O aconselhamento pessoal é geralmente de curto prazo e pode envolver a identificação e o tratamento de transtornos mentais ou emocionais. O conselheiro profissional ajuda o indivíduo a compreender seus sentimentos, emoções e comportamentos e a desenvolver estratégias para lidar com seus problemas.

Em resumo, a mentoria é um relacionamento informal e de longo prazo entre um mentor e um aprendiz, no qual o mentor compartilha conhecimentos e experiências para ajudar o aprendiz a crescer e atingir seus objetivos. Já o aconselhamento pessoal é um processo mais formal e de curto prazo, no qual um conselheiro profissional ajuda o indivíduo a enfrentar problemas e desafios pessoais, a entender suas emoções e comportamentos e a desenvolver estratégias para lidar com seus problemas.

9
TÉCNICAS PARA O FAZEDOR DE TENDAS ENCONTRAR APOIO E MENTORIA DE LÍDERES E PASTORES NO CAMPO MISSIONÁRIO

Existem algumas técnicas que o fazedor de tendas pode utilizar para encontrar apoio e mentoria de líderes e pastores no campo missionário:

- Fique atento às oportunidades: procure identificar líderes e pastores locais que possam fornecer apoio e mentoria. Esteja aberto e receptivo a novos relacionamentos.
- Participe de uma igreja local: participar de uma igreja local pode ser uma ótima maneira de conhecer líderes e pastores e encontrar mentores. Além disso, também pode ajudá-lo a se integrar melhor à cultura local.
- Conecte-se com organizações cristãs locais: organizações cristãs locais podem ajudá-lo a se conectar com líderes e pastores. Eles podem ter informações sobre quem está envolvido na liderança da igreja local e podem ser capazes de ajudá-lo a encontrar mentores adequados.
- Seja proativo: entre em contato com líderes e pastores locais e solicite uma reunião para discutir suas necessidades de mentoria. Esteja disposto a ouvir seus conselhos e sugestões e esteja aberto a feedback construtivo.

- Use a tecnologia: a tecnologia pode ser uma ótima maneira de se conectar com líderes e pastores em outras partes do mundo. Use aplicativos de mensagens, videochamadas e redes sociais para se conectar com outros cristãos e pedir conselhos e mentoria.

Lembre-se sempre de que encontrar mentores pode levar tempo e esforço, mas é importante ter paciência e persistência. Mantenha seu coração e mente abertos e esteja disposto a aprender com os outros.

Aprender a usar adequadamente aplicativos de mensagens, videochamadas e redes sociais para se conectar com outros cristãos pode ser uma maneira poderosa de desenvolver relacionamentos significativos e edificantes na fé. Aqui estão algumas dicas para ajudar você a aprender a usar essas ferramentas adequadamente:

- Escolha aplicativos de mensagens, videochamadas e redes sociais seguros e confiáveis: existem muitas opções disponíveis, mas escolha aplicativos que sejam seguros e confiáveis e que tenham uma reputação positiva em relação à privacidade e segurança.
- Familiarize-se com as configurações de privacidade: antes de começar a usar os aplicativos, certifique-se de entender as configurações de privacidade e ajuste-as conforme necessário para garantir sua segurança e privacidade.
- Junte-se a grupos cristãos nas redes sociais: muitas igrejas e organizações cristãs têm grupos nas redes sociais, como Facebook e LinkedIn. Junte-se a esses grupos para se conectar com outros cristãos e receber atualizações sobre eventos e atividades.
- Participe de reuniões e estudos bíblicos online: muitas igrejas agora oferecem reuniões e estudos bíblicos online. Verifique com sua igreja ou outras organizações cristãs para encontrar oportunidades de se conectar com outros cristãos e aprender mais sobre a Bíblia.
- Use a etiqueta adequada nas mensagens e postagens: quando você se comunicar com outros cristãos online, certifique-se

de usar uma linguagem respeitosa e gentil. Evite discutir tópicos controversos ou ofensivos.

- Mantenha o equilíbrio entre o tempo online e offline: embora seja importante se conectar com outros cristãos online, é igualmente importante manter o equilíbrio entre o tempo online e offline. Reserve tempo para interagir pessoalmente com outros cristãos e não permita que o uso excessivo das redes sociais prejudique sua vida pessoal e espiritual.

Em resumo, para aprender a usar adequadamente aplicativos de mensagens, videochamadas e redes sociais para se conectar com outros cristãos, escolha aplicativos seguros, participe de grupos e reuniões online, use etiqueta adequada nas mensagens e postagens e mantenha o equilíbrio entre o tempo online e offline. Lembre-se de que as ferramentas online são uma maneira útil de se conectar com outros cristãos, mas também é importante cultivar relacionamentos pessoais significativos

10

PLANEJAMENTO FINANCEIRO E ESTRATÉGICO PARA A MISSÃO DE SUSTENTO PRÓPRIO

O planejamento financeiro e estratégico é essencial para a missão de sustento próprio. Quando se trata de ser um missionário fazedor de tendas, é importante ter um plano claro e bem definido para garantir que as despesas do trabalho missionário sejam cobertas. Isso envolve desde estabelecer um orçamento para as despesas básicas até estratégias para levantar fundos para projetos específicos.

Em primeiro lugar, é importante ter um orçamento realista para as despesas básicas, como moradia, alimentação, transporte e saúde. É preciso levar em consideração a moeda local e os preços dos bens e serviços no país de destino. É importante não subestimar os custos, pois isso pode levar a dificuldades financeiras no futuro.

Além disso, deve-se considerar outras despesas relacionadas ao trabalho missionário, como materiais evangelísticos, viagens para outras cidades ou países e treinamento teológico. Esses custos podem variar dependendo do contexto missionário e das necessidades específicas do campo.

Outro aspecto importante do planejamento financeiro é estabelecer estratégias para levantar fundos. Isso pode envolver desde abordar indivíduos e igrejas para doações até buscar parcerias com empresas e organizações locais para apoiar projetos específicos. É importante ser criativo e explorar todas as possibilidades de levantamento de recursos, sempre lembrando de manter a integridade e transparência em todas as transações financeiras.

Além do planejamento financeiro, é preciso ter um plano estratégico para o trabalho missionário em si. Isso envolve definir objetivos claros, estratégias para alcançá-los e um cronograma realista. É fundamental manter o foco em objetivos a longo prazo e avaliar regularmente o progresso para fazer ajustes quando necessário.

Em resumo, o planejamento financeiro e estratégico é uma parte essencial da missão de sustento próprio. Ter um orçamento realista, estabelecer estratégias para levantar fundos e ter um plano estratégico para o trabalho missionário ajuda a garantir que a obra seja realizada de maneira eficaz e sustentável.

11

COMO ELABORAR O PLANEJAMENTO FINANCEIRO ADEQUADO PARA O CAMPO MISSIONÁRIO

Elaborar um planejamento financeiro adequado para o campo missionário é essencial para que o fazedor de tendas possa manter suas atividades e sustentar-se de maneira independente. Algumas etapas importantes para elaborar um planejamento financeiro são:

- Estabelecer um orçamento: é importante ter um orçamento bem definido, que leve em consideração todas as despesas necessárias para a manutenção do missionário e suas atividades no campo. Isso inclui custos com moradia, alimentação, transporte, seguro saúde, entre outros.
- Estimar os custos iniciais: é necessário avaliar quais são os custos iniciais para a realização da atividade missionária, como o investimento em equipamentos, aquisição de materiais, entre outros.
- Buscar fontes de financiamento: o fazedor de tendas pode buscar fontes de financiamento que possam ajudar a custear suas atividades, como igrejas, organizações missionárias, doações de indivíduos ou empresas.
- Gerenciar as finanças: é importante manter um controle financeiro rigoroso, mantendo registro de todas as despesas e receitas, de modo a evitar desequilíbrios financeiros.

- Fazer ajustes no planejamento: é preciso revisar regularmente o planejamento financeiro, fazendo ajustes quando necessário, para garantir que o orçamento esteja adequado e as atividades possam ser mantidas de maneira sustentável.

Além disso, é importante que o fazedor de tendas tenha um conhecimento básico em finanças pessoais, para que possa administrar as próprias finanças e manter-se em equilíbrio financeiro pessoal. O treinamento teológico pode oferecer recursos e orientações nessas questões financeiras e administrativas.

11.1 Como elaborar o plano estratégico para o trabalho missionário

Elaborar um plano estratégico para o trabalho missionário é uma tarefa importante para definir as metas, objetivos e direções a serem seguidas. Aqui estão alguns passos para elaborar um plano estratégico:

- Definir a visão: qual é o propósito da missão? Qual é a visão de longo prazo para a missão?
- Definir a missão: qual é a declaração de missão da organização ou do indivíduo? Qual é a razão pela qual a missão existe?
- Análise SWOT: realize uma análise SWOT (forças, fraquezas, oportunidades e ameaças) para avaliar o ambiente interno e externo da missão. Isso ajudará a identificar os pontos fortes e fracos da missão e as oportunidades e ameaças que enfrenta.
- Estabelecer objetivos: com base na análise SWOT, estabeleça objetivos específicos, mensuráveis, alcançáveis, relevantes e com prazo definido para a missão.
- Definir as estratégias: identifique as estratégias que serão utilizadas para atingir os objetivos definidos. Essas estratégias devem ser coerentes com a visão e a missão da missão.
- Definir as ações: com base nas estratégias, defina as ações específicas que serão realizadas para atingir os objetivos.
- Orçamento: elabore um orçamento para a missão com base em ações e objetivos definidos. É importante que o orçamento seja realista e coerente com os recursos disponíveis.

- Monitoramento e avaliação: defina como a missão será monitorada e avaliada para garantir que os objetivos estejam sendo alcançados e que as ações sejam eficazes.

Esses passos ajudarão a elaborar um plano estratégico eficaz para o trabalho missionário, que orientará as ações e os investimentos para alcançar os objetivos da missão.

12
CAMPO MISSIONÁRIO DO FAZEDOR DE TENDAS

O campo missionário do fazedor de tendas é uma área onde um missionário de sustento próprio pode viver e trabalhar enquanto busca compartilhar o Evangelho com as pessoas a seu redor. Geralmente, é um local onde a presença cristã é limitada ou inexistente e onde os recursos financeiros são limitados. O fazedor de tendas pode trabalhar em diversas áreas, como ensino de línguas, negócios, ciência, tecnologia, saúde, artes, entre outras.

O campo missionário do fazedor de tendas pode estar localizado em qualquer parte do mundo, e os desafios enfrentados podem variar de acordo com a cultura, idioma e religião predominantes na região. É importante que o missionário faça uma pesquisa cuidadosa sobre o campo antes de se mudar e se adaptar às práticas locais.

O objetivo do fazedor de tendas no campo missionário é usar sua profissão e suas habilidades para estabelecer relacionamentos com as pessoas e compartilhar o Evangelho de Cristo. Ele pode fazer isso por meio de iniciativas evangelísticas, como estudos bíblicos em grupo, discipulado pessoal e evangelismo de porta em porta.

No entanto, o campo missionário do fazedor de tendas também pode ser um lugar solitário e desafiador. O missionário de sustento próprio precisa estar preparado para enfrentar desafios culturais, linguísticos e emocionais, bem como lidar com a falta de apoio e recursos financeiros. Portanto, é essencial que ele tenha um forte relacionamento com Deus, bem como um plano estratégico para sua missão e uma rede de apoio consistente.

Em resumo, o campo missionário do fazedor de tendas é um lugar onde os cristãos podem usar sua profissão e suas habilidades para compartilhar o amor de Cristo com aqueles que não o conhecem. É um ambiente desafiador, mas também pode ser incrivelmente gratificante para aqueles que estão dispostos a se adaptar, trabalhar duro e confiar em Deus para suprir suas necessidades.

12.1 Definição e características do campo missionário

O campo missionário é o local onde um missionário realiza sua obra, onde ele vive e compartilha o Evangelho. As características desse campo podem variar de acordo com a região do mundo, a cultura, as leis e costumes locais, entre outros fatores.

Para o missionário fazedor de tendas, o campo missionário é, muitas vezes, o contexto profissional em que ele desenvolve sua atividade remunerada, buscando oportunidades de testemunhar sobre Jesus Cristo e estabelecer relacionamentos com pessoas não alcançadas pelo Evangelho. Esse campo pode ser, por exemplo, uma empresa, uma universidade, uma ONG, um centro de pesquisas, entre outros.

Uma das características marcantes do campo missionário do fazedor de tendas é a necessidade de equilibrar as demandas do trabalho profissional com a missão de compartilhar o Evangelho. O missionário precisa encontrar maneiras criativas e estratégicas de testemunhar, respeitando as normas e condutas éticas do ambiente profissional em que está inserido.

Além disso, o campo missionário do fazedor de tendas pode ser desafiador em termos de cultura e língua. O missionário pode estar trabalhando em um contexto cultural e linguístico diferente do seu, o que pode gerar dificuldades na comunicação e na compreensão de valores e costumes locais.

Outro desafio pode ser a resistência ou oposição a práticas cristãs no ambiente profissional, o que pode exigir do missionário sabedoria e discernimento para lidar com essas situações.

Em resumo, o campo missionário do fazedor de tendas é o contexto em que ele desenvolve sua atividade remunerada e compartilha o Evangelho, exigindo do missionário equilíbrio, criatividade e sabedoria para lidar com as demandas profissionais e as oportunidades de testemunho que surgem.

12.2 Oportunidades das missões cristãs em países de Língua Portuguesa

Existem muitas oportunidades de missões cristãs em países de língua portuguesa, que incluem a pregação do Evangelho, a realização de trabalhos humanitários, a plantação de igrejas, o treinamento de líderes e a educação cristã. Aqui estão alguns exemplos:

- Brasil: é o maior país de língua portuguesa do mundo e oferece muitas oportunidades para pregação do Evangelho, plantação de igrejas, trabalho com jovens e crianças, trabalho humanitário e treinamento de líderes cristãos. Além disso, há muitas organizações cristãs estabelecidas no país, que podem fornecer suporte e recursos para missionários que desejam trabalhar no Brasil.
- Angola: é um país de língua portuguesa na África que oferece muitas oportunidades para plantação de igrejas, trabalho humanitário, treinamento de líderes cristãos e educação cristã. Há muitas igrejas e organizações cristãs estabelecidas no país, que podem fornecer suporte e recursos para missionários que desejam trabalhar em Angola.
- Moçambique: é outro país de língua portuguesa na África que oferece muitas oportunidades para pregação do Evangelho, plantação de igrejas, trabalho humanitário, treinamento de líderes cristãos e educação cristã. Há muitas igrejas e organizações cristãs estabelecidas no país, que podem fornecer suporte e recursos para missionários que desejam trabalhar em Moçambique.
- Portugal: é o país de língua portuguesa mais desenvolvido da Europa e oferece muitas oportunidades para pregação do Evangelho, trabalho humanitário, plantação de igrejas, treinamento de líderes cristãos e educação cristã. Há mui-

tas igrejas e organizações cristãs estabelecidas no país, que podem fornecer suporte e recursos para missionários que desejam trabalhar em Portugal.

Também existem muitos outros países e comunidades de língua portuguesa em todo o mundo que oferecem oportunidades para missões cristãs. Aqui estão alguns exemplos adicionais:

- Macau: é um território especial da China, onde a maioria da população fala português. Há muitas oportunidades para pregação do Evangelho, trabalho humanitário e educação cristã em Macau.
- Timor-Leste: é um pequeno país na Ásia, onde o português é uma das línguas oficiais. Há muitas oportunidades para plantação de igrejas, trabalho humanitário, treinamento de líderes cristãos e educação cristã no Timor-Leste.
- Guiné-Bissau: é um país da África Ocidental, onde o português é uma das línguas oficiais. Há muitas oportunidades para pregação do Evangelho, trabalho humanitário, plantação de igrejas e treinamento de líderes cristãos em Guiné-Bissau.
- Cabo Verde: é um arquipélago na África Ocidental, onde o português é a língua oficial. Há muitas oportunidades para pregação do Evangelho, trabalho humanitário e plantação de igrejas em Cabo Verde.
- São Tomé e Príncipe: é um pequeno país na África Ocidental, onde o português é a língua oficial. Há muitas oportunidades para pregação do Evangelho, trabalho humanitário e plantação de igrejas em São Tomé e Príncipe.
- Goa: é um estado na Índia, onde o português é falado por muitos habitantes. Há muitas oportunidades para pregação do Evangelho, trabalho humanitário e plantação de igrejas em Goa.
- Comunidades de língua portuguesa em várias partes do mundo, como Orlando, nos EUA, e Austrália: nessas comunidades, há muitas oportunidades para pregação do Evangelho, plantação de igrejas, trabalho humanitário, treinamento de líderes cristãos e educação cristã.

13
TIPOS DE CAMPO MISSIONÁRIO: URBANO, RURAL, ENTRE OUTROS

Existem diferentes tipos de campo missionário, sendo os mais comuns os campos urbanos e rurais.

O campo missionário urbano envolve o trabalho em áreas urbanas, como cidades e regiões metropolitanas. Esses campos costumam apresentar características distintas, como maior diversidade cultural, problemas sociais específicos e acesso a recursos e tecnologias mais avançados. A evangelização em áreas urbanas pode ser feita por meio de projetos sociais, grupos de estudos bíblicos, eventos evangelísticos e outras estratégias que levem a mensagem do Evangelho a um público mais amplo.

Já o campo missionário rural envolve o trabalho em áreas rurais, como vilas, comunidades e zonas agrícolas. Esses campos costumam apresentar desafios diferentes, como a falta de infraestrutura e recursos, a distância entre as comunidades e a falta de acesso a informações. A evangelização em áreas rurais pode ser feita por meio de projetos sociais, grupos de estudos bíblicos, visitas domiciliares e outras estratégias que permitam o contato direto com as pessoas e suas necessidades específicas.

Além desses dois tipos, existem também campos missionários em regiões de conflito, campos missionários em áreas de difícil acesso (como tribos indígenas, por exemplo) e campos missionários voltados para grupos específicos, como crianças, jovens, mulheres, idosos e outros. Cada tipo de campo apresenta desafios e oportunidades únicas, e a escolha da estratégia de evangelização deve levar em conta as características do campo missionário em questão.

13. 1 Técnicas para considerar habilidades pessoais para definir o campo missionário urbano ou rural

Para definir se um campo missionário é mais adequado para habilidades pessoais em ambientes urbanos ou rurais, é necessário considerar alguns pontos importantes. A seguir estão algumas técnicas que podem ajudar nesse processo:

- Autoavaliação: o primeiro passo é fazer uma autoavaliação de suas próprias habilidades, personalidade e experiências. Considere perguntas como: quais são minhas habilidades e talentos? Qual é a minha formação acadêmica e experiência profissional? Eu prefiro ambientes mais urbanos ou rurais? Sou mais comunicativo ou mais introvertido?
- Pesquisa sobre a missão: a segunda etapa é pesquisar a missão da qual você está interessado em participar. Verifique se a organização tem trabalhos em ambientes urbanos e/ou rurais e quais são as principais atividades em cada localidade. Isso pode ajudá-lo a determinar se suas habilidades se encaixam melhor em um ambiente urbano ou rural.
- Conversas com missionários experientes: procure conversar com missionários que já trabalharam em ambientes urbanos e rurais para obter uma perspectiva mais ampla. Eles podem compartilhar suas experiências e dar conselhos valiosos sobre como se preparar para trabalhar em um ambiente específico
- Visite as áreas-alvo: se possível, faça uma visita às áreas-alvo para ter uma ideia de como é a vida em ambientes urbanos e rurais. Essa experiência pode ajudá-lo a determinar se você está mais confortável trabalhando em uma área urbana ou rural.
- Participação em atividades locais: participe de atividades locais em ambientes urbanos e rurais, como eventos culturais ou voluntariado em organizações locais. Isso pode ajudá-lo a conhecer melhor a comunidade e suas necessidades.
- Avaliação do perfil dos destinatários: considere o perfil dos destinatários com quem você estará trabalhando. As necessi-

dades e características das pessoas que vivem em ambientes urbanos são diferentes das que vivem em ambientes rurais. Isso pode influenciar sua decisão de escolher um campo missionário em um ambiente urbano ou rural.

Ao considerar essas técnicas, você pode avaliar suas habilidades pessoais e definir qual campo missionário é mais adequado para você, se em ambiente urbano ou rural. É importante lembrar que ambas as opções podem trazer desafios e oportunidades únicas, cabe a você decidir qual é a melhor escolha para o seu perfil e objetivos de missão.

14

CONTEXTO SOCIAL, CULTURAL E RELIGIOSO DO CAMPO MISSIONÁRIO

O contexto social, cultural e religioso do campo missionário é fundamental para a compreensão e atuação dos missionários. Cada região do mundo apresenta particularidades em relação a esses aspectos e é necessário que os missionários estejam atentos a essas diferenças para poderem se comunicar de maneira eficaz e alcançar os objetivos de sua missão.

No que se refere ao contexto social, é importante considerar questões como a organização familiar, as relações de poder, a pobreza e a desigualdade social, a violência, entre outras. Esses fatores podem influenciar a receptividade das pessoas à mensagem missionária, bem como as estratégias utilizadas pelos missionários.

Já no contexto cultural, é necessário compreender crenças, valores, tradições e costumes locais. Isso inclui a forma como a religião é vivenciada, a alimentação, o vestuário, a música, a dança, entre outras expressões culturais. É importante que os missionários respeitem e valorizem a cultura local sem impor seus próprios valores e crenças.

Por fim, o contexto religioso é outro aspecto importante a ser considerado. É necessário entender as diferentes religiões e crenças presentes na região, bem como suas influências na vida das pessoas. Isso pode incluir desde o catolicismo e o protestantismo até religiões de matriz africana, hinduísmo, budismo, entre outras. Conhecer essas religiões é fundamental para que os missionários possam dialogar de modo respeitoso e construtivo com as pessoas e comunidades locais.

Em suma, compreender e respeitar o contexto social, cultural e religioso do campo missionário é essencial para a atuação eficaz dos missionários e para o sucesso de sua missão.

14.1 Exemplos de contexto social, cultural e religioso do campo missionário no âmbito da igreja local

Existem muitos contextos sociais, culturais e religiosos diferentes em que uma igreja local pode estar envolvida em um campo missionário. A seguir estão alguns exemplos:

- Contexto social: uma igreja local pode estar envolvida em um campo missionário em uma área urbana empobrecida, onde a falta de recursos e oportunidades cria desafios para a comunidade local. Nesse contexto, a igreja pode oferecer apoio financeiro, assistência social e programas educacionais para ajudar as pessoas a superar suas dificuldades.
- Contexto cultural: em um contexto cultural, a igreja pode estar envolvida em uma missão para alcançar grupos étnicos específicos ou culturas diferentes. Por exemplo, a igreja pode estar envolvida em uma missão para alcançar imigrantes que acabaram de chegar ao país ou para estabelecer uma igreja em um país estrangeiro com uma cultura diferente.
- Contexto religioso: uma igreja local pode estar envolvida em um campo missionário em uma região onde a maioria da população segue uma religião diferente da cristã. Nesse contexto, a igreja pode trabalhar para alcançar as pessoas dessa comunidade por meio de programas de evangelismo e educação religiosa.
- Contexto rural: em um contexto rural, a igreja pode estar envolvida em uma missão para alcançar comunidades agrícolas ou indígenas. Nesse contexto, a igreja pode oferecer apoio para desenvolvimento agrícola, educação e saúde para ajudar as pessoas a melhorar suas condições de vida.
- Contexto de conflito: em um contexto de conflito, a igreja pode estar envolvida em uma missão para fornecer assis-

tência humanitária e promover a reconciliação entre grupos étnicos ou religiosos em conflito. Nesse contexto, a igreja pode trabalhar para construir pontes entre as comunidades e promover a paz.

Esses são apenas alguns exemplos de contextos sociais, culturais e religiosos em que uma igreja local pode estar envolvida em um campo missionário. Cada contexto é único e apresenta desafios e oportunidades diferentes, e é importante que a igreja esteja bem preparada e equipada para enfrentá-los.

15
A IMPORTÂNCIA DA CONTEXTUALIZAÇÃO DA CULTURA LOCAL NA MISSÃO

A contextualização da cultura local é fundamental para qualquer missão, seja ela religiosa, educacional, empresarial ou política. Ao entender a cultura local, é possível adaptar-se a tradições, costumes e valores da comunidade, respeitando suas crenças e sensibilidades e, assim, criar uma conexão mais profunda e duradoura.

No contexto de uma missão religiosa, por exemplo, a contextualização da cultura local é crucial para o sucesso da evangelização. Os missionários devem compreender as crenças e práticas religiosas da comunidade para que possam apresentar o Evangelho de maneira relevante e compreensível. Isso implica aprender a linguagem, os costumes, a música e a dança local. É importante lembrar que muitas vezes a comunidade local já tem a própria religião e as próprias tradições, e elas devem ser respeitadas. A contextualização permite que o missionário seja capaz de se comunicar de modo eficaz com a comunidade local e, assim, construir relacionamentos mais profundos e significativos.

Da mesma forma, no contexto empresarial, é fundamental conhecer a cultura local para estabelecer um negócio bem-sucedido. Os empresários devem entender as normas sociais e culturais locais, incluindo padrões de negociação, a forma de se vestir, a etiqueta e a forma de comunicação, para que possam estabelecer relações de confiança com seus clientes e fornecedores locais. Além disso, é importante que os empresários estejam cientes das práticas comerciais e das leis locais para evitar problemas legais e culturais. A contextualização é fundamental para garantir que as empresas possam operar de maneira eficaz e lucrativa em uma cultura estrangeira.

No contexto educacional, a contextualização cultural é fundamental para fornecer uma educação significativa e relevante para os estudantes. Os professores devem estar cientes dos valores, crenças e tradições locais para que possam criar uma conexão com os estudantes e garantir que a educação seja contextualizada e aplicável à vida dos alunos. Ao contextualizar a educação, os professores podem ajudar os alunos a entender a própria cultura e a se relacionar com outras culturas. Isso é particularmente importante em uma sociedade cada vez mais diversa e globalizada.

Por fim, no contexto político, a contextualização da cultura local é importante para garantir que as políticas e programas governamentais sejam eficazes e relevantes para a comunidade local. Os líderes políticos devem estar cientes das necessidades e desejos da comunidade e dos valores culturais locais para que possam desenvolver políticas que sejam apropriadas e eficazes. A falta de contextualização pode levar a políticas ineficazes ou insensíveis que prejudicam a comunidade e minam a confiança na liderança.

Em conclusão, a contextualização da cultura local é fundamental para o sucesso de qualquer missão, seja ela religiosa, educacional, empresarial ou política. Ao entender e respeitar a cultura local, é possível construir relacionamentos mais significativos e eficazes, além de criar soluções que sejam relevantes e eficazes para a comunidade. É importante lembrar que a contextualização não é um processo rápido e fácil, mas sim um processo contínuo.

15.1 Conceituando evangelização agressiva e as crenças e práticas religiosas da comunidade local

Evangelização agressiva é um termo utilizado para descrever um tipo de evangelismo que usa táticas agressivas e invasivas para persuadir as pessoas a se converterem à fé cristã. Essas táticas incluem abordar as pessoas de maneira intensa e insistente, criticar suas crenças religiosas atuais, fazer promessas exageradas de cura ou bênçãos em troca de conversão e até mesmo usar manipulação emocional para tentar levar as pessoas a se converterem.

É importante notar que esse tipo de evangelização é frequentemente visto como inadequado ou inapropriado, pois pode desrespeitar as crenças e escolhas individuais das pessoas e até mesmo causar tensões e conflitos em comunidades locais.

Por outro lado, as crenças e práticas religiosas da comunidade local são muito importantes para a compreensão e o sucesso de uma missão ou trabalho missionário em determinada área. Ao trabalhar em uma comunidade local, é essencial que os missionários entendam e respeitem as crenças e práticas religiosas locais, bem como as tradições culturais e sociais, para poderem comunicar-se efetivamente e estabelecer relacionamentos de confiança.

É importante que os missionários evitem uma abordagem agressiva e respeitem as crenças e escolhas das pessoas, trabalhando para estabelecer relações de respeito e diálogo. Em vez de tentar forçar a conversão, é importante compartilhar a mensagem do Evangelho de maneira amorosa e respeitosa, permitindo que as pessoas façam as próprias escolhas e tomem as próprias decisões.

16
BASES DO CHAMADO MISSIONÁRIO CRISTÃO

O chamado missionário cristão é uma convocação para compartilhar a mensagem do Evangelho e trabalhar na construção do Reino de Deus em diferentes partes do mundo. Existem várias bases para esse chamado, que são fundamentais para a compreensão e o cumprimento da missão cristã. Algumas dessas bases incluem:

- A Grande Comissão: é a ordem dada por Jesus Cristo a seus discípulos antes da ascensão ao céu. Ele disse: "Portanto, vão e façam discípulos de todas as nações, batizando-os em nome do Pai e do Filho e do Espírito Santo, ensinando-os a obedecer a tudo o que eu lhes ordenei. E eu estarei sempre com vocês, até o fim dos tempos" (Mateus 28:19-20). Essa ordem de Jesus é a base bíblica para a missão cristã e é considerada uma das principais motivações para o trabalho missionário.
- O amor de Deus: é outra base fundamental para o chamado missionário cristão. A Bíblia ensina que Deus ama toda a humanidade e deseja que todos sejam salvos e conheçam a verdade (1 Timóteo 2:4). Esse amor é a motivação para compartilhar a mensagem do Evangelho e fazer discípulos em todas as nações.
- A salvação em Jesus Cristo: é a mensagem central do Evangelho e a base para a missão cristã. A Bíblia ensina que todos pecaram e estão separados de Deus, mas que, por meio da morte e ressurreição de Jesus Cristo, podemos ser reconciliados com Deus e receber vida eterna (Romanos 3:23-24,

6:23). Esse é o chamado para compartilhar a mensagem do Evangelho e fazer discípulos em todas as nações.
- A responsabilidade cristã: é outra base para o chamado missionário. Os cristãos são chamados a ser luz e sal na terra, a compartilhar o amor de Deus e a trabalhar pela justiça e paz em todas as áreas da vida (Mateus 5:13-16, Gálatas 6:10). A missão cristã é uma extensão dessa responsabilidade, chamando os cristãos a trabalhar para o bem-estar espiritual e físico das pessoas em todo o mundo.
- O poder do Espírito Santo: é uma base fundamental para a missão cristã. Jesus disse a seus discípulos que eles receberiam poder quando o Espírito Santo viesse sobre eles e que esse poder lhes permitiria ser testemunhas em todo o mundo (Atos 1:8). O Espírito Santo é a força capacitadora para a missão cristã, capacitando os cristãos a serem eficazes no compartilhamento da mensagem do Evangelho.

Essas são apenas algumas das bases do chamado missionário cristão. Em resumo, o chamado missionário cristão é fundamentado na Grande Comissão, no amor de Deus, na salvação em Jesus Cristo, na responsabilidade cristã e no poder do Espírito Santo. Essas bases inspiram e capacitam o missionário.

16.1 Como identificar o verdadeiro chamado para ser um missionário cristão

Identificar o verdadeiro chamado para ser um missionário cristão é uma questão muito pessoal e pode variar de pessoa para pessoa. No entanto, existem algumas diretrizes gerais que podem ajudar a identificar se alguém é realmente chamado para ser um missionário cristão. Algumas dessas diretrizes incluem:
- Ter um forte desejo de servir a Deus: um missionário cristão deve ter um forte desejo de servir a Deus e fazer a vontade dEle. Isso significa estar disposto a fazer sacrifícios pessoais e financeiros para levar a mensagem do Evangelho a outras pessoas.

- Sentir um senso de urgência: um missionário cristão deve sentir um senso de urgência em relação à chamada, sentindo que não pode esperar para compartilhar a mensagem do Evangelho com aqueles que ainda não conhecem Jesus Cristo.
- Ter um coração para os perdidos: um missionário cristão deve ter um coração para as pessoas que ainda não conhecem Jesus Cristo e estar disposto a se sacrificar para alcançá-las.
- Ter habilidades e dons para o ministério: um missionário cristão deve ter habilidades e dons específicos para o ministério, incluindo capacidade de comunicação, liderança, habilidades organizacionais e outros.
- Ser confirmado pela comunidade cristã: um missionário cristão deve ser confirmado por sua comunidade cristã local e estar em comunhão com outros cristãos que podem discernir sua chamada e oferecer suporte e orientação.
- Estudar a Bíblia: um missionário cristão deve estudar a Bíblia regularmente para entender a vontade de Deus e estar em sintonia com a direção que Deus tem para sua vida.
- Fazer um teste preliminar: um missionário cristão pode fazer uma viagem missionária de curto prazo para ver se ele tem as habilidades e capacidades necessárias para ser um missionário cristão em tempo integral.

Lembrando que, em última análise, o chamado para ser um missionário cristão é dado por Deus e a pessoa deve orar e buscar a orientação de Deus para discernir se é realmente chamado para o ministério missionário.

17
O CHAMADO DIVINO PARA A MISSÃO

O chamado divino para a missão é uma ideia presente em muitas tradições religiosas e espirituais e pode ser entendido como uma convocação ou chamado que uma pessoa recebe de uma força divina ou espiritual para cumprir uma tarefa ou propósito específico.

Esse chamado pode ser interpretado de diferentes maneiras, dependendo da crença ou tradição espiritual envolvida. Para algumas pessoas, o chamado divino pode ser uma experiência intensa e espiritual, como uma visão ou revelação divina, enquanto para outras pode ser uma sensação sutil de direção ou propósito.

Independentemente da forma que o chamado divino assuma, aqueles que o recebem geralmente sentem um senso profundo de propósito e direção em suas vidas e podem sentir uma forte motivação para seguir o chamado e cumprir sua missão.

Embora o chamado divino possa ser uma experiência poderosa e transformadora, nem todas as pessoas sentem um chamado tão claro ou definido em suas vidas. Algumas pessoas podem descobrir seu propósito de vida por meio de experiências mais mundanas, como a descoberta de um talento ou paixão ou um processo de autoexploração e reflexão.

Independentemente de como uma pessoa descobre seu propósito ou chamado, é importante lembrar que cada indivíduo tem seu próprio caminho único a seguir e que a jornada em si é tão importante quanto o destino final.

17.1 Como entender uma sensação sutil de direção ou propósito para o chamado missionário

Entender uma sensação sutil de direção ou propósito para o chamado missionário pode ser um processo desafiador, mas existem algumas coisas que você pode fazer para ajudar a identificar essa sensação e dar-lhe significado.

- Busque a orientação divina: como missionário, sua missão é servir a Deus e espalhar Sua mensagem. Portanto, é importante começar buscando a orientação divina para entender seu chamado missionário. Ore, leia as Escrituras, participe de estudos religiosos e medite para ajudar a discernir a vontade de Deus para sua vida.

- Faça uma autorreflexão: pergunte a si mesmo por que você está interessado em se tornar um missionário e o que o inspira a servir a Deus. Quais são seus pontos fortes, fraquezas, habilidades e paixões? Analise essas informações para entender melhor como suas habilidades e interesses podem ser usados para servir a Deus.

- Busque conselho: procure aconselhamento de líderes religiosos, amigos, familiares e outros missionários para ajudá-lo a entender seu chamado missionário. Eles podem ter perspectivas únicas e insights valiosos sobre como você pode melhor servir a Deus.

- Experimente: tente se envolver em várias atividades missionárias para experimentar diferentes maneiras de servir a Deus. Isso pode incluir trabalhos voluntários, missões de curto prazo, visitas a hospitais ou asilos e outras atividades missionárias. Essas experiências podem ajudá-lo a entender melhor como Deus pode estar chamando você para servir.

- Tenha paciência: entender o chamado missionário pode ser um processo gradual e levar tempo. Tenha paciência e continue buscando orientação divina, reflexão pessoal e conselho de outras pessoas. Com o tempo, você pode começar a sentir uma sensação sutil de direção ou propósito em relação a seu chamado missionário.

18
A VISÃO E PROPÓSITO DA MISSÃO NA BÍBLIA

Na Bíblia, a visão e propósito da missão estão ligados ao conceito de chamado divino, que é visto como uma convocação de Deus para uma pessoa específica realizar uma tarefa ou missão especial.

Por exemplo, na história de Moisés, Deus chama Moisés para liderar o povo de Israel fora do Egito, libertando-os da escravidão. Moisés resiste a princípio, mas Deus o encoraja e capacita para cumprir sua missão.

Na vida de Jesus, vemos que ele entendeu claramente a visão e propósito de sua missão, que era pregar o Evangelho, curar os doentes e libertar os cativos. Ele declarou isso publicamente na sinagoga, em Nazaré, quando leu a profecia de Isaías sobre o Messias: "O Espírito do Senhor está sobre mim, porque ele me ungiu para pregar boas novas aos pobres. Ele me enviou para proclamar liberdade aos presos e recuperação da vista aos cegos, para libertar os oprimidos e proclamar o ano da graça do Senhor" (Lucas 4:18-19).

Jesus cumpriu sua missão com fidelidade, mesmo que isso o levasse à morte na cruz. Ele disse a seus discípulos: "Assim como o Pai me enviou, eu os envio" (João 20:21), dando-lhes a mesma visão e propósito para sua missão de espalhar o Evangelho pelo mundo.

Na Bíblia, a visão e o propósito da missão estão sempre ligados a Deus e a Seu plano de redenção e restauração da humanidade. Aqueles que são chamados para cumprir uma missão são capacitados pelo Espírito Santo e guiados pela vontade de Deus e sua missão tem como objetivo levar as pessoas a conhecer Deus e a viver de acordo com Sua vontade.

18.1 A visão do fazedor de tendas sobre a pessoa de Jesus para definir o propósito da missão no campo missionário

A visão do fazedor de tendas sobre a pessoa de Jesus pode ser uma inspiração para aqueles que buscam entender seu propósito na missão no campo missionário. O fazedor de tendas, como um profissional que fabricava tendas, pode ter tido uma visão prática e concreta de seu trabalho, mas, ao mesmo tempo, era um homem de fé e tinha uma compreensão profunda da pessoa de Jesus Cristo.

A fé do fazedor de tendas em Jesus e a compreensão de Sua pessoa pode ter sido um fator importante em seu propósito na missão no campo missionário. Ele pode ter entendido que a missão era sobre compartilhar a mensagem de Jesus com outras pessoas e ajudá-las a conhecer e seguir a Cristo.

A compreensão do fazedor de tendas sobre Jesus pode ter incluído a percepção de que Jesus é o filho de Deus, o Salvador do mundo e o caminho para a salvação eterna. Essa compreensão pode ter motivado o fazedor de tendas a compartilhar a mensagem de Jesus com outros, a fim de que eles também pudessem conhecer a verdade e experimentar a salvação.

Além disso, o fazedor de tendas pode ter visto Jesus como um exemplo de amor e serviço. Ele pode ter sido inspirado a seguir o exemplo de Jesus e servir as pessoas em seu trabalho missionário, buscando compartilhar o amor de Jesus com todos os que encontrasse.

Em resumo, a visão do fazedor de tendas sobre a pessoa de Jesus pode ter ajudado a definir seu propósito na missão no campo missionário, inspirando-o a compartilhar a mensagem de Jesus com outros e a servir as pessoas como Jesus fez. A compreensão de Jesus como o filho de Deus, Salvador e exemplo de amor e serviço pode ser uma inspiração para todos os missionários que buscam entender seu propósito na missão.

18.2 A responsabilidade da igreja na promoção da missão

A responsabilidade da igreja na promoção da missão é uma parte essencial do propósito e visão da igreja como um todo. A missão da igreja é compartilhar o Evangelho de Jesus Cristo com o mundo, ajudar as pessoas a conhecer a Deus e a viver de acordo com Sua vontade.

Isso significa que a igreja tem uma responsabilidade significativa na promoção da missão, tanto localmente como globalmente. Algumas maneiras pelas quais a igreja pode promover a missão incluem:

- Evangelização: a igreja deve compartilhar o Evangelho com pessoas que ainda não o conhecem. Isso pode incluir programas de evangelismo, como cultos especiais ou eventos comunitários, bem como evangelismo pessoal.
- Discipulado: a igreja deve ajudar as pessoas a crescer em sua fé e se tornar discípulos fiéis de Cristo. Isso pode envolver ensino bíblico, grupos de estudo da Bíblia e mentoria cristã.
- Serviço comunitário: a igreja deve servir à comunidade local, atendendo às necessidades das pessoas e compartilhando o amor de Cristo por meio de ações práticas.
- Missões globais: a igreja também deve se envolver em missões globais, apoiando missionários e organizações que trabalham em outras partes do mundo para compartilhar o Evangelho e ajudar as pessoas necessitadas.
- Orar pela missão: a igreja deve orar pela missão e pelos missionários, pedindo a Deus que abençoe e guie os esforços da igreja em compartilhar o Evangelho com o mundo.

Em resumo, a responsabilidade da igreja na promoção da missão é vital para a saúde e o crescimento da igreja como um todo. A igreja deve estar comprometida em compartilhar o Evangelho, ajudando as pessoas a crescer em sua fé e servindo a comunidade local e global.

18.3 Como envolver a igreja local na promoção da missão

A igreja local é um recurso valioso para a promoção da missão, e existem várias maneiras pelas quais você pode envolver a igreja em sua missão. Aqui estão algumas sugestões:

- Compartilhe sua visão: converse com a liderança da igreja e compartilhe sua visão e missão. Explique como a igreja pode se envolver e ajudar a promover sua missão.

- Convide a igreja para apoiar financeiramente: peça à igreja para apoiar financeiramente sua missão por meio de doações ou outras formas de contribuição. Explique como o dinheiro será usado para ajudar as pessoas em sua área de atuação.
- Organize eventos de arrecadação de fundos: organize eventos, como bazares ou jantares, para arrecadar fundos para sua missão. Peça ajuda da igreja para divulgar e participar desses eventos.
- Ofereça oportunidades para voluntariado: ofereça oportunidades para os membros da igreja se voluntariarem em sua missão, seja ajudando na organização de eventos ou participando diretamente da missão.
- Faça apresentações na igreja: peça à liderança da igreja para permitir que você faça uma apresentação sobre sua missão durante o serviço ou em outro evento da igreja. Isso permitirá que você compartilhe sua visão com um público maior e possa inspirar outros a se envolverem na missão.
- Use as mídias sociais: use as mídias sociais para promover sua missão e envolver a igreja. Compartilhe fotos e histórias sobre o que está acontecendo em sua missão e como as pessoas estão sendo ajudadas.

Em resumo, envolver a igreja local na promoção da missão pode ser uma maneira eficaz de aumentar o envolvimento da comunidade e o sucesso da missão. Compartilhe sua visão, convide a igreja para apoiar financeiramente, organize eventos de arrecadação de fundos, ofereça oportunidades para voluntariado, faça apresentações na igreja e use as mídias sociais para promover sua missão.

19
A IMPORTÂNCIA DA ORAÇÃO NA VIDA MISSIONÁRIA

A oração é uma parte vital da vida missionária, pois é por meio dela que o missionário se conecta com Deus e recebe sabedoria, força e direção necessárias para cumprir a missão a que foi chamado.

A oração permite que o missionário se aproxime de Deus, buscando sua vontade e orientação para a missão. É por meio da oração que o missionário pode discernir o caminho certo a seguir, superar as dificuldades e obstáculos e ser capacitado pelo Espírito Santo para cumprir a missão.

A oração também é uma maneira de o missionário fortalecer-se emocionalmente e espiritualmente, mantendo uma conexão constante com Deus e encontrando força e consolo em momentos difíceis.

Além disso, a oração é uma forma de envolver outras pessoas na missão, permitindo que elas se juntem ao missionário em oração, intercedendo por ele e pelas pessoas que ele está alcançando.

Por fim, a oração é uma forma de glorificar a Deus, reconhecendo que a missão não é sobre o missionário, mas sobre a obra de Deus no mundo. É por meio da oração que o missionário pode lembrar que a obra é de Deus e não sua e que é somente pela graça e poder de Deus que a missão pode ser cumprida.

Em resumo, a oração é uma parte vital da vida missionária, permitindo que o missionário se conecte com Deus, busque Sua vontade, encontre força e consolo, envolva outras pessoas na missão e glorifique a Deus em tudo o que faz.

20

MÉTODOS PARA O FAZEDOR DE TENDAS ESTABELECER A ORAÇÃO COMO PARTE VITAL DA VIDA MISSIONÁRIA

Para o fazedor de tendas, estabelecer a oração como parte vital da vida missionária pode ser fundamental para seu sucesso na missão. Aqui estão alguns métodos que o fazedor de tendas pode usar para estabelecer a oração como uma parte vital de sua vida missionária:

- Estabelecer um horário regular de oração: uma maneira de tornar a oração uma parte vital da vida missionária é estabelecer um horário regular de oração. Pode ser uma hora pela manhã ou à noite, ou vários momentos ao longo do dia. Escolha um horário que funcione melhor para você e mantenha-o consistentemente todos os dias.
- Participar de grupos de oração: outra maneira de estabelecer a oração como parte vital da vida missionária é participar de grupos de oração. Junte-se a grupos de oração em sua igreja ou na comunidade, onde você possa orar com outras pessoas e compartilhar suas experiências de vida missionária.
- Usar a Bíblia na oração: a Bíblia é uma ferramenta valiosa para a oração e o estudo da Palavra de Deus, que pode ajudar a aprofundar a compreensão da missão e a conexão com Deus. O fazedor de tendas pode escolher versículos específicos da Bíblia para meditar e orar sobre eles.
- Praticar a oração silenciosa: a oração silenciosa pode ajudar a concentrar a mente e a se conectar com Deus. O fazedor

de tendas pode praticar a oração silenciosa em momentos de pausa no decorrer do dia, durante uma caminhada ou durante o tempo de descanso, por exemplo.

- Envolva-se em retiros espirituais: participar de retiros espirituais pode ser uma oportunidade para o fazedor de tendas se desconectar do mundo e se conectar com Deus em um ambiente de oração e meditação.

Em resumo, estabelecer a oração como parte vital da vida missionária pode ajudar o fazedor de tendas a se concentrar em sua missão e a se conectar com Deus. O estabelecimento de um horário regular de oração, a participação em grupos de oração, o uso da Bíblia na oração, a prática da oração silenciosa e a participação em retiros espirituais podem ser métodos eficazes para alcançar esse objetivo.

21
CULTURA E O CAMPO MISSIONÁRIO CRISTÃO

A cultura é uma parte importante do campo missionário cristão, pois cada cultura tem a própria maneira de entender e interpretar o mundo. Para que a mensagem do Evangelho seja comunicada de modo eficaz, os missionários precisam entender e respeitar a cultura local, reconhecendo que a cultura pode afetar a maneira como as pessoas recebem e entendem a mensagem do Evangelho.

Ao trabalhar em um campo missionário, é importante que os missionários aprendam sobre a cultura local, suas crenças, tradições e valores. Eles precisam estar dispostos a ouvir e aprender com as pessoas locais e evitar impor a própria cultura ou maneira de pensar sobre elas. Em vez disso, os missionários devem buscar maneiras de se comunicar com as pessoas na língua e contexto cultural.

Isso significa que os missionários devem estar dispostos a adaptar a forma como apresentam a mensagem do Evangelho às necessidades e expectativas locais. Eles devem estar cientes das diferenças culturais em relação a comportamento, vestimenta, alimentação e outras práticas, ser respeitosos e sensíveis a essas diferenças.

Além disso, os missionários precisam estar dispostos a trabalhar em colaboração com as pessoas locais e outros missionários que trabalham na mesma região. A colaboração pode ajudar a garantir que a mensagem do Evangelho seja apresentada de maneira culturalmente relevante e compreensível para as pessoas locais.

Em resumo, a cultura é uma parte importante do campo missionário cristão, e os missionários precisam estar dispostos a aprender, respeitar e se adaptar à cultura local para comunicar efetivamente a mensagem do Evangelho.

21.1 Métodos para os missionários trabalharem com as pessoas da comunidade local mantendo os princípios e as regras bíblicas

Os missionários devem ser cuidadosos em sua abordagem ao trabalhar com pessoas da comunidade local, mantendo os princípios e as regras bíblicas. Aqui estão alguns métodos que os missionários podem usar para alcançar esse objetivo:

- Respeite a cultura e os costumes locais: os missionários devem se esforçar para entender e respeitar a cultura e os costumes locais. Eles devem ser cuidadosos para não impor os próprios valores e crenças sobre a comunidade local, mas sim trabalhar para encontrar maneiras de se comunicar com as pessoas no próprio contexto cultural.

- Seja transparente sobre as crenças e valores: os missionários devem ser transparentes sobre suas crenças e valores, mas também devem estar abertos a aprender e ouvir as perspectivas e opiniões dos membros da comunidade local. Eles devem trabalhar para estabelecer um diálogo aberto e respeitoso com as pessoas.

- Seja sensível às necessidades da comunidade: os missionários devem estar cientes das necessidades da comunidade local e trabalhar em conjunto com seus membros para ajudá-los a atender essas necessidades. Eles podem oferecer ajuda em áreas como educação, saúde, emprego e outras áreas relevantes, mas devem sempre estar conscientes de que sua principal missão é a de compartilhar o Evangelho.

- Ensine a partir da Bíblia: os missionários devem basear sua mensagem nas Escrituras e ensinar a partir da Bíblia. Eles devem se esforçar para apresentar as verdades bíblicas de uma maneira que seja relevante e compreensível para a comunidade local.

- Estabeleça relacionamentos pessoais: os missionários devem trabalhar para estabelecer relacionamentos pessoais com as pessoas da comunidade local, de modo a construir confiança e credibilidade. Eles podem fazer isso por meio do serviço e do trabalho voluntário na comunidade, por exemplo, ajudando em projetos sociais, oferecendo ajuda em momentos de crise, ou simplesmente visitando as pessoas em suas casas.

Em resumo, os missionários devem ser cuidadosos e respeitosos ao trabalhar com pessoas da comunidade local, mantendo os princípios e as regras bíblicas. Eles podem alcançar isso respeitando a cultura e os costumes locais, sendo transparentes sobre suas crenças e valores, sendo sensíveis às necessidades da comunidade, ensinando a partir da Bíblia e estabelecendo relacionamentos pessoais com as pessoas.

22
O CONCEITO DE CULTURA E SUA RELAÇÃO COM A MISSÃO

O conceito de cultura pode ser definido como um conjunto de valores, crenças, comportamentos, tradições e costumes compartilhados por um grupo de pessoas. A cultura é uma parte fundamental da identidade de um povo e influencia a maneira como eles percebem o mundo e interagem com ele.

Na missão cristã, a compreensão da cultura é essencial para alcançar as pessoas de maneira eficaz. Os missionários precisam entender a cultura local para se comunicarem efetivamente com as pessoas, respeitar seus valores e tradições e apresentar o Evangelho de maneira compreensível e relevante.

Além disso, a cultura pode afetar a maneira como as pessoas respondem à mensagem do Evangelho. Algumas culturas podem ser mais abertas à mensagem cristã, enquanto outras podem ser mais resistentes. As culturas também podem ter diferentes concepções de moralidade, pecado e salvação, o que pode afetar a maneira como as pessoas entendem a mensagem do Evangelho.

Os missionários precisam estar cientes dessas diferenças culturais e adaptar sua abordagem de acordo com o contexto em que estão trabalhando. Isso pode incluir aprender a língua local, entender as crenças e práticas religiosas locais, respeitar as tradições culturais e adaptar a mensagem do Evangelho para ser relevante e compreensível para as pessoas locais.

A compreensão da cultura também pode ajudar os missionários a desenvolver relacionamentos significativos com as pessoas locais.

Ao entender e respeitar a cultura, os missionários podem demonstrar que valorizam a identidade e a história das pessoas locais, o que pode ajudar a estabelecer confiança e credibilidade.

Em resumo, a compreensão da cultura é fundamental para a missão cristã. Os missionários precisam entender e respeitar a cultura local para se comunicarem efetivamente com as pessoas, adaptarem a mensagem do Evangelho e desenvolver relacionamentos significativos.

22.1 Pontos importantes da cultura local que facilitam relacionamentos significativos com as pessoas da comunidade

Existem muitos pontos importantes da cultura local que podem facilitar relacionamentos significativos com as pessoas da comunidade. Aqui estão alguns exemplos:

- Respeito pelas tradições e costumes locais: ao demonstrar interesse e respeito pelas tradições e costumes da comunidade local, você pode construir confiança e mostrar que se importa com a cultura local. Isso pode ser expressado por pequenas coisas, como aprender algumas palavras na língua local, experimentar a comida local, participar de festas ou eventos tradicionais etc.
- Comunicação clara e direta: é importante comunicar-se de modo claro e direto, especialmente se você estiver trabalhando com pessoas que falam uma língua diferente da sua. Certifique-se de usar uma linguagem simples e evitar jargões ou termos técnicos que possam ser difíceis de entender.
- Sensibilidade cultural: é importante ter sensibilidade cultural ao trabalhar com pessoas de diferentes origens. Isso significa estar ciente das diferentes formas de comunicação, valores e normas culturais e ser respeitoso com as diferenças culturais. Por exemplo, algumas culturas podem ser mais formais ou mais reservadas do que outras, e é necessário reconhecer essas diferenças e ajustar sua abordagem em conformidade.
- Compreensão das necessidades locais: para construir relacionamentos significativos com a comunidade local, é impor-

tante entender as necessidades e preocupações locais. Isso pode envolver ouvir as preocupações dos moradores locais, trabalhar em parceria com líderes comunitários, ou mesmo participar em projetos locais de voluntariado.
- Respeito pelos espaços públicos e locais sagrados: respeitar os espaços públicos e locais sagrados é essencial para construir relacionamentos significativos com a comunidade local. Isso pode envolver ser cuidadoso ao atravessar áreas sagradas ou evitar o uso de espaços públicos para fins pessoais sem autorização.

Ao seguir essas práticas, você pode ajudar a construir relacionamentos significativos com as pessoas da comunidade local.

23
O DESAFIO DE COMUNICAR O EVANGELHO EM DIFERENTES CULTURAS

Comunicar o Evangelho em diferentes culturas pode ser um grande desafio para os missionários cristãos. Cada cultura tem a própria maneira de entender e interpretar o mundo e isso pode afetar a maneira como as pessoas recebem e entendem a mensagem do Evangelho.

Algumas culturas podem estar mais abertas à mensagem do Evangelho, enquanto outras podem ser mais resistentes. Além disso, as culturas podem ter diferentes concepções de moralidade, pecado e salvação, o que pode afetar a maneira como as pessoas entendem a mensagem do Evangelho.

Para superar esses desafios, os missionários precisam ser sensíveis e adaptáveis à cultura local. Eles precisam aprender sobre a cultura local, suas crenças, tradições e valores e estar dispostos a respeitá-las. Os missionários também precisam estar cientes das diferenças culturais em relação a comportamento, vestimenta, alimentação e outras práticas e ser respeitosos e sensíveis a essas diferenças.

Além disso, os missionários precisam ser capazes de comunicar a mensagem do Evangelho de maneira compreensível e relevante para as pessoas locais. Isso pode exigir que eles adaptem a linguagem, as metáforas e as ilustrações para o contexto cultural local. Os missionários também precisam ser capazes de conectar a mensagem do Evangelho aos valores e necessidades das pessoas locais.

Por fim, é importante lembrar que a comunicação eficaz da mensagem do Evangelho é um processo contínuo e dinâmico. Os missionários precisam estar dispostos a aprender e crescer em sua compreensão da cultura local e adaptar sua abordagem de acordo com as necessidades e desafios que enfrentam.

Em resumo, comunicar o Evangelho em diferentes culturas pode ser um desafio, mas é essencial para a missão cristã. Os missionários precisam ser sensíveis e adaptáveis à cultura local, comunicar a mensagem do Evangelho de maneira compreensível e relevante e estar dispostos a aprender e crescer em sua compreensão da cultura local.

24
O PAPEL DA ENCARNAÇÃO NA MISSÃO TRANSCULTURAL

A encarnação é um conceito fundamental na missão cristã transcultural. Refere-se à ideia de que Jesus Cristo, sendo Deus, tornou-se humano e viveu entre as pessoas como um deles, compartilhando suas experiências, dores e alegrias. A encarnação é um exemplo de amor sacrificial e uma expressão do desejo de Deus de se relacionar com a humanidade e salvá-la.

Na missão transcultural, a encarnação é importante porque permite que os missionários se aproximem das pessoas locais de maneira respeitosa e amorosa. Isso significa que os missionários precisam estar dispostos a viver como as pessoas locais, compartilhando suas experiências e necessidades e aprendendo a linguagem e a cultura locais.

A encarnação também ajuda os missionários a se identificarem com as pessoas locais e a entenderem seus desafios e dificuldades. Isso pode ajudá-los a comunicar a mensagem do Evangelho de maneira mais eficaz e relevante. Ao viver entre as pessoas locais, os missionários podem aprender a respeitar suas crenças e tradições, o que pode ajudar a construir relacionamentos significativos e confiança.

Além disso, a encarnação pode inspirar os missionários a se tornarem mais envolvidos na comunidade local, a ajudar as pessoas em suas necessidades práticas, fornecendo comida, água, cuidados médicos e educação. Essa abordagem é uma maneira prática de compartilhar o amor de Deus com as pessoas locais, demonstrando que os missionários se preocupam com seu bem-estar e que estão lá para ajudá-las.

Em resumo, a encarnação é essencial para a missão transcultural cristã. Os missionários precisam estar dispostos a viver como as pessoas locais, a entender e respeitar sua cultura e crenças e a se envolver na comunidade local para compartilhar o amor de Deus. Essa abordagem pode ajudar a construir relacionamentos significativos, demonstrar o amor de Deus e comunicar a mensagem do Evangelho de maneira relevante e eficaz.

25
O RESPEITO À DIVERSIDADE CULTURAL NO TRABALHO MISSIONÁRIO

O respeito à diversidade cultural é fundamental no trabalho missionário. Cada cultura é única e valiosa, com sua própria história, tradições e valores. Quando os missionários trabalham em uma cultura diferente da sua, é importante que eles sejam sensíveis a essa diversidade cultural e respeitem as crenças e práticas locais.

O respeito à diversidade cultural começa com a disposição de ouvir e aprender. Os missionários devem estar dispostos a aprender sobre a cultura local, suas tradições e valores e estar abertos a novas maneiras de pensar e agir. Eles também precisam estar cientes das diferenças culturais em relação a comportamento, vestimenta, alimentação e outras práticas e serem respeitosos e sensíveis a essas diferenças.

Os missionários devem ser cuidadosos para não impor a própria cultura ou as próprias crenças sobre a cultura local. Em vez disso, eles devem estar dispostos a trabalhar dentro do contexto cultural local, adaptando a mensagem do Evangelho para que ela faça sentido para as pessoas locais. Isso pode exigir que eles usem linguagem e metáforas diferentes das que estão acostumados, ou que mudem a maneira como se relacionam com as pessoas locais.

Outro aspecto importante do respeito à diversidade cultural é a promoção da diversidade e inclusão na comunidade cristã local. Os missionários devem estar dispostos a trabalhar com os líderes locais para criar uma comunidade cristã inclusiva, onde pessoas de diferentes culturas se sintam bem-vindas e incluídas. Isso pode exigir que eles abordem questões de discriminação ou preconceito dentro da comunidade cristã e trabalhem para promover a diversidade e inclusão.

Em resumo, o respeito à diversidade cultural é essencial para o trabalho missionário. Os missionários precisam ser sensíveis e adaptáveis à cultura local, estar dispostos a ouvir e aprender e trabalhar para promover a diversidade e inclusão na comunidade cristã local. Ao fazerem isso, eles podem ajudar a construir relacionamentos significativos, demonstrar o amor de Deus e comunicar a mensagem do Evangelho de maneira eficaz e relevante.

26
COSMOVISÃO E O MISSIONÁRIO COMO EDUCADOR

Cosmovisão é a maneira como uma pessoa entende e interpreta o mundo a seu redor. É um conjunto de crenças e valores que moldam a maneira como as pessoas veem a vida, a realidade e o propósito da existência. O missionário, como educador, tem a responsabilidade de ajudar as pessoas a entenderem a cosmovisão cristã e a aplicá-la em suas vidas.

A educação missionária não é apenas sobre transmitir informações teológicas, mas também sobre ajudar as pessoas a entenderem a cosmovisão cristã e como ela se aplica a todas as áreas da vida. Isso inclui a maneira como as pessoas veem o trabalho, a família, a comunidade, a política e a cultura em geral.

O missionário, como educador, precisa estar ciente da cosmovisão local e entender como as pessoas veem o mundo a seu redor. Isso permitirá que ele se comunique de maneira mais eficaz e ajude as pessoas a verem como a cosmovisão cristã pode se relacionar com a própria cultura e realidade.

Ao educar as pessoas sobre a cosmovisão cristã, o missionário deve ser um modelo de vida cristã autêntica. Ele deve viver de acordo com os valores cristãos e estar disposto a compartilhar a própria experiência e fé. Isso ajudará as pessoas a verem como a cosmovisão cristã pode ser aplicada na vida cotidiana e a encontrar significado e propósito na própria existência.

O missionário, como educador, também deve estar disposto a ouvir e aprender com as pessoas locais. Isso pode incluir aprender sobre a cultura local e como as pessoas veem o mundo a seu redor. Essa abordagem pode ajudar o missionário a adaptar sua mensagem e seus métodos de ensino para atender às necessidades e crenças locais.

Em resumo, a educação missionária deve se concentrar em ajudar as pessoas a entenderem a cosmovisão cristã e como ela se aplica a todas as áreas da vida. O missionário, como educador, deve estar ciente da cosmovisão local e adaptar sua mensagem e seus métodos de ensino para atender às necessidades e crenças locais. Ao fazer isso, ele pode ajudar as pessoas a encontrar significado e propósito em sua própria existência e a viver de acordo com os valores cristãos.

26.1 Definição e importância da cosmovisão

A cosmovisão é a forma como uma pessoa entende e interpreta o mundo a seu redor, incluindo a realidade, a vida, a moralidade e o propósito da existência. É uma perspectiva geral que orienta as crenças e valores de uma pessoa e influencia a maneira como ela pensa, age e se relaciona com outras pessoas e com a natureza.

A importância da cosmovisão está relacionada ao fato de que ela afeta diretamente a maneira como uma pessoa vive e toma decisões em sua vida. Uma cosmovisão saudável e coerente pode ajudar a pessoa a encontrar um senso de propósito e significado em sua vida, bem como a lidar com situações difíceis e complexas de maneira mais sábia e equilibrada. Por outro lado, uma cosmovisão distorcida ou inconsistente pode levar a decisões prejudiciais e até mesmo destrutivas para a própria pessoa e para as outras a seu redor. A cosmovisão também é importante no contexto da missão cristã, pois os missionários precisam compreender a cosmovisão das pessoas com quem estão trabalhando para comunicar o Evangelho de modo relevante e contextualizado.

26.2 A cosmovisão cristã e sua relação com a missão

A cosmovisão cristã é uma visão de mundo que acredita que Deus criou o mundo e os seres humanos com um propósito. Essa visão reconhece que o ser humano é falho e pecador e que precisa da salvação em Jesus Cristo. A cosmovisão cristã enfatiza a missão de

Deus no mundo de redimir a humanidade e a criação e a importância da Igreja na proclamação do Evangelho e na promoção da justiça e do amor ao próximo.

Na missão cristã, a cosmovisão cristã orienta a maneira como os missionários se aproximam das diferentes culturas e contextos em que trabalham. Eles buscam entender a cosmovisão e a religião das pessoas com quem trabalham e, em seguida, comunicam o Evangelho de maneira relevante e contextualizada, usando linguagem e métodos que sejam compreensíveis e eficazes.

Além disso, a cosmovisão cristã enfatiza a importância da missão integral, que procura alcançar as necessidades espirituais, sociais e físicas das pessoas. Os missionários cristãos procuram trabalhar para promover a justiça, a paz e o bem-estar das comunidades onde atuam, a fim de mostrar o amor de Deus e ajudar a transformar a vida das pessoas de maneira holística.

Em resumo, a cosmovisão cristã é fundamental para a missão cristã, orientando a maneira como os missionários se aproximam das diferentes culturas e contextos em que trabalham e a forma como comunicam o Evangelho de modo relevante e contextualizado enquanto promovem a missão integral.

26.3 O papel do missionário como educador e formador de cosmovisão

O papel do missionário como educador e formador de cosmovisão é fundamental para a transformação das comunidades em que atua. O missionário é uma pessoa que é enviada para determinada região para pregar determinada religião, mas também é responsável por educar e formar os indivíduos que vivem nessas comunidades.

No decorrer dos anos, os missionários têm desempenhado um papel importante na formação de cosmovisão das pessoas. Eles têm ajudado as pessoas a compreenderem sua identidade, seus valores e sua relação com o mundo que as rodeia. O missionário não apenas ensina a religião, mas também educa as pessoas sobre a história, a cultura e a língua da região em que vive.

O objetivo principal do missionário é mudar a vida das pessoas para melhor, e isso só é possível por meio da educação e formação de cosmovisão. O missionário ensina os princípios básicos da moralidade, da ética, da justiça e da compaixão, que são importantes para a vida em comunidade.

O missionário também pode ajudar as pessoas a desenvolverem habilidades e competências necessárias para melhorar suas vidas, como a leitura e a escrita, habilidades de negociação, trabalho em equipe, resolução de conflitos, entre outras.

Em resumo, o papel do missionário como educador e formador de cosmovisão é de grande importância para a transformação das comunidades em que atua. Ele é responsável por ajudar as pessoas a desenvolverem identidade, valores, habilidades e competências, o que, por sua vez, pode ajudá-las a melhorar suas vidas e a contribuir para a construção de uma sociedade mais justa e pacífica.

26.4 O papel do formador de cosmovisão na transformação das comunidades

A transformação das comunidades é um dos principais objetivos das igrejas batistas em todo o mundo. Para alcançar essa transformação, muitas vezes é necessário que haja uma mudança na forma como as pessoas veem o mundo a seu redor. É aqui que entra o papel do formador de cosmovisão.

O formador de cosmovisão é responsável por ajudar as pessoas a desenvolver uma visão do mundo que esteja alinhada com os valores e princípios cristãos. Esse processo envolve a mudança de perspectivas e a reorganização das crenças e valores que orientam o comportamento das pessoas.

Um exemplo prático desse processo pode ser visto nas igrejas batistas em áreas urbanas. Muitas vezes, as pessoas que vivem em áreas urbanas estão expostas a uma série de valores e crenças que não estão alinhados com a visão cristã do mundo. Isso pode incluir a glorificação da violência, da riqueza e do sucesso a qualquer custo.

Portanto, a transformação das comunidades é um processo complexo e multifacetado que envolve diversos fatores, incluindo a formação de cosmovisão. A cosmovisão é a visão de mundo que uma pessoa possui, que molda suas crenças, valores e ações. Nesse contexto, o papel do formador de cosmovisão é fundamental para a transformação das comunidades, especialmente no contexto das comunidades batistas. Nesta seção, é explorado o papel do formador de cosmovisão na transformação das comunidades batistas, fornecendo exemplos práticos de como esse processo pode ser implementado.

O formador de cosmovisão é alguém que ajuda as pessoas a desenvolver uma compreensão mais profunda e abrangente de sua fé e visão de mundo. Na Comunidade Batista, essa pessoa pode ser um pastor, líder de ministério ou mesmo um membro da igreja bem informado. O formador de cosmovisão ajuda os membros da comunidade a compreenderem a Bíblia e a teologia cristã, a discernir os desafios e oportunidades enfrentados pela comunidade e a aplicar a fé de maneira prática e relevante para a vida cotidiana.

Um exemplo prático do papel do formador de cosmovisão na transformação das comunidades batistas é o trabalho do professor de Teologia em uma escola ou seminário. O professor de Teologia ajuda os estudantes a entenderem as Escrituras e a teologia cristã, fornecendo-lhes uma base sólida para a vida cristã e o ministério. Esses estudantes, por sua vez, podem se tornar pastores, líderes de ministério ou membros da igreja bem informados, capazes de influenciar suas comunidades com uma cosmovisão bíblica e relevante.

Outro exemplo prático do papel do formador de cosmovisão na transformação das comunidades batistas é o trabalho de um mentor espiritual. O mentor espiritual é alguém que ajuda um membro da igreja a crescer em sua fé e relacionamento com Deus, oferecendo orientação, encorajamento e responsabilidade. O mentor espiritual ajuda o membro da igreja a desenvolver uma cosmovisão mais profunda e aplicada, capacitando-o a transformar sua comunidade com sua fé e ação.

O papel do formador de cosmovisão na transformação das comunidades batistas é fundamental. O formador de cosmovisão ajuda as pessoas a desenvolverem uma visão de mundo cristã e relevante, capacitando-as a transformar suas comunidades com sua fé e ação. O trabalho do professor de Teologia e do mentor espiritual são apenas alguns exemplos práticos do papel do formador de cosmovisão na transformação das comunidades batistas. É crucial que a Comunidade Batista valorize e invista no papel do formador de cosmovisão, para que possa crescer em maturidade e impacto em sua comunidade.

Nesse contexto, o formador de cosmovisão pode ajudar as pessoas a desenvolver uma visão do mundo que valorize a vida humana, a justiça e a solidariedade. Isso pode ser feito por meio de estudos bíblicos, discussões em grupo e ações concretas que reflitam os valores cristãos.

26.5 A necessidade de uma cosmovisão bíblica para a missão eficaz

A cosmovisão bíblica é fundamental para uma missão eficaz porque ela orienta o missionário em relação a princípios, valores e objetivos que devem ser perseguidos em sua atuação. A cosmovisão bíblica é baseada na Palavra de Deus e fornece um entendimento claro sobre a natureza de Deus, a criação, o propósito do homem, a redenção e a esperança da eternidade.

A Bíblia é a fonte de inspiração para os missionários cristãos, que buscam levar a mensagem do Evangelho para o mundo. A cosmovisão bíblica oferece uma compreensão clara da vontade de Deus para a humanidade, e os missionários que têm uma visão clara dessa vontade podem trabalhar com maior eficácia para cumprir sua missão.

Uma cosmovisão bíblica também é importante porque ajuda a manter a integridade do missionário e da missão. A Bíblia estabelece padrões éticos e morais que devem ser seguidos, e os missionários que têm uma cosmovisão bíblica clara são mais propensos a manter esses padrões.

Além disso, a cosmovisão bíblica ajuda o missionário a entender as necessidades das pessoas que estão sendo alcançadas pela missão. Ela oferece um entendimento profundo da condição humana e das necessidades espirituais, emocionais e físicas das pessoas, permitindo que o missionário aborde essas necessidades de maneira mais eficaz.

Em resumo, a cosmovisão bíblica é essencial para uma missão eficaz porque fornece orientação clara e uma base sólida para a atuação do missionário. Ela ajuda a manter a integridade do missionário e da missão e permite uma compreensão mais profunda das necessidades das pessoas que estão sendo alcançadas pela missão.

27
TERMINOLOGIAS BÍBLICAS E A LINGUAGEM DA SOCIEDADE PÓS-MODERNA

As terminologias bíblicas são muito importantes para a compreensão e o aprofundamento da mensagem bíblica e da fé cristã, mas podem não ser facilmente compreendidas pela sociedade pós-moderna, que tem uma linguagem e uma forma de pensar diferentes daquelas utilizadas nos tempos bíblicos.

Na sociedade pós-moderna, muitas pessoas têm pouco conhecimento ou interesse pela terminologia bíblica. Isso pode ser um desafio para os missionários e pregadores, que precisam encontrar formas de transmitir a mensagem bíblica de maneira clara e relevante.

Uma abordagem para superar esse desafio é usar uma linguagem mais acessível e contextualizada, que leve em consideração a cultura e as necessidades das pessoas. Os missionários e pregadores podem usar exemplos e analogias relevantes para a vida cotidiana das pessoas, para que elas possam se identificar com a mensagem e compreendê-la melhor.

Outra estratégia é o uso de traduções da Bíblia em linguagem mais acessível, que facilitam a compreensão da mensagem bíblica para aqueles que não estão familiarizados com a terminologia bíblica.

No entanto, é importante ressaltar que a utilização de terminologias bíblicas deve ser mantida em sua integridade, pois elas são a base da mensagem bíblica. Por isso, os missionários e pregadores devem ser cuidadosos ao contextualizar a mensagem sem deturpar o significado original.

Em resumo, a utilização de terminologias bíblicas em um contexto pós-moderno pode representar um desafio para a transmissão da mensagem bíblica, mas é possível superá-lo por meio de uma linguagem mais acessível e contextualizada, sem, no entanto, perder de vista o significado e a integridade da mensagem bíblica.

Existem muitas terminologias bíblicas que são aplicáveis no mundo pós-moderno, aqui estão alguns exemplos:

- Amor: a Bíblia fala muito sobre amor, especialmente sobre o amor de Deus pelos seres humanos e o amor que devemos ter uns pelos outros. O amor é um valor importante na sociedade atual e é aplicável em diversos contextos, como nos relacionamentos pessoais, na família, na comunidade e no trabalho.
- Graça: é um conceito importante na Bíblia, que se refere ao amor e à misericórdia de Deus concedidos a nós, mesmo que não mereçamos. Esse conceito é aplicável no mundo pós-moderno, especialmente quando se trata de perdoar os outros e ser compassivo em relação às falhas humanas.
- Justiça: é um conceito bíblico importante, que se refere à equidade e à retidão. No mundo pós-moderno, a justiça é aplicável em diversos contextos, como no sistema judiciário, na luta pelos direitos humanos e na promoção da igualdade social.
- Fé: é um conceito fundamental na Bíblia, que se refere à confiança em Deus e em Sua Palavra. No mundo pós-moderno, a fé pode ser aplicável em diversas áreas, como na tomada de decisões, no enfrentamento de desafios e na busca por propósito e significado na vida.
- Esperança: é um conceito importante na Bíblia, que se refere à confiança em Deus e em seu plano para o futuro. No mundo pós-moderno, a esperança pode ser aplicável em diversos contextos, como na superação de dificuldades, no enfrentamento de doenças e na busca por um futuro melhor.

Esses são apenas alguns exemplos de terminologias bíblicas que têm aplicação no mundo pós-moderno. A Bíblia é uma fonte rica de valores e conceitos que podem ser aplicados em diversos aspectos da vida, tanto na esfera pessoal quanto na esfera coletiva.

27.1 A importância da comunicação clara e eficaz na missão

A comunicação clara e eficaz é fundamental na missão, pois é por meio dela que a mensagem da Boa Nova é transmitida às pessoas e recebida em seus corações. A mensagem do Evangelho é uma mensagem de amor, esperança e salvação e precisa ser comunicada de modo claro e compreensível para que as pessoas possam entendê-la e responder a ela.

Existem diversas formas de comunicação que podem ser utilizadas na missão, como a pregação, o ensino, o testemunho pessoal, a música e a arte. Independentemente da forma escolhida, é importante que a comunicação seja clara e eficaz, para que a mensagem possa ser recebida e entendida pelas pessoas.

Alguns dos benefícios de uma comunicação clara e eficaz na missão incluem:

- Melhora a compreensão: quando a mensagem é comunicada de modo claro e simples, as pessoas conseguem entendê-la melhor e se identificar com ela.
- Facilita a resposta: uma comunicação clara e eficaz pode incentivar as pessoas a responderem à mensagem, seja aceitando a Cristo como Salvador, seja se comprometendo com a missão.
- Ajuda na retenção da mensagem: quando a mensagem é comunicada de maneira clara e eficaz, as pessoas tendem a se lembrar dela por mais tempo e a compartilhá-la com outras pessoas.
- Gera credibilidade: uma comunicação clara e eficaz pode aumentar a credibilidade da mensagem e do missionário, pois as pessoas confiam em quem fala de modo claro e transparente
- Atinge públicos diversos: uma comunicação clara e eficaz pode alcançar pessoas de diferentes origens culturais e linguísticas, pois a mensagem é adaptada à realidade e à linguagem do público.

Em resumo, a comunicação clara e eficaz é essencial para a missão, pois ajuda as pessoas a entenderem a mensagem e a responderem a ela de maneira positiva. É importante que os missionários invistam tempo e esforço na comunicação de sua mensagem, para que ela possa ser recebida e compreendida por todos.

27.2 O uso de terminologias bíblicas e sua compreensão na sociedade atual

O uso de terminologias bíblicas pode ser desafiador na sociedade atual, pois muitas palavras e conceitos são pouco conhecidos ou compreendidos por pessoas que não têm familiaridade com a Bíblia ou com a fé cristã. Além disso, muitas dessas palavras têm conotações culturais ou históricas que podem dificultar a compreensão em contextos diferentes daqueles em que foram originalmente utilizadas.

No entanto, isso não significa que as terminologias bíblicas devam ser evitadas ou substituídas por outras palavras. Ao contrário, é possível e desejável usar essas palavras e conceitos em contextos relevantes e significativos, desde que sejam apresentados de modo claro e adaptados à realidade do público.

Para que as terminologias bíblicas sejam compreendidas na sociedade atual, é importante considerar alguns aspectos, como:

- Contextualização: é importante adaptar a linguagem e o conteúdo da mensagem às pessoas e ao contexto em que elas vivem. Isso inclui a utilização de exemplos e analogias que tornem a mensagem mais compreensível e relevante para o público.
- Simplificação: é importante simplificar as terminologias bíblicas e explicá-las de maneira clara e acessível, evitando jargões ou termos técnicos que possam dificultar a compreensão.
- Educação: é importante educar as pessoas sobre as terminologias bíblicas e seu significado, fornecendo recursos e materiais que possam ajudá-las a entender melhor a mensagem.
- Testemunho pessoal: pode ser uma forma poderosa de comunicar a mensagem do Evangelho e de explicar as terminologias bíblicas de maneira mais concreta e prática.

- Diálogo: é importante estar aberto ao diálogo e à troca de ideias com as pessoas, ouvindo suas perguntas e respeitando suas opiniões e pontos de vista.

Em resumo, o uso de terminologias bíblicas pode ser desafiador na sociedade atual, mas é possível e desejável usá-las de maneira clara e adaptá-las ao público, para que a mensagem do Evangelho possa ser compreendida e aceita por todos.

27.3 O desafio da linguagem na sociedade pós-moderna

O desafio da linguagem na sociedade pós-moderna é complexo, pois a comunicação contemporânea é influenciada por uma variedade de fatores, como a globalização, a tecnologia, a diversidade cultural e a fragmentação das narrativas. Isso pode tornar a comunicação menos clara e mais difícil, especialmente quando se trata de transmitir ideias e valores cristãos em um mundo cada vez mais secularizado.

No entanto, há maneiras de superar esses desafios de linguagem e comunicação na sociedade pós-moderna, como:

- Adaptar a linguagem: é importante adequar a linguagem às necessidades e características do público. É preciso utilizar uma linguagem clara, simples e acessível, evitando jargões e termos técnicos que possam dificultar a compreensão. É preciso levar em consideração a idade, o gênero, a cultura, a formação e outras características relevantes do público.

- Usar exemplos concretos: para ajudar a tornar a mensagem mais clara e relevante, é importante utilizar exemplos concretos e experiências pessoais que possam ilustrar a mensagem de maneira prática e tangível. É preciso mostrar como os valores cristãos podem ser aplicados no cotidiano das pessoas.

- Utilizar recursos visuais e tecnológicos: é possível utilizar recursos visuais, como imagens, gráficos e vídeos, para complementar a mensagem e torná-la mais atrativa e compreensível. A tecnologia também pode ser utilizada para alcançar um público mais amplo, por meio de plataformas digitais e redes sociais.

- Desenvolver habilidades de comunicação: é importante desenvolver habilidades de comunicação, como a capacidade de ouvir ativamente, de expressar ideias de modo clara e persuasivo e de utilizar técnicas de comunicação não violenta. Essas habilidades podem ajudar a construir pontes e estabelecer relações positivas com o público
- Conhecer o público: é preciso conhecer bem o público e suas necessidades, desejos e valores. É importante estar atento às tendências e mudanças na sociedade, para adaptar a mensagem de acordo com as demandas do momento.

Entender a comunicação contemporânea pode ser um desafio, especialmente considerando a variedade de fatores que a influenciam. Apesar disso, existem algumas técnicas que podem ajudar a compreender melhor como esses fatores afetam a comunicação. Aqui estão algumas delas:

- Estudar a cultura: é importante entender a cultura em que se está comunicando para compreender a forma como as pessoas se comunicam. Isso pode incluir estudar tradições culturais, valores e crenças que afetam a comunicação.
- Observar as tendências: é importante estar ciente das tendências atuais que afetam a comunicação. Isso pode incluir acompanhar as mudanças tecnológicas, o uso de redes sociais, a evolução da linguagem, entre outros.
- Escutar atentamente: escutar com atenção é fundamental para entender a comunicação contemporânea. Isso inclui ouvir não só o que é dito, mas também observar a linguagem corporal, a entonação, o contexto da comunicação e as emoções por trás da comunicação.
- Ser aberto a diferentes perspectivas: a diversidade cultural e a fragmentação das narrativas significam que existem muitas maneiras diferentes de entender a comunicação. É importante estar aberto a diferentes perspectivas e estar disposto a aprender com as diferenças culturais.

- Aprender novas habilidades: a globalização e a tecnologia têm mudado a forma como as pessoas se comunicam. É importante aprender novas habilidades, como comunicação virtual, uso de redes sociais e habilidades de comunicação intercultural, para comunicar-se efetivamente na era contemporânea.

Em resumo, entender a comunicação contemporânea requer uma abordagem ativa e adaptativa para se comunicar com sucesso em um mundo diverso e em constante mudança. As técnicas mencionadas podem ajudar a compreender melhor como a comunicação é afetada por fatores como a globalização, a tecnologia, a diversidade cultural e a fragmentação das narrativas.

Em resumo, o desafio da linguagem na sociedade pós-moderna pode ser superado por meio da adaptação da linguagem, do uso de exemplos concretos, da utilização de recursos *visuais e tecnológicos, do desenvolvimento de habilidades de comunicação e do conhecimento do público. Com essas estratégias, é possível transmitir ideias e valores cristãos de modo mais claro e eficaz.*

27.4 A relevância da comunicação contextualizada na missão

A comunicação contextualizada é fundamental para a missão cristã, pois permite que a mensagem do Evangelho seja compreendida de maneira significativa e relevante para o público-alvo. A contextualização envolve o entendimento da cultura, dos valores, da linguagem e dos costumes do público-alvo, para que a mensagem possa ser apresentada de modo compreensível e adaptada a suas necessidades.

A comunicação contextualizada reconhece que diferentes culturas possuem diferentes perspectivas e visões de mundo e que a mensagem do Evangelho precisa ser apresentada de uma forma que respeite e dialogue com essas diferenças culturais. Ao utilizar uma linguagem e formas de comunicação que sejam familiares ao público-alvo, a mensagem do Evangelho pode se tornar mais acessível e relevante para a vida das pessoas.

Além disso, a comunicação contextualizada pode ajudar a evitar a imposição de valores culturais estranhos ao público-alvo, o que pode gerar resistência e desconfiança em relação à mensagem do Evangelho. Quando a comunicação é adaptada ao contexto cultural, as pessoas podem perceber que a mensagem do Evangelho não é uma ameaça à cultura e identidade delas, mas sim uma mensagem que pode trazer significado e propósito para suas vidas.

Identificar valores culturais estranhos ao público-alvo pode ser um desafio, mas é essencial para garantir que a mensagem que você está transmitindo seja compreendida e respeitada. Aqui estão algumas estratégias para identificar valores culturais estranhos ao público-alvo:

- Pesquisa: faça pesquisas detalhadas sobre a cultura do público-alvo. Isso pode incluir estudar tradições, crenças, valores e comportamentos. Pesquise os hábitos de consumo, as preferências e as expectativas das pessoas que você está tentando alcançar.
- Consulte especialistas: procure especialistas que possam fornecer informações sobre a cultura do público-alvo. Isso pode incluir antropólogos, sociólogos, psicólogos, consultores culturais, entre outros.
- Observe a comunicação de outras empresas: observe como outras empresas se comunicam com o público-alvo. Isso pode incluir a análise da publicidade, do marketing e da presença nas redes sociais de outras empresas que operam na mesma região e setor.
- Faça perguntas: seja proativo em fazer perguntas aos membros do público-alvo. Pergunte sobre seus valores e crenças. Isso pode incluir a realização de pesquisas de mercado, grupos focais ou entrevistas individuais.
- Esteja disposto a aprender: esteja aberto a aprender e a adaptar sua mensagem para melhor atender ao público-alvo. Lembre-se de que as culturas são dinâmicas e estão em constante evolução, portanto, é importante manter-se atualizado e estar disposto a mudar sua abordagem, se necessário.

Identificar valores culturais estranhos ao público-alvo pode ser um processo desafiador, mas é essencial para garantir que a mensagem que você está transmitindo seja compreendida e respeitada. Com uma abordagem cuidadosa e sensível, é possível identificar esses valores e adaptar a mensagem para atender às necessidades e expectativas do público-alvo.

A comunicação contextualizada também é importante para a construção de relacionamentos saudáveis e duradouros com o público-alvo. Quando a mensagem do Evangelho é apresentada de maneira respeitosa e adaptada ao contexto cultural, as pessoas tendem a se sentir mais valorizadas e compreendidas, o que pode gerar uma maior abertura e receptividade à mensagem.

Em resumo, a comunicação contextualizada é fundamental para a missão cristã, pois permite que a mensagem do Evangelho seja apresentada de modo compreensível e relevante para o público-alvo, respeitando suas diferenças culturais e ajudando a construir relacionamentos saudáveis e duradouros.

COMO ESTUDAR A BÍBLIA SOZINHO

Estudar a Bíblia sozinho pode ser uma experiência enriquecedora e transformadora. Aqui estão algumas dicas para ajudá-lo a estudar a Bíblia de maneira autônoma:

Escolha uma tradução da Bíblia que você entenda e da qual goste: existem muitas traduções disponíveis, desde as mais formais até as mais contemporâneas. Escolha uma que seja fácil de ler e compreender, mas que também seja fiel ao texto original.

Defina um objetivo para seu estudo: pergunte a si mesmo o que você espera aprender com seu estudo da Bíblia. Você quer entender melhor a história bíblica? Quer aprender mais sobre a vida de Jesus? Quer crescer em sua vida espiritual? Defina um objetivo claro para seu estudo.

Escolha um livro ou tópico para estudar: comece escolhendo um livro da Bíblia que lhe interesse ou um tópico que deseje estudar. Leia o livro inteiro ou selecione os capítulos que tratam do tópico escolhido.

Faça perguntas sobre o texto: faça perguntas como: o que o texto está dizendo? Quem são os personagens? Qual é o contexto histórico? Quais são as mensagens principais? Quais são os valores e ensinamentos que podem ser aplicados em sua vida? As perguntas ajudarão você a entender melhor o texto e a aplicá-lo à sua vida.

Use ferramentas de estudo bíblico: existem muitas ferramentas disponíveis para ajudá-lo a estudar a Bíblia, como dicionários bíblicos, comentários, concordâncias e atlas bíblicos. Essas ferramentas podem ajudá-lo a entender melhor o texto e o contexto histórico e cultural em que foi escrito.

Aqui estão algumas ferramentas essenciais para o estudo bíblico:

- Uma boa tradução da Bíblia: existem muitas traduções diferentes da Bíblia disponíveis, cada uma com suas próprias características e abordagens. Escolha uma tradução que você considere confiável e fácil de entender.
- Concordância bíblica: uma concordância é um livro que lista todas as palavras importantes da Bíblia e onde elas aparecem. Isso pode ajudá-lo a entender melhor o contexto de uma passagem e a explorar temas e tópicos específicos.
- Comentários bíblicos: um comentário bíblico é um livro que oferece uma explicação detalhada do significado de uma passagem ou livro bíblico. Eles podem ser úteis para entender o contexto histórico e cultural da Bíblia.
- Dicionário bíblico: um dicionário bíblico é uma ferramenta útil para entender palavras e conceitos importantes da Bíblia. Eles podem ajudá-lo a entender melhor os termos teológicos e culturais da Bíblia.
- Atlas bíblico: um atlas bíblico é um livro que apresenta mapas e informações geográficas relacionadas aos eventos e lugares mencionados na Bíblia. Eles podem ajudá-lo a entender melhor a geografia e a cultura da Bíblia.
- Notas de rodapé e introduções: muitas edições da Bíblia incluem notas de rodapé e introduções que fornecem informações adicionais sobre o contexto histórico e cultural de uma passagem ou livro bíblico.
- Aplicativos e softwares: existem muitos aplicativos e softwares disponíveis para facilitar o estudo bíblico. Eles podem incluir recursos como traduções da Bíblia, concordâncias, comentários, dicionários, atlas e outras ferramentas úteis.

Essas são apenas algumas das ferramentas essenciais para o estudo bíblico. É importante lembrar que, embora essas ferramentas possam ser úteis, a oração e a orientação do Espírito Santo também são essenciais para compreender e aplicar a Palavra de Deus.

Faça anotações. Anote suas reflexões, insights e perguntas enquanto estuda a Bíblia. Escrever ajuda a memorizar e a entender melhor o texto.

Ore enquanto estuda. Peça a Deus que o guie enquanto estuda a Bíblia. Ore para que Ele revele verdades e insights e O ajude a aplicar o que aprendeu em sua vida diária.

Aqui estão algumas sugestões de aplicativos e softwares essenciais para fazedores de tendas:

- Trello: é uma plataforma de gerenciamento de projetos que permite criar quadros e listas de tarefas, estabelecer prazos e compartilhar informações com outras pessoas envolvidas no projeto.
- Evernote: é um aplicativo de notas que permite organizar ideias, informações e documentos em um só lugar. Ele também possui recursos de colaboração e compartilhamento de informações.
- Skype: é uma ferramenta de comunicação que permite fazer chamadas de áudio e vídeo, enviar mensagens instantâneas e compartilhar arquivos com outras pessoas em todo o mundo.
- Google Drive: é uma plataforma de armazenamento em nuvem que permite compartilhar documentos, planilhas e apresentações com outras pessoas em tempo real.
- PayPal: é um serviço de pagamento online que permite enviar e receber dinheiro de maneira segura e conveniente. Ele pode ser útil para transações financeiras envolvidas em projetos de fazedor de tendas.
- Dropbox: é uma plataforma de armazenamento em nuvem que permite compartilhar arquivos e documentos com outras pessoas de modo fácil e seguro.
- Zoom: é uma plataforma de videoconferência que permite fazer reuniões virtuais com outras pessoas em todo o mundo. Ele também possui recursos de compartilhamento de tela e gravação de reuniões.

Essas são apenas algumas sugestões de aplicativos e softwares que podem ser úteis para fazedores de tendas. É importante lembrar que a escolha de ferramentas específicas pode variar de acordo com as necessidades e objetivos de cada projeto.

Lembre-se de que estudar a Bíblia sozinho é uma jornada pessoal e pode levar tempo e esforço. Não tenha medo de fazer perguntas e buscar ajuda de outros cristãos quando necessário. Com dedicação e persistência, você pode crescer em sua compreensão e aplicação da Palavra de Deus.

28.1 A importância do estudo da Bíblia para a missão

O estudo da Bíblia é fundamental para a missão cristã, pois a Bíblia é a base da nossa fé e a principal fonte de conhecimento sobre Deus e Sua vontade para nossas vidas. Aqui estão algumas razões pelas quais o estudo da Bíblia é importante para a missão:

- Conhecer a mensagem da salvação: a Bíblia nos revela a mensagem da salvação por meio de Jesus Cristo. É importante que os missionários compreendam essa mensagem e possam compartilhá-la com clareza e precisão.
- Compreender a cultura e o contexto das pessoas: o estudo da Bíblia ajuda a entender o contexto cultural em que a mensagem do Evangelho está sendo compartilhada. Isso ajuda os missionários a contextualizar a mensagem de modo a torná-la relevante e compreensível para as pessoas.
- Crescer na fé e espiritualidade: o estudo da Bíblia ajuda os missionários a crescer em sua fé e espiritualidade. Isso é importante porque a missão pode ser desafiadora e desgastante, e é necessário que os missionários sejam fortalecidos espiritualmente para enfrentar esses desafios
- Lidar com questões teológicas e éticas: o estudo da Bíblia ajuda os missionários a lidar com questões teológicas e éticas que podem surgir durante a missão. Eles podem encontrar desafios teológicos e éticos ao compartilhar a mensagem do Evangelho com pessoas de diferentes culturas e religiões.
- Aplicar a Bíblia na vida diária: o estudo da Bíblia não se limita a um conhecimento intelectual, também deve ser aplicado

em nossas vidas diárias. Os missionários devem aplicar o que aprenderam da Bíblia em suas próprias vidas e em sua abordagem da missão.

Em resumo, o estudo da Bíblia é crucial para os missionários, pois os ajuda a conhecer a mensagem da salvação, a contextualizar a mensagem para diferentes culturas, a crescer em sua fé e espiritualidade, a lidar com questões teológicas e éticas e a aplicar a Bíblia em sua vida diária.

28.2 Métodos e técnicas de estudo bíblico individual

Existem diversas técnicas e métodos de estudo bíblico individual que podem ser úteis para ajudar os cristãos a se aprofundarem na Palavra de Deus. Aqui estão algumas sugestões:

- Leitura devocional: é uma forma simples e eficaz de estudar a Bíblia. O objetivo é ler um trecho da Bíblia todos os dias e meditar sobre o que foi lido. Isso pode ser feito em um horário específico do dia, como de manhã ou antes de dormir.
- Estudo temático: envolve escolher um tema bíblico específico e pesquisar todas as passagens da Bíblia que falem sobre esse tema. Isso pode ser feito usando uma concordância bíblica ou outros recursos de pesquisa bíblica.
- Estudo de personagens bíblicos: envolve escolher um personagem da Bíblia e estudar a história de sua vida e suas experiências. Isso pode ajudar a entender como a Bíblia se aplica à vida pessoal e as lições que podem ser aprendidas.
- Estudo de livros bíblicos: envolve escolher um livro da Bíblia e estudá-lo em profundidade, incluindo seu contexto histórico, propósito e principais temas. Isso pode ser feito lendo o livro várias vezes e usando recursos de pesquisa bíblica para obter informações adicionais.
- Estudo comparativo: envolve comparar e contrastar diferentes versões ou traduções da Bíblia, ou estudar como um tema específico é abordado em diferentes partes da Bíblia. Isso pode ajudar a obter uma visão mais completa da mensagem bíblica.

- Estudo em grupo: pode ser uma forma útil de estudar a Bíblia, pois permite a troca de ideias e o aprendizado com outras pessoas. Pode ser feito com amigos, familiares ou em um grupo da igreja.

Em resumo, existem muitas técnicas e métodos de estudo bíblico individual, incluindo leitura devocional, estudo temático, estudo de personagens bíblicos, estudo de livros bíblicos, estudo comparativo e estudo em grupo. É importante encontrar o método que melhor se adapta às necessidades e ao estilo pessoal de cada indivíduo.

28.3 A relação entre a compreensão bíblica e a missão

A compreensão bíblica é fundamental para a missão cristã, pois a Bíblia é a fonte da mensagem que os missionários levam ao mundo. A missão cristã é baseada na crença de que a Bíblia é a Palavra de Deus e que ela contém a mensagem da salvação que deve ser compartilhada com todas as pessoas.

A compreensão da Bíblia é importante para a missão de várias maneiras. Primeiro, ela ajuda os missionários a entender o que é a mensagem cristã. Eles precisam conhecer a história e os ensinamentos da Bíblia para poderem compartilhá-los com outros. Além disso, a compreensão da Bíblia ajuda os missionários a evitar interpretações erradas ou deturpações da mensagem cristã.

28.4 Métodos e técnicas de estudo bíblico individual

Aqui estão algumas técnicas práticas que podem ajudar a evitar interpretações erradas ou deturpações da mensagem cristã:
- Estude a Bíblia com uma abordagem contextual: a Bíblia deve ser lida e estudada em seu contexto histórico, cultural e literário. Isso significa que devemos considerar o ambiente em que os textos bíblicos foram escritos, o público-alvo a que eles se destinavam e as formas literárias usadas pelos autores. Isso ajuda a evitar interpretações equivocadas ou simplistas dos textos bíblicos.

- Utilize recursos teológicos confiáveis: recursos teológicos como comentários bíblicos, dicionários teológicos e obras de referência podem ajudar a entender melhor a mensagem cristã. Certifique-se de escolher recursos confiáveis e escritos por estudiosos qualificados.
- Aprenda com outros cristãos: a comunidade cristã é uma ótima fonte de aprendizado e discernimento. Converse com outros cristãos, participe de grupos de estudo bíblico e de discussões teológicas para aprender com as perspectivas de outras pessoas e obter insights valiosos.
- Ore por orientação do Espírito Santo: o Espírito Santo é a fonte última de sabedoria e discernimento na compreensão da mensagem cristã. Ore regularmente pedindo orientação do Espírito Santo e confie na liderança dele em seu estudo e interpretação da Bíblia.
- Esteja disposto a reconsiderar suas interpretações: à medida que você aprende e cresce em seu entendimento da mensagem cristã, esteja disposto a reconsiderar suas interpretações anteriores. Esteja aberto a aprender com outras perspectivas e esteja disposto a mudar de opinião quando necessário.

Essas são algumas técnicas práticas que podem ajudar a evitar interpretações erradas ou deturpações da mensagem cristã. É importante lembrar que a compreensão da mensagem cristã é um processo contínuo e que sempre há mais para aprender.

A compreensão bíblica também é importante para ajudar os missionários a se comunicarem com as pessoas de outras culturas. Os missionários precisam entender as crenças e valores das pessoas que estão evangelizando, a fim de apresentar a mensagem cristã de uma forma que faça sentido para elas. Isso significa que eles precisam estar familiarizados com a linguagem, as tradições e a cultura daqueles que estão tentando alcançar.

Finalmente, a compreensão bíblica é importante para ajudar os missionários a crescer pessoalmente em sua fé e aprofundar seu relacionamento com Deus. O estudo da Bíblia e a reflexão sobre sua mensagem ajudam os missionários a se conectar com Deus e a desenvolver um entendimento mais profundo da natureza de Deus e de Seus planos para a humanidade.

Em resumo, a compreensão bíblica é fundamental para a missão cristã, pois ajuda os missionários a entender a mensagem que estão compartilhando, a comunicar essa mensagem de modo eficaz e a crescer pessoalmente em sua fé.

28.5 O papel do Espírito Santo na interpretação bíblica

O papel do Espírito Santo na interpretação bíblica é crucial. A Bíblia é a Palavra de Deus e, portanto, sua interpretação correta é fundamental para a compreensão do propósito e da vontade de Deus para a humanidade. O Espírito Santo é o guia divino que ajuda os cristãos a entender a Bíblia e aplicá-la em suas vidas diárias.

Aqui estão algumas técnicas práticas que podem ajudá-lo a aprender a ouvir o Espírito Santo:

- Leia a Bíblia: a Bíblia é uma fonte importante para aprender a ouvir a voz do Espírito Santo. Por meio da leitura da Bíblia, você pode aprender mais sobre a natureza de Deus, a obra do Espírito Santo e as formas como ele se comunica com as pessoas.
- Ore e medite regularmente: a oração e a meditação são ferramentas importantes para aprender a ouvir a voz do Espírito Santo. Dedique um tempo diário para orar e meditar, pedindo ao Espírito Santo que fale com você e que o ajude a entender a vontade dele.
- Esteja disposto a obedecer: o Espírito Santo frequentemente fala por meio de impressões, sentimentos ou intuições. Esteja atento às orientações que o Espírito Santo lhe dá e esteja disposto a obedecer, mesmo que isso signifique fazer algo que pareça difícil ou desconfortável.

A vida cristã é marcada por um constante processo de aprendizado e aprimoramento. Parte importante desse processo é a busca por compreender e seguir as orientações divinas. Como cristãos, acreditamos que Deus se comunica conosco de diversas formas, incluindo a Bíblia, a oração e o Espírito Santo.

O Espírito Santo, em especial, é frequentemente visto como o agente da comunicação divina que nos guia e nos direciona em nossas vidas. Ele pode falar conosco por meio de impressões, sentimentos ou intuições. Essas orientações podem ser uma palavra de conforto em momentos difíceis, uma instrução para tomar uma decisão importante ou um chamado para servir a Deus de uma nova forma.

No entanto, nem sempre é fácil discernir as orientações do Espírito Santo. Por isso, é importante estar atento e sensível às vozes dele, buscando entender se é Deus quem está nos guiando ou se são nossos próprios desejos e emoções. Além disso, é preciso estar disposto a obedecer ao que Ele nos pede, mesmo que isso signifique fazer algo que pareça difícil ou desconfortável.

A obediência ao Espírito Santo não é uma tarefa fácil, mas é fundamental para nossa vida cristã. Ela nos permite crescer e amadurecer espiritualmente, ajuda-nos a alcançar nosso propósito em Cristo e a cumprir a missão que Ele nos confiou. Quando estamos dispostos a ouvir e seguir as orientações divinas, podemos experimentar uma paz e uma alegria que vêm somente de Deus.

Assim, convido você a buscar a presença de Deus em sua vida, a ouvir as orientações dEle e a estar disposto a obedecer-Lhe. Lembre-se de que o Espírito Santo é um presente que Deus nos deu para nos guiar e nos capacitar a viver uma vida plena em Cristo. Sejamos, então, fiéis a Ele em tudo o que fazemos.

- Busque uma comunidade cristã: a comunidade cristã pode ser uma fonte importante de discernimento e encorajamento. Compartilhe suas experiências com outros cristãos e peça conselhos e orações quando precisar de ajuda para entender o que o Espírito Santo está lhe dizendo.

- Permaneça em paz e calma: o Espírito Santo geralmente fala em um tom suave e gentil. Se você está se sentindo ansioso, estressado ou distraído, pode ser difícil ouvir a voz do Espírito Santo. Por isso, é importante dedicar um tempo diário para se acalmar e relaxar, para que você possa estar mais receptivo à voz do Espírito Santo.

Lembre-se de que aprender a ouvir a voz do Espírito Santo é um processo contínuo e que requer prática e paciência. Com o tempo, você pode se tornar mais sensível à voz dele e aprender a discernir a vontade dele com mais clareza.

O Espírito Santo ajuda a iluminar a compreensão da Bíblia, permitindo que as pessoas entendam seus significados mais profundos e aplicativos. Em João 16:13, Jesus disse aos discípulos: "quando ele, o Espírito da verdade, vier, ele os guiará a toda a verdade". Esse versículo indica que o Espírito Santo é o guia para a compreensão da verdade divina.

Além disso, o Espírito Santo ajuda os cristãos a aplicar a Bíblia em suas vidas diárias. Em João 14:26, Jesus prometeu aos discípulos que o Espírito Santo os ensinaria todas as coisas e lhes lembraria de tudo o que Ele lhes havia dito. Isso significa que o Espírito Santo ajuda os cristãos a entender e aplicar a mensagem bíblica em sua vida cotidiana, fornecendo sabedoria e orientação divina.

No entanto, é importante ressaltar que a orientação do Espírito Santo não substitui o estudo cuidadoso da Bíblia. A Bíblia deve ser estudada com seriedade e cuidado, buscando entender o contexto histórico, cultural e literário em que foi escrita. A orientação do Espírito Santo deve ser vista como um complemento ao estudo da Bíblia, ajudando os cristãos a entender e aplicar a mensagem bíblica em suas vidas de maneira significativa e transformadora.

29
DESAFIOS DA COMUNICAÇÃO NA LÍNGUA OFICIAL DO CAMPO MISSIONÁRIO

Os desafios da comunicação na língua oficial do campo missionário podem ser muitos e variados. Alguns dos principais desafios incluem:

- Barreiras culturais: cada cultura tem sua própria maneira de se comunicar e suas próprias nuances linguísticas. Isso pode tornar a comunicação desafiadora, especialmente se a língua oficial do campo missionário for muito diferente da língua materna do missionário.
- Diferenças linguísticas: algumas línguas têm estruturas gramaticais e fonéticas muito diferentes das línguas com as quais os missionários estão acostumados. Isso pode tornar a comunicação mais difícil, especialmente no início.
- Vocabulário técnico: dependendo do campo missionário, pode ser necessário usar um vocabulário técnico específico para se comunicar com as pessoas de determinadas áreas, como na Medicina ou na Engenharia. Isso pode tornar a comunicação difícil se o missionário não estiver familiarizado com esse vocabulário técnico.
- Problemas de tradução: quando se trabalha com tradutores, pode haver problemas de tradução que afetam a precisão e a clareza da mensagem. Isso pode levar a mal-entendidos e erros de comunicação.

Para superar esses desafios, é importante que os missionários estejam dispostos a aprender e se adaptar à cultura e à língua do campo missionário. Eles devem investir tempo e esforço para aprender a língua e entender as nuances culturais. Além disso, é importante trabalhar com tradutores confiáveis e experientes para garantir que a mensagem seja transmitida com precisão e clareza. Por fim, os missionários devem estar abertos a aprender com as pessoas com quem trabalham, valorizando suas perspectivas e experiências únicas.

Um exemplo prático de como a tradução pode ser um desafio para a missão é quando missionários cristãos de língua inglesa tentam transmitir a mensagem do Evangelho para um povo que fala uma língua tonal, como o chinês ou o vietnamita. As línguas tonais têm uma grande variedade de tons que mudam o significado das palavras. Isso significa que uma palavra pode ter significados diferentes dependendo do tom que é usado. Portanto, uma tradução imprecisa pode levar a um mal-entendido da mensagem cristã.

Para superar esses desafios, os missionários precisam trabalhar com tradutores experientes que possam ajudar a garantir que a mensagem seja transmitida com precisão. Eles também precisam se dedicar a aprender a língua e a entender a cultura do povo com quem estão trabalhando. Isso envolve mais do que apenas aprender a falar a língua, sendo necessário também entender as nuances culturais e a forma como as pessoas pensam e se relacionam. É importante que os missionários estejam dispostos a se adaptar e aprender com as pessoas com quem estão trabalhando, em vez de apenas impor a própria perspectiva.

Outro exemplo prático é quando a Bíblia é traduzida para uma língua que não tem um alfabeto escrito. Nesses casos, a tradução pode ser feita usando um sistema de escrita romanizado, em que os sons da língua são representados por letras do alfabeto romano. No entanto, isso pode levar a uma perda de nuances na língua e na cultura do povo, que pode ser mais facilmente transmitida usando o sistema de escrita tradicional. Novamente, é importante trabalhar com tradutores experientes e estar aberto a aprender com as pessoas com quem estão trabalhando.

Em resumo, a tradução pode ser um desafio para a missão, mas é possível superá-lo com a ajuda de tradutores experientes e investindo tempo e esforço na compreensão da língua e da cultura do povo com quem se está trabalhando. É importante estar aberto a aprender e adaptar-se às perspectivas e experiências únicas das pessoas com quem se está trabalhando, para que a mensagem do Evangelho possa ser transmitida com precisão e clareza.

Entender as barreiras culturais dentro da visão bíblica requer uma abordagem cuidadosa e sensível, uma vez que a Bíblia é um livro escrito em uma época e cultura diferentes da nossa. Aqui estão algumas orientações para ajudar a entender as barreiras culturais dentro da visão bíblica:

- Conheça a cultura bíblica: para entender as barreiras culturais na Bíblia, é importante aprender a cultura em que os escritos bíblicos foram produzidos. Isso pode envolver a pesquisa sobre as práticas sociais, políticas e religiosas da época.
- Leia a Bíblia em contexto: é essencial entender a Bíblia em seu contexto histórico e cultural. Isso significa considerar o contexto em que um texto foi escrito, a quem foi destinado e qual era o propósito original. Fazer isso pode ajudar a evitar a aplicação de interpretações modernas em textos antigos.
- Considere as diferenças culturais: as diferenças culturais entre a época bíblica e a nossa podem afetar a compreensão de certos ensinamentos bíblicos. É importante estar ciente dessas diferenças e tentar entender como as pessoas da época bíblica podem ter compreendido esses ensinamentos em seu próprio contexto cultural.
- Procure orientação: busque a orientação do Espírito Santo e de líderes cristãos de confiança para ajudar a entender as barreiras culturais dentro da visão bíblica. Isso pode envolver discussões em grupo, estudos bíblicos ou aconselhamento pastoral.
- Tenha uma mente aberta: para entender as barreiras culturais dentro da visão bíblica, é importante estar disposto a considerar diferentes pontos de vista e perspectivas. Isso pode envolver deixar de lado preconceitos pessoais ou pressuposições culturais para se concentrar em compreender a mensagem bíblica em seu próprio contexto.

Lembre-se de que a Bíblia é um livro complexo e que pode haver diferentes interpretações e perspectivas sobre seu significado. No entanto, se você se concentrar em entender o contexto cultural em que foi escrito e procurar orientação do Espírito Santo e da comunidade cristã, poderá ter uma compreensão mais profunda da mensagem bíblica.

29.1 A importância do aprendizado da língua oficial do campo missionário

O aprendizado da língua oficial do campo missionário é extremamente importante para a eficácia da missão. Aqui estão algumas razões pelas quais isso é verdade:

- Comunicação clara e eficaz: aprender a língua oficial do campo missionário permite que o missionário se comunique com as pessoas locais de maneira clara e eficaz. Isso possibilita que a mensagem do Evangelho seja transmitida de maneira precisa e compreensível.
- Respeito à cultura local: quando um missionário aprende a língua oficial do campo missionário, isso mostra respeito pela cultura local e pelas pessoas que ele está servindo. Isso ajuda a construir relacionamentos saudáveis e significativos com as pessoas locais.
- Maior impacto: aprender a língua oficial do campo missionário também permite que o missionário tenha um impacto maior e mais duradouro na comunidade. Isso é especialmente verdadeiro se o missionário planeja ficar no campo missionário por um longo período de tempo.
- Melhor compreensão da cultura: aprender a língua oficial do campo missionário também ajuda o missionário a entender melhor a cultura local. Isso permite que ele se adapte mais facilmente à cultura local e entenda as nuances culturais que afetam a comunicação e o trabalho naquele contexto.
- Aprendizado contínuo: aprender a língua oficial do campo missionário é uma oportunidade de aprendizado contínuo.

Isso permite que o missionário continue a aprender e crescer em sua capacidade de comunicar o Evangelho em um contexto cultural específico.

Em resumo, aprender a língua oficial do campo missionário é fundamental para o sucesso da missão. Isso permite que o missionário se comunique de maneira clara e eficaz, mostre respeito pela cultura local, tenha um impacto maior e mais duradouro na comunidade, compreenda melhor a cultura local e continue aprendendo e crescendo em sua capacidade de comunicar o Evangelho em um contexto cultural específico.

29.2 Desafios no processo de aprendizado da língua e como superá-los

O processo de aprendizado de uma língua pode ser desafiador, mas existem algumas maneiras de superar esses desafios. Aqui estão alguns dos desafios mais comuns que os missionários podem enfrentar ao aprender a língua oficial do campo missionário e algumas estratégias para superá-los:

- Dificuldade de pronúncia e entonação: é comum que os missionários encontrem dificuldades de pronunciar e entonar corretamente as palavras da língua oficial do campo missionário. Para superar isso, é importante praticar a pronúncia regularmente e tentar ouvir e imitar os falantes nativos o máximo possível.
- Dificuldade em lembrar o vocabulário: aprender um grande número de palavras pode ser um desafio. É importante praticar a memorização de vocabulário por meio da repetição e usando técnicas como associação de imagens ou palavras em contexto.
- Dificuldade em entender o sotaque local: o sotaque dos falantes nativos pode ser difícil de entender no início. É importante dedicar tempo para ouvir e se acostumar com o sotaque local, seja por meio de aulas, programas de áudio ou falando com os habitantes locais.

- Medo de cometer erros: é comum sentir medo de cometer erros ao falar uma nova língua. É importante lembrar que cometer erros é normal e faz parte do processo de aprendizado. Tentar se comunicar com os habitantes locais mesmo com erros pode ser uma boa estratégia para superar o medo.
- Falta de oportunidade para praticar: é importante praticar a fala da língua oficial do campo missionário regularmente. Se não houver muitas oportunidades para praticar, tente criar situações em que possa falar com outras pessoas, por exemplo, encontrar amigos locais ou colegas de trabalho com quem possa praticar.
- Barreiras culturais: as diferenças culturais podem afetar o processo de aprendizado da língua. É importante aprender sobre a cultura local para entender melhor a língua e superar as barreiras culturais.

O medo de cometer erros ao falar a língua no campo missionário é uma preocupação comum para muitos missionários. Aqui estão algumas técnicas práticas que podem ajudar a superar esse medo:

- Pratique regularmente: quanto mais você praticar a língua, mais confiante se sentirá ao usá-la. Tente falar a língua sempre que possível, mesmo que isso signifique cometer erros no processo. Você também pode praticar com outras pessoas que falam a língua ou usar recursos como aplicativos de aprendizagem de idiomas.
- Aceite que os erros são normais: é importante entender que cometer erros é normal ao aprender uma nova língua. Não deixe que o medo de cometer erros o impeça de tentar falar a língua. Lembre-se de que as pessoas são geralmente compreensivas com quem está tentando aprender sua língua e provavelmente apreciarão seus esforços.
- Concentre-se na comunicação: em vez de se preocupar com a perfeição gramatical, concentre-se em comunicar suas ideias e compreender o que os outros estão dizendo. Lembre-se de que o objetivo principal da linguagem é a comunicação, e a gramática é apenas um meio para esse fim.

- Esteja aberto a correções: quando alguém corrige seus erros, veja isso como uma oportunidade de aprendizado. Em vez de se sentir envergonhado ou desencorajado, agradeça à pessoa por apontar seus erros e tente aplicar essa correção em sua fala futura.
- Mantenha uma atitude positiva: manter uma atitude positiva e confiante pode ajudar a diminuir o medo de cometer erros. Lembre-se de que você está fazendo o seu melhor para aprender e se comunicar na língua, e isso é algo que deve ser valorizado e respeitado.

Aprender uma nova língua pode levar tempo e esforço, mas com prática e perseverança você pode se sentir mais confiante e confortável ao falar no campo missionário.

Em resumo, aprender uma nova língua pode ser desafiador, mas com dedicação, prática e a ajuda de professores, colegas e falantes nativos, é possível superar esses desafios e aprender a língua oficial do campo missionário.

29.3 A importância da comunicação clara e eficaz na missão transcultural

A comunicação clara e eficaz é um aspecto crucial da missão transcultural. Quando o objetivo é compartilhar o Evangelho em uma cultura diferente, a comunicação pode ser mais difícil devido a barreiras linguísticas e culturais. Aqui estão algumas razões pelas quais a comunicação clara e eficaz é tão importante na missão transcultural:

- O Evangelho é a mensagem mais importante: a mensagem do Evangelho é a coisa mais importante que um missionário pode compartilhar. Uma comunicação clara e eficaz ajuda a garantir que a mensagem seja compreendida de maneira adequada e não haja mal-entendidos.

Para ilustrar a importância da mensagem do Evangelho, podemos citar exemplos de missionários que dedicaram suas vidas para compartilhá-la de maneira clara e eficaz. Um deles é Hudson Taylor, fundador da Missão China Inland, que aprendeu a língua e a cultura chinesas para transmitir a mensagem do Evangelho de maneira adequada. Ele adotou roupas e cortes de cabelo chineses, respeitando as tradições locais e valorizando a cultura chinesa.

Outro exemplo é o missionário C. T. Studd, que foi para China, Índia e África para compartilhar a mensagem do Evangelho. Ele usou sua habilidade no críquete para construir relacionamentos com as pessoas e abrir portas para falar sobre Jesus Cristo. Além disso, ele criou uma escola de treinamento para missionários, onde enfatizou a importância da comunicação clara e eficaz da mensagem do Evangelho.

Portanto, a mensagem do Evangelho deve ser a principal prioridade de um missionário. É importante investir tempo e esforço para entender a língua e a cultura do povo que está sendo alcançado, para que a mensagem seja comunicada de modo adequado e não haja mal-entendidos. Os missionários também podem usar seus talentos e habilidades para criar pontes com as pessoas e compartilhar a mensagem de maneira eficaz.

- Respeito pela cultura local: comunicar-se de maneira clara e eficaz demonstra respeito pela cultura local. Isso pode ajudar a construir relacionamentos e abrir portas para a apresentação da mensagem do Evangelho.
- Redução de barreiras linguísticas: o uso de uma linguagem clara e compreensível ajuda a reduzir as barreiras linguísticas. O uso de tradutores, a aprendizagem da língua local e o uso de ilustrações e imagens podem ajudar na comunicação.
- Maior eficácia na transmissão da mensagem: uma comunicação clara e eficaz é mais efetiva na transmissão da mensagem. Isso pode ajudar a alcançar as pessoas de maneira mais eficaz e a aumentar a eficácia da missão.
- Evitar mal-entendidos: uma comunicação clara e eficaz pode evitar mal-entendidos. Isso é especialmente importante quando a mensagem pode ser interpretada de maneira diferente em outra cultura.

Uma comunicação clara e eficaz é essencial para o sucesso de um missionário no campo. Aqui estão algumas técnicas práticas para melhorar a comunicação no campo missionário:

- Conheça seu público-alvo: antes de iniciar uma conversa, é importante entender quem são as pessoas com quem você está falando e como elas se comunicam. Isso pode ajudá-lo a adaptar sua mensagem de maneira mais eficaz para atender às suas necessidades.

- Use linguagem simples e clara: evite usar jargões ou linguagem complicada que possa confundir seu público. Use palavras simples e claras para se comunicar e verifique se seu público entendeu a mensagem.

- Ouça atentamente: a comunicação não é apenas sobre falar, mas também sobre ouvir. Esteja presente e ouça atentamente o que seu público está dizendo para entender melhor suas necessidades e preocupações.

- Use exemplos relevantes: use exemplos relevantes e histórias para ilustrar sua mensagem e torná-la mais tangível para seu público. Isso pode ajudar a tornar sua mensagem mais fácil de entender e mais memorável.

- Seja respeitoso e empático: esteja ciente das diferenças culturais e respeite as tradições e crenças de seu público. Seja empático e tente entender as perspectivas deles para se comunicar de maneira mais eficaz.

- Pratique a comunicação não verbal: a comunicação não verbal, como gestos, expressões faciais e linguagem corporal, também é importante. Tente manter uma postura aberta e acolhedora, faça contato visual e sorria para estabelecer uma conexão com seu público.

- Peça feedback: peça feedback ao seu público para entender como você pode melhorar sua comunicação. Isso pode ajudá-lo a ajustar sua abordagem e melhorar sua comunicação no futuro.

Lembre-se de que a comunicação eficaz é uma habilidade que pode ser aprimorada com o tempo e a prática. Ao seguir essas técnicas, você pode melhorar sua comunicação no campo missionário e ser mais eficaz em compartilhar sua mensagem.

Para garantir uma comunicação clara e eficaz na missão transcultural, é importante que o missionário esteja disposto a aprender sobre a cultura e a língua local, a trabalhar com tradutores e a adaptar sua mensagem para garantir que seja compreensível. É importante lembrar que a comunicação é uma via de mão dupla e que o missionário também deve estar disposto a ouvir e a compreender a perspectiva local. A comunicação clara e eficaz pode ser um desafio, mas é fundamental para a missão transcultural bem-sucedida.

29.4 O papel da língua na construção de relacionamentos e na pregação do Evangelho

A língua é um elemento fundamental na construção de relacionamentos e na pregação do Evangelho. Aqui estão algumas razões pelas quais a língua desempenha um papel importante na missão:

- Comunicação: a língua é a ferramenta básica de comunicação. É por meio dela que as pessoas se conectam e se comunicam, compartilhando ideias e informações.
- Respeito pela cultura local: quando um missionário aprende a língua local, ele demonstra respeito pela cultura local. Isso pode ajudar a construir relacionamentos e abrir portas para a apresentação da mensagem do Evangelho.
- Confiança e conexão: quando um missionário fala a língua local, isso ajuda a construir confiança e conexão com as pessoas locais. As pessoas são mais propensas a confiar em alguém que fala sua língua e isso pode ajudar a abrir portas para a pregação do Evangelho.
- Melhor compreensão da cultura local: quando um missionário aprende a língua local, ele pode obter uma compreensão mais profunda da cultura local. Isso pode ajudar a evitar mal-entendidos e a adaptar a mensagem do Evangelho de maneira mais eficaz.
- Maior eficácia na pregação do Evangelho: quando um missionário fala a língua local, ele é capaz de pregar o Evangelho de maneira mais eficaz. Ele pode adaptar sua mensagem

para garantir que seja compreensível e relevante para as pessoas locais.

- Construção de relacionamentos duradouros: quando um missionário aprende a língua local, isso pode ajudar a construir relacionamentos duradouros. Isso pode levar a oportunidades futuras para compartilhar o Evangelho e ajudar as pessoas a crescer em sua fé.

Em resumo, a língua desempenha um papel fundamental na construção de relacionamentos e na pregação do Evangelho. Quando um missionário aprende a língua local, ele demonstra respeito pela cultura local, constrói confiança e conexão com as pessoas locais e é capaz de pregar o Evangelho de maneira mais eficaz.

30
MÉTODOS E TÉCNICAS APLICADAS AO FAZEDOR DE TENDAS COMO MISSIONÁRIO DE AUTOSSUSTENTO

Fazedor de tendas é um termo usado para descrever missionários que financiam seu próprio ministério, geralmente por meio de um emprego ou negócio. Aqui estão algumas técnicas e métodos que podem ser aplicados ao fazedor de tendas como missionário de autossustento:

- Busque trabalho na área em que você tem experiência: ao buscar trabalho, procure oportunidades em sua área de experiência e habilidades. Isso pode ajudá-lo a obter um emprego melhor remunerado e que permita que você use suas habilidades para ajudar na obra missionária.
- Seja criativo em seus horários de trabalho: tente encontrar um emprego que permita que você tenha flexibilidade em seus horários de trabalho. Isso pode permitir que você tenha tempo para se envolver em atividades missionárias.
- Tenha uma agenda clara: é importante ter uma agenda clara que permita que você gerencie seu tempo de modo eficaz. Isso pode incluir definir metas diárias, semanais e mensais para suas atividades missionárias.
- Construa relacionamentos: ao trabalhar em um emprego secular, você tem a oportunidade de construir relacionamentos com colegas de trabalho e clientes. Use esses relacionamentos como uma oportunidade para compartilhar sua fé e para fazer discípulos.

- Use a tecnologia: hoje em dia, há muitas ferramentas tecnológicas disponíveis que podem ajudá-lo a se envolver em atividades missionárias, mesmo quando você não pode estar fisicamente presente. Use mídias sociais, e-mail e outras ferramentas para se conectar com outros missionários e para compartilhar sua mensagem.
- Esteja disposto a sacrificar: ser um fazedor de tendas requer sacrifício e dedicação. Esteja disposto a sacrificar seu tempo e recursos para a obra missionária.

Se você está procurando trabalho no campo missionário em sua área de experiência, aqui estão algumas etapas que podem ajudá-lo:

- Pesquisa: faça uma pesquisa aprofundada sobre as organizações missionárias que trabalham na área em que você tem experiência. Procure em sites de emprego, redes sociais e portais de emprego em missões.
- Conexões: conecte-se com missionários, líderes de missões e outros profissionais que trabalham na área em que você tem experiência. Pergunte se eles conhecem alguma organização missionária que esteja procurando alguém com suas habilidades.
- Atualize seu currículo: destaque suas habilidades e experiência em missões em seu currículo. Certifique-se de incluir qualquer treinamento missionário que você tenha concluído, bem como experiência em trabalhar em equipe e em culturas diferentes.
- Participe de eventos missionários: participe de eventos missionários e conferências onde você possa encontrar outros profissionais e organizações missionárias. Conecte-se com eles e veja se há oportunidades de trabalho.

Participar de eventos missionários e conferências é uma excelente maneira de se conectar com outros profissionais e organizações missionárias e de descobrir novas oportunidades de trabalho. Esses eventos proporcionam a chance de compartilhar conhecimentos, aprender novas técnicas e se inspirar com o trabalho de outros. Além disso, é uma ótima oportunidade para fazer networking e estabelecer contatos que podem ajudá-lo em sua jornada missionária.

Por exemplo, a Conferência Urbana é um evento anual que reúne líderes, pastores e missionários para discutir questões relacionadas ao ministério urbano e à missão. Durante o evento, há palestras, workshops e oportunidades de networking. Os participantes podem aprender com os palestrantes e também trocar ideias com outros líderes e missionários.

Outro exemplo é a Jornada Mundial da Juventude, um evento realizado pela Igreja Católica que reúne jovens de todo o mundo para celebrar a fé e a cultura. A Jornada Mundial da Juventude oferece aos jovens a oportunidade de se conectar com outras pessoas de diferentes países e culturas, além de participar de atividades missionárias.

Participar desses eventos pode ajudá-lo a expandir seus horizontes e obter novas ideias e perspectivas sobre a missão. É uma ótima maneira de se manter atualizado e conectado com outros missionários em todo o mundo.

- Candidate-se a oportunidades de trabalho: envie seu currículo e carta de apresentação para organizações missionárias que estão procurando profissionais com suas habilidades. Certifique-se de personalizar sua carta de apresentação e destacar como sua experiência pode ser útil para a organização.
- Esteja disposto a servir: se você está procurando trabalhar no campo missionário, esteja disposto a servir e estar aberto a oportunidades que possam não estar diretamente relacionadas à sua área de experiência. Muitas vezes, organizações missionárias estão procurando profissionais versáteis que possam desempenhar vários papéis.

Lembre-se de que o campo missionário pode ser altamente competitivo, por isso é importante ser persistente e estar preparado para investir tempo e recursos na busca por oportunidades.

Em resumo, o fazedor de tendas como missionário de autossustento pode aplicar várias técnicas e métodos para gerenciar seu tempo e recursos de modo eficaz, construir relacionamentos e compartilhar a mensagem do Evangelho.

30.1 Técnicas para construir relacionamentos como missionário fazedor de tendas na missão

Como missionário fazedor de tendas, você terá a oportunidade de construir relacionamentos com pessoas de diferentes culturas e origens. Aqui estão algumas técnicas que podem ajudá-lo a construir relacionamentos sólidos enquanto realiza sua missão:

- Seja um bom ouvinte: ouvir é uma das habilidades mais importantes para construir relacionamentos. As pessoas apreciam quando alguém está disposto a ouvir suas histórias, preocupações e ideias.
- Seja respeitoso e aberto: para construir um relacionamento sólido, você deve ser respeitoso com as pessoas e estar disposto a aprender com elas. Esteja aberto a diferentes culturas, crenças e valores.
- Seja autêntico: seja você mesmo e mostre sua personalidade. As pessoas apreciam quando alguém é autêntico e honesto.
- Demonstre interesse genuíno: faça perguntas e mostre interesse genuíno pelas pessoas e suas vidas. As pessoas apreciam quando alguém está interessado em conhecê-las.
- Ajude as pessoas: ofereça ajuda sempre que possível. Seja generoso com seu tempo e recursos.
- Mantenha contato: mantenha contato regular com as pessoas que conheceu durante sua missão. Envie e-mails, cartas ou mensagens para mantê-las informadas sobre o que você está fazendo e para manter o relacionamento vivo.
- Seja paciente: construir relacionamentos sólidos leva tempo e esforço. Seja paciente e esteja disposto a investir tempo para construir esses relacionamentos.

Lembre-se de que construir relacionamentos sólidos pode ser uma parte importante da sua missão. Quando você constrói relacionamentos sólidos, pode fazer uma diferença duradoura na vida das pessoas.

Um missionário é alguém que se dedica a propagar uma mensagem religiosa ou filosófica para outros indivíduos ou grupos de pessoas.

Seus interesses podem variar de acordo com sua crença pessoal e missão específica. Alguns missionários podem estar motivados pelo desejo de ajudar as pessoas a encontrar um caminho espiritual que os leve à salvação ou à felicidade, enquanto outros podem estar interessados em converter pessoas para sua religião ou filosofia.

O interesse genuíno de um missionário pode ser avaliado com base em sua sinceridade em relação à crença e ao propósito dele em sua missão. Se um missionário está verdadeiramente interessado em ajudar as pessoas a encontrar um caminho espiritual ou filosófico que traga benefícios para suas vidas, seu interesse pode ser considerado genuíno. Por outro lado, se um missionário está mais interessado em converter pessoas para sua religião ou filosofia, seu interesse pode ser visto como menos genuíno ou até mesmo manipulativo.

Em última análise, a avaliação do interesse genuíno de um missionário depende das intenções individuais e dos valores que cada pessoa atribui à mensagem que o missionário está propagando.

Ser autêntico no campo missionário significa ser fiel a si mesmo, à sua crença e aos princípios que orientam sua missão. A seguir estão alguns exemplos de como ser autêntico no campo missionário:

- Viver de acordo com as crenças: um missionário autêntico deve viver de acordo com as crenças que está propagando. Isso significa incorporar os ensinamentos em sua própria vida e ser um exemplo vivo para os outros.
- Ouvir e respeitar os outros: ser autêntico também envolve ouvir e respeitar as crenças e perspectivas dos outros, mesmo que elas sejam diferentes das suas. Isso envolve estar aberto a aprender com as experiências e conhecimentos dos outros.
- Ser honesto: um missionário autêntico deve ser honesto sobre suas próprias limitações e imperfeições. Isso significa admitir quando não sabe algo e não fingir ter todas as respostas.
- Focar nas pessoas: ser autêntico também envolve colocar as necessidades e interesses das pessoas em primeiro lugar. Um missionário autêntico deve estar interessado em ajudar as pessoas a encontrar um caminho espiritual ou filosófico

que seja significativo para elas, em vez de tentar impor suas próprias crenças.

- Ser consistente: um missionário autêntico deve ser consistente em sua mensagem e suas ações. Isso significa não mudar crenças ou comportamentos com base em quem está ouvindo, mas sim ser fiel a seus princípios e valores.

Em resumo, ser autêntico no campo missionário envolve viver de acordo com suas crenças, respeitar os outros, ser honesto, focar nas pessoas e ser consistente em sua mensagem e suas ações.

Construir relacionamentos é uma parte fundamental do trabalho missionário, e como fazedor de tendas na missão é ainda mais importante ter habilidades para estabelecer conexões significativas com as pessoas. Utilizando técnicas como ouvir ativamente, estar presente, mostrar interesse genuíno nas vidas das pessoas e compartilhar experiências pessoais, os missionários podem criar relacionamentos sólidos e duradouros com as pessoas que eles encontram.

Ao construir esses relacionamentos, os missionários podem fornecer apoio emocional e espiritual, oferecer orientação e encorajamento e ajudar as pessoas a encontrar significado e propósito em suas vidas. Além disso, construir relacionamentos de confiança pode ajudar os missionários a alcançar seus objetivos de propagar sua mensagem e impactar positivamente as comunidades em que trabalham.

Embora a construção de relacionamentos possa exigir tempo e esforço, é uma parte essencial do trabalho missionário. Ao utilizar técnicas para estabelecer conexões autênticas e significativas com as pessoas, os missionários podem ter um impacto duradouro nas vidas delas e ajudá-las a encontrar um caminho espiritual ou filosófico que traga benefícios para suas vidas.

30.2 Métodos e técnicas de autossustento no campo missionário

Como missionário no campo, pode ser necessário encontrar maneiras de autossustentar-se financeiramente. Aqui estão alguns métodos e técnicas que podem ajudá-lo a se autossustentar:

- Fazedor de tendas: trabalhar em um emprego remunerado, além de realizar sua missão, é uma das formas mais comuns de se autossustentar como missionário.
- Apoio financeiro: solicitar apoio financeiro de amigos, familiares ou igrejas para cobrir seus custos enquanto realiza sua missão.
- Venda de produtos ou serviços: se você tem habilidades em artesanato, culinária, fotografia ou outros talentos, pode considerar vender produtos ou serviços para gerar renda.
- Serviço voluntário: oferecer serviços voluntários, como ensinar inglês ou ajudar em projetos comunitários, pode ser uma maneira de se conectar com a comunidade local e gerar renda.
- *Crowdfunding*: utilizar plataformas de *crowdfunding*, como GoFundMe ou Kickstarter, para arrecadar fundos para cobrir seus custos.
- Ensino de idiomas: oferecer aulas particulares de inglês ou outros idiomas para as pessoas da comunidade local pode ser uma fonte de renda.
- Trabalho remoto: se você tem habilidades em tecnologia, pode considerar trabalhar remotamente para empresas ou clientes em seu país de origem enquanto realiza sua missão.

A seguir estão algumas etapas que podem ser úteis para implementar uma campanha para solicitar apoio financeiro de amigos, familiares ou igrejas para o sustento de um fazedor de tendas na missão:

- Definir metas e objetivos: antes de iniciar uma campanha, é importante definir metas e objetivos. Isso inclui estabelecer quanto dinheiro é necessário para o sustento do fazedor de tendas e por quanto tempo, além de estabelecer quem é o público-alvo da campanha.
- Criar um plano de campanha: depois de definir metas e objetivos, é necessário criar um plano de campanha. Isso envolve determinar como será feita a divulgação, quem serão os responsáveis pela gestão dos recursos e como será feito o acompanhamento da campanha

- Identificar os principais canais de comunicação: para atingir o público-alvo, é importante identificar os principais canais de comunicação a serem utilizados. Isso pode incluir o uso de redes sociais, e-mails, mensagens de texto, telefonemas, eventos e reuniões.
- Desenvolver uma mensagem clara e impactante: para motivar as pessoas a doarem, é fundamental criar uma mensagem clara e impactante. A mensagem deve enfatizar a importância da missão e do papel do fazedor de tendas na realização dessa missão.
- Estabelecer formas de doação: é importante oferecer opções de doação convenientes e seguras para os doadores. Isso pode incluir o uso de plataformas online de doação, transferência bancária e pagamento em dinheiro.

Existem diversas formas de estabelecer opções de doação convenientes e seguras para os doadores. Um exemplo prático é o uso de plataformas online de doação, que permitem que as pessoas doem com facilidade e segurança de qualquer lugar do mundo. Organizações missionárias podem utilizar plataformas como PayPal, PagSeguro, MercadoPago ou outras opções similares que ofereçam segurança e confiabilidade para o doador.

Outra opção é a transferência bancária, que pode ser uma forma conveniente de receber doações para aqueles que preferem fazer transações bancárias. As organizações missionárias devem disponibilizar suas informações bancárias para que os doadores possam transferir seus recursos de maneira segura e confiável.

Além disso, para aqueles que preferem fazer doações em dinheiro, é importante oferecer uma variedade de opções para que eles possam escolher a que melhor se adapta a suas necessidades. Isso pode incluir a disponibilização de envelopes de doação em eventos e cultos, ou mesmo a possibilidade de fazer doações em caixas de coleta localizadas em lugares estratégicos.

Portanto, estabelecer formas de doação convenientes e seguras para os doadores é fundamental para que as organizações missionárias possam receber recursos para apoiar projetos e missões. Ao oferecer opções variadas e confiáveis, as organizações podem maximizar o alcance de suas ações e impactar positivamente a vida de muitas pessoas ao redor do mundo.

Ao longo da campanha, é importante acompanhar o progresso da arrecadação e agradecer os doadores por seu apoio. Isso pode incluir o envio de mensagens de agradecimento personalizadas, bem como atualizações regulares sobre o progresso da campanha.

Em resumo, implementar uma campanha para solicitar apoio financeiro de amigos, familiares ou igrejas para o sustento de um fazedor de tendas requer planejamento cuidadoso, comunicação eficaz e uma mensagem clara e impactante. Com as estratégias corretas, é possível arrecadar fundos e garantir o sustento do fazedor de tendas na missão.

Selecionar amigos, familiares ou igrejas para cobrir seus custos enquanto realiza sua missão pode ser um desafio, mas existem algumas etapas que podem ajudar nesse processo:

- Defina seus critérios: antes de começar a selecionar pessoas ou organizações para pedir apoio financeiro, é importante definir seus critérios. Isso pode incluir a afinidade com a missão, a capacidade financeira de apoiá-lo, a proximidade do relacionamento e a abertura para ajudar.
- Identifique potenciais apoiadores: uma vez que seus critérios foram definidos, comece a identificar potenciais apoiadores. Isso pode incluir amigos e familiares que acreditem em sua missão e valorizem seu trabalho, bem como igrejas ou organizações que compartilhem de sua visão e propósito.
- Faça uma lista: liste todas as pessoas ou organizações que atendam aos seus critérios e que você acredita que possam apoiá-lo financeiramente. Classifique-as de acordo com a prioridade ou potencial de doação.
- Prepare sua mensagem: crie uma mensagem clara e impactante para apresentar a sua missão e explicar por que você precisa de apoio financeiro. Explique como seus potenciais doadores podem contribuir e mostre como a ajuda deles pode fazer a diferença.

- Entre em contato com seus potenciais doadores: entre em contato com seus potenciais doadores de maneira pessoal e individualizada, apresentando sua mensagem e solicitando apoio financeiro. Seja transparente e honesto sobre suas necessidades e mostre-se disponível para responder a quaisquer perguntas que possam ter.
- Acompanhe seus doadores: após receber a ajuda financeira, é importante acompanhar seus doadores e manter-se em contato com eles. Envie atualizações regulares sobre seu trabalho e mostre como a ajuda deles está fazendo a diferença. Agradeça-os sempre que possível e mostre sua gratidão pelo apoio recebido.

Em resumo, selecionar amigos, familiares ou igrejas para cobrir seus custos enquanto realiza sua missão requer planejamento, comunicação clara e eficaz, além de manter um bom relacionamento com seus doadores. Se feita com cuidado e consideração, essa pode ser uma maneira eficaz de arrecadar fundos e garantir que você possa continuar sua missão.

Lembre-se de que o autossustento pode ser um desafio, mas também pode ser uma oportunidade de crescer e se desenvolver em novas habilidades e experiências. Considere explorar várias opções e estratégias para encontrar a melhor solução para sua situação pessoal e missão.

30.3 O desafio de conciliar a atividade profissional com a missão

Conciliar a atividade profissional com a missão pode ser um desafio, mas é possível encontrar um equilíbrio para cumprir ambas as responsabilidades. Aqui estão algumas dicas que podem ajudá-lo a conciliar sua atividade profissional com a missão:

- Defina prioridades: determine suas prioridades e estabeleça um cronograma para garantir que você possa dedicar tempo suficiente tanto para sua atividade profissional quanto para sua missão.

- Comunique-se com seu empregador: converse com seu empregador sobre sua missão e explique seus objetivos e suas expectativas. Se possível, negocie um horário de trabalho flexível ou a possibilidade de trabalhar remotamente.
- Encontre um trabalho que permita flexibilidade: se você está procurando um emprego enquanto realiza sua missão, considere buscar oportunidades que oferecem flexibilidade em termos de horários de trabalho ou que permitam trabalhar remotamente.
- Utilize seu tempo livre: aproveite seu tempo livre para se dedicar à missão. Seja criativo e encontre maneiras de realizar sua missão em momentos de folga ou durante fins de semana e feriados.
- Trabalhe em projetos autônomos: se você tem habilidades empreendedoras, pode considerar trabalhar em projetos autônomos que lhe permitam ter um horário de trabalho flexível e gerenciar seu tempo de modo mais eficaz.
- Faça uso de tecnologia: utilize ferramentas de tecnologia, como aplicativos de produtividade e videoconferência, para se manter conectado com sua missão, mesmo quando estiver no trabalho.
- Mantenha o equilíbrio: lembre-se de manter o equilíbrio entre sua atividade profissional e sua missão. Não se sobrecarregue e não deixe que uma responsabilidade afete negativamente a outra.

Determinar o tempo livre e as horas de trabalho no campo missionário pode ser um desafio, mas existem algumas técnicas que podem ajudar nesse processo:

- Estabeleça um horário de trabalho: assim como em qualquer emprego, é importante estabelecer um horário de trabalho no campo missionário. Determine o número de horas que você deve trabalhar por dia ou por semana e crie um cronograma para se organizar.

- Priorize tarefas: para garantir que você use seu tempo de trabalho de maneira eficaz, é importante priorizar suas tarefas. Liste suas tarefas diárias, semanais e mensais e organize-as em ordem de importância.
- Crie um plano de trabalho: com base em suas tarefas prioritárias, crie um plano de trabalho para orientar suas atividades diárias. Isso ajudará você a manter o foco e a usar seu tempo de trabalho de maneira eficiente.
- Defina limites: para evitar que seu tempo livre seja invadido por obrigações de trabalho, é importante definir limites. Estabeleça um horário de fim de trabalho e evite responder a e-mails ou mensagens de trabalho fora do horário de trabalho.
- Faça pausas regulares: para garantir que você possa trabalhar com eficiência e evitar o esgotamento, é importante fazer pausas regulares. Programe pausas curtas ao longo do dia para descansar e recarregar suas energias.
- Planeje seu tempo livre: para aproveitar ao máximo seu tempo livre, é importante planejar suas atividades com antecedência. Liste as atividades que você deseja fazer e crie um cronograma para se organizar.
- Seja flexível: no campo missionário, pode haver situações inesperadas que exigem que você trabalhe além do horário normal ou ajuste sua programação de tempo livre. Esteja aberto e flexível para se adaptar a essas situações, mas também se certifique de manter um equilíbrio saudável entre trabalho e vida pessoal.

Em resumo, determinar o tempo livre e as horas de trabalho no campo missionário requer planejamento, organização e equilíbrio. Com as técnicas certas, você pode garantir que está usando seu tempo de modo eficaz e aproveitando ao máximo sua experiência missionária.

Lembre-se de que conciliar a atividade profissional com a missão pode ser um desafio, mas com planejamento, comunicação e flexibilidade, é possível encontrar um equilíbrio que permita realizar ambas as responsabilidades com sucesso.

30.4 A importância da integridade e do testemunho no trabalho profissional e na missão

A integridade e o testemunho são fundamentais tanto no trabalho profissional quanto na missão. Aqui estão algumas razões pelas quais eles são importantes:

- Credibilidade: a integridade e o testemunho são essenciais para estabelecer credibilidade com colegas de trabalho, clientes, parceiros de negócios e membros da comunidade em que você trabalha. Eles permitem que os outros confiem em você e acreditem que você é uma pessoa confiável.
- Ética: a integridade e o testemunho estão diretamente ligados à ética. Eles ajudam a garantir que você esteja agindo de acordo com os princípios morais e éticos que guiam suas decisões e ações.
- Respeito: a integridade e o testemunho são um sinal de respeito pelos outros. Eles demonstram que você valoriza as pessoas e se preocupa em agir de maneira justa e honesta em seus relacionamentos profissionais e pessoais.
- Exemplo: ao praticar a integridade e o testemunho, você pode ser um exemplo positivo para outras pessoas. Isso pode influenciar a maneira como seus colegas de trabalho, clientes e outras pessoas da comunidade se comportam e agem.
- Missão: a integridade e o testemunho são particularmente importantes na missão, pois ajudam a estabelecer confiança e credibilidade com aqueles que você está servindo. Eles também ajudam a comunicar a mensagem da sua missão de uma maneira autêntica e sincera.
- Bem-estar emocional: viver e trabalhar com integridade pode ajudá-lo a se sentir mais feliz e realizado emocionalmente. Isso porque você está agindo de acordo com seus valores e crenças, e não os comprometendo em nome do sucesso profissional ou de outros interesses.

A integridade é um valor fundamental para qualquer pessoa envolvida em um campo missionário. Algumas das características da integridade no campo missionário incluem:

- Honestidade: a honestidade é essencial no campo missionário. É importante ser transparente sobre as intenções, expectativas e recursos disponíveis. Isso ajuda a construir confiança com a comunidade local e estabelecer relações positivas.
- Respeito: o respeito por valores, crenças e cultura da comunidade local é fundamental para o sucesso de qualquer missão. Os missionários devem estar abertos a aprender com a comunidade e se adaptar a suas formas de vida.
- Responsabilidade: a responsabilidade é importante no campo missionário. Os missionários devem ser responsáveis por atos, recursos e impacto na comunidade local. Isso inclui a prestação de contas e a transparência em relação ao uso de recursos.
- Comprometimento: o comprometimento é fundamental para o sucesso no campo missionário. Os missionários devem estar dispostos a sacrificar seus interesses pessoais em prol do bem-estar da comunidade local.
- Empatia: a empatia é importante para compreender as necessidades e os desafios da comunidade local. Os missionários devem estar dispostos a ouvir, compreender as perspectivas dos outros e agir de maneira apropriada.
- Coerência: a coerência é essencial para manter a integridade no campo missionário. Os missionários devem agir de acordo com seus valores e princípios, mesmo em situações desafiadoras ou em momentos de pressão.

30.5 As principais características do testemunho cristão

- Autenticidade: um testemunho cristão autêntico é baseado em uma experiência pessoal e genuína de fé e transformação. Isso significa que o testemunho deve ser sincero, sem fingimentos ou exageros.
- Coerência: o testemunho cristão deve ser consistente com os valores e ensinamentos do cristianismo. Isso inclui a prática do amor, compaixão, perdão e justiça e a adesão aos princípios éticos e morais cristãos.

- Clareza: um bom testemunho cristão deve ser claro e fácil de entender. Ele deve comunicar de maneira simples e acessível o amor de Deus e a salvação em Jesus Cristo.
- Humildade: um testemunho cristão deve ser dado com humildade, sem arrogância ou superioridade. Isso significa reconhecer que todos são pecadores e dependentes da graça de Deus.
- Relevância: o testemunho cristão deve ser relevante para as necessidades e desafios do mundo atual. Ele deve mostrar como a fé cristã pode fazer a diferença na vida das pessoas e na sociedade em geral.
- Compromisso: o testemunho cristão deve ser acompanhado de um compromisso pessoal e ativo com a fé cristã. Isso significa viver de acordo com os ensinamentos de Jesus Cristo e buscar constantemente crescer em sua relação com Deus.

Lembre-se de que a integridade e o testemunho são uma escolha pessoal e que a maneira como você vive e trabalha tem um impacto direto em suas relações pessoais e profissionais. Ao priorizar a integridade e o testemunho em sua vida, você pode cultivar relacionamentos mais significativos, ter um impacto mais positivo naqueles a seu redor e cumprir sua missão de uma maneira autêntica e significativa.

31

ORGANIZAÇÃO SOCIAL E POLÍTICA DOS CRISTÃOS AO REDOR DO MUNDO

A organização social e política dos cristãos ao redor do mundo varia significativamente de acordo com o país e a cultura em que se encontram. No entanto, existem algumas características comuns que podem ser identificadas em muitos países, tais como a formação de denominações cristãs e a participação em organizações cristãs.

As denominações cristãs podem ser conhecidas em geral como congregacionais e episcopais e elas têm diferenças significativas em sua organização e governo eclesiástico.

As igrejas congregacionais geralmente não têm uma estrutura hierárquica centralizada e a autonomia local é valorizada. Cada igreja local é independente e responsável por sua própria administração e tomada de decisões. As igrejas congregacionais são governadas por seus próprios membros, geralmente por meio de uma assembleia de votação. O clero pode desempenhar um papel consultivo, mas não tem poder decisório.

Por outro lado, as igrejas episcopais têm uma estrutura hierárquica com bispos, que exercem autoridade sobre várias igrejas locais, dioceses e províncias. O clero é ordenado e tem responsabilidades definidas, enquanto os leigos participam de uma variedade de órgãos deliberativos e administrativos. As igrejas episcopais também seguem uma liturgia formal e tradicional em seus serviços religiosos.

Em resumo, enquanto as igrejas congregacionais valorizam a autonomia local e o papel ativo dos membros, as igrejas episcopais tendem a ter uma hierarquia centralizada e seguem uma liturgia formal e tradicional.

31.1 Conheça as principais igrejas congregacionais do mundo

As igrejas congregacionais representam um grupo diversificado de denominações cristãs que compartilham algumas características comuns, como a crença na autonomia local e a importância da congregação como unidade fundamental de adoração e governo da igreja. A seguir, são descritas algumas das principais igrejas congregacionais do mundo:

- Igreja Batista: é uma das maiores denominações cristãs do mundo, com mais de 47 milhões de membros em todo o mundo. Ela surgiu no século XVII na Inglaterra e espalhou-se rapidamente para outros países, incluindo os Estados Unidos. Os batistas enfatizam a importância da salvação pessoal pela fé em Jesus Cristo e a autoridade das Escrituras como fonte de orientação para a vida cristã. Eles também defendem a liberdade religiosa e a separação entre Igreja e Estado.
- Igreja Congregacionalista: tem suas raízes na Reforma Protestante do século XVI. Ela se tornou uma denominação separada no século XVII na Inglaterra e posteriormente se espalhou para outras partes do mundo, incluindo os Estados Unidos. Os congregacionalistas enfatizam a autoridade da congregação local e defendem a autonomia da igreja local em assuntos de governo e adoração. Eles também enfatizam a importância do discipulado e da santificação para a vida cristã.
- Igreja dos Irmãos (ou Igreja Batista de Plymouth): surgiu no século XIX na Inglaterra e espalhou-se rapidamente para outros países, incluindo os Estados Unidos. Ela é uma das poucas denominações que não tem um credo formal ou uma estrutura organizacional centralizada. Os irmãos enfatizam a importância da comunhão dos crentes e da adoração simples e espontânea. Eles também defendem a prática do batismo por imersão e a celebração da Ceia do Senhor em memória de Jesus Cristo.
- Igreja Cristã Reformada: tem suas raízes na Reforma Protestante do século XVI e se originou na Suíça. Ela enfatiza a sobe-

rania de Deus em todas as coisas e a salvação pela graça por meio da fé em Jesus Cristo. Também enfatiza a importância da disciplina da igreja e da educação cristã para a vida cristã.

- Igreja de Cristo: é uma denominação cristã que surgiu nos Estados Unidos no século XIX. Ela enfatiza a importância da adoração simples e sem ornamentos e da autoridade das Escrituras como fonte de orientação para a vida cristã. Também enfatiza a importância da salvação pessoal pela fé em Jesus Cristo.

31.2 Conheça algumas igrejas episcopais do mundo

As Igrejas Episcopais são uma denominação cristã que se originou da Igreja Anglicana e são caracterizadas por sua forma de governo episcopal, ou seja, a existência de bispos como autoridade máxima. Essas igrejas possuem uma forte tradição litúrgica e teológica, além de um compromisso com a justiça social e a inclusão. Conheça algumas igrejas episcopais do mundo:

- Igreja da Inglaterra: como mencionado anteriormente, é a igreja estatal da Inglaterra e a mãe da Comunhão Anglicana. Ela adota a liturgia anglicana e é liderada pelo Arcebispo de Cantuária, que é o primaz da igreja e um dos líderes religiosos mais importantes do mundo.
- Igreja Episcopal dos Estados Unidos: é uma das maiores igrejas episcopais do mundo, com mais de dois milhões de membros. Ela tem suas raízes na Igreja da Inglaterra e adota a liturgia anglicana, mas também tem uma forte tradição de inovação litúrgica e teológica. A igreja é liderada pelo Bispo Primaz.
- Igreja Anglicana do Canadá: é a terceira maior igreja episcopal do mundo, com mais de 500.000 membros. Ela adota a liturgia anglicana e tem uma forte tradição de engajamento social e justiça social, incluindo uma forte posição em questões de justiça indígena e reconciliação. A igreja é liderada pelo Primaz.
- Igreja Episcopal Escocesa: é a igreja nacional da Escócia e tem suas raízes na Igreja da Escócia. Ela adota a liturgia anglicana e é liderada pelo Primaz.

- Igreja Episcopal de Taiwan: é uma igreja autônoma que teve suas origens nas missões anglicanas no final do século XIX. Ela adota a liturgia anglicana e tem uma forte tradição de diálogo inter-religioso e compromisso com a justiça social. A igreja é liderada pelo Bispo Primaz.

É importante notar que cada uma dessas igrejas tem variações regionais e culturais em suas práticas e crenças. Apesar de compartilharem uma história comum e uma liturgia anglicana, cada uma tem sua própria identidade e contribuições únicas para o mundo cristão em geral. As Igrejas Episcopais são conhecidas por sua inclusão e abertura à diversidade e têm sido líderes no movimento de justiça social e na promoção da igualdade.

31.3 Conheça as diferentes denominações e organizações cristãs e suas características

Uma denominação cristã é uma organização religiosa que se baseia em uma determinada interpretação da Bíblia e que geralmente segue uma estrutura hierárquica de liderança. Existem diversas denominações cristãs, incluindo a Igreja Católica Romana, a Igreja Anglicana, a Igreja Ortodoxa, as igrejas reformadas (como a Presbiteriana e a Congregacional), as igrejas pentecostais e as igrejas adventistas. Cada uma dessas denominações tem suas próprias crenças, práticas e tradições.

Além das denominações cristãs, existem também muitas organizações cristãs que atuam em áreas como missões, ajuda humanitária e justiça social. Essas organizações podem ser baseadas em igrejas, denominacionais ou independentes. Algumas das organizações cristãs mais conhecidas incluem a Cruz Vermelha, a World Vision, a Open Doors e a Compassion International.

No que diz respeito à participação política, os cristãos podem ter opiniões divergentes sobre como se envolver no processo político. Algumas denominações, como a Igreja Católica Romana e a Igreja Anglicana, possuem uma longa tradição de envolvimento político, enquanto outras, como as igrejas anabatistas, são conhecidas por sua posição pacifista e sua separação da política. Em muitos países, há partidos políticos cristãos que buscam promover políticas baseadas em valores cristãos.

31.4 Características de uma denominação cristã

As principais características de uma denominação cristã incluem:
- Doutrinas teológicas específicas: as denominações cristãs geralmente possuem crenças específicas e distintivas sobre a natureza de Deus, a salvação, a Bíblia, o papel da igreja, entre outros assuntos teológicos.

A prática de evangelização está enraizada em várias doutrinas teológicas específicas que são centrais para a Comunidade Batista. Uma dessas doutrinas é a crença na salvação pela graça, que enfatiza que a salvação é um presente gratuito de Deus que não pode ser ganho por meio de boas obras ou mérito humano. Isso significa que os batistas acreditam que a salvação é disponível para todas as pessoas, independentemente de sua história ou status social.

Outra doutrina importante é a autoridade das Escrituras, que ensina que a Bíblia é a Palavra de Deus e é a única fonte de autoridade para a fé e a prática cristã. Isso significa que os batistas enfatizam a importância da leitura e do estudo da Bíblia, bem como a aplicação de seus ensinamentos em suas vidas diárias.

A doutrina da separação da Igreja e do Estado também é valorizada pelos batistas, que acreditam que a igreja deve ser livre para governar-se e tomar suas próprias decisões sem interferência do Estado. Isso significa que a Comunidade Batista se opõe a qualquer forma de controle governamental sobre as atividades da igreja.

Por fim, a doutrina da liberdade religiosa é fundamental para os batistas, que defendem a liberdade de religião para todos e a separação entre a Igreja e o Estado como um meio de garantir essa liberdade. Isso significa que os batistas se esforçam para promover a liberdade religiosa e proteger os direitos dos indivíduos de praticar sua fé livremente.

- Estrutura organizacional: as denominações cristãs geralmente possuem uma estrutura organizacional formal, com líderes e hierarquias definidas. Isso pode incluir bispos, presbíteros, pastores e outros líderes.

- Adoração e práticas litúrgicas: as denominações cristãs podem ter diferentes formas de adoração e práticas litúrgicas, incluindo liturgias formais, oração em línguas, canto de hinos, entre outros.
- Sacramentos: as denominações cristãs geralmente possuem um ou mais sacramentos, como o batismo e a comunhão. A maneira como esses sacramentos são praticados pode variar entre as denominações.
- Ênfase em certos aspectos da vida cristã: as denominações cristãs podem enfatizar certos aspectos da vida cristã, como evangelismo, serviço comunitário, missões, educação teológica ou outros aspectos.
- História e tradição: muitas denominações cristãs possuem uma história e tradições únicas, que influenciam suas crenças, práticas e cultura geral.
- Relação com outras denominações: as denominações cristãs podem ter diferentes graus de relação com outras denominações, incluindo colaboração, diálogo interdenominacional ou separação.

As principais denominações cristãs podem ser classificadas em diferentes categorias de acordo com sua organização e estrutura. Algumas das principais categorias incluem:

- Denominações organizadas em convenções: as denominações que se organizam em convenções são geralmente compostas de igrejas locais que se unem em uma estrutura nacional ou regional. Exemplos incluem a Convenção Batista do Sul dos Estados Unidos, a Convenção Batista Brasileira e a Convenção Nacional das Assembleias de Deus.
- Denominações organizadas em associações: as denominações que se organizam em associações são geralmente compostas de igrejas locais que se unem em uma estrutura menor do que as convenções. Exemplos incluem a Associação de Igrejas Batistas Regulares do Brasil e a Associação Nacional das Igrejas Presbiterianas.

- Denominações organizadas em alianças: as denominações que se organizam em alianças são geralmente compostas de igrejas locais que se unem em uma estrutura mais flexível do que as convenções ou associações. Exemplos incluem a Aliança Batista Mundial e a Aliança Cristã Evangélica Brasileira.
- Denominações independentes: as denominações independentes são geralmente compostas de igrejas locais que não estão afiliadas a uma estrutura organizacional maior. Exemplos incluem a Igreja Universal do Reino de Deus e a Igreja do Evangelho Quadrangular.

É importante notar que essa classificação não é exaustiva e que existem outras formas de organização denominacional. Além disso, muitas denominações possuem estruturas mistas, combinando características de convenções, associações e alianças.

As igrejas independentes geralmente não possuem uma estrutura hierárquica formal como as denominações organizadas em convenções, associações ou alianças. Essas igrejas são autônomas e cada uma é responsável por sua própria gestão e organização.

Em termos de organização social, as igrejas independentes geralmente possuem uma estrutura simples com uma liderança local, que pode ser exercida por um pastor ou um conselho de líderes. As decisões importantes são tomadas pela liderança local em conjunto com a congregação, em assembleias ou reuniões regulares.

Em relação à política, as igrejas independentes geralmente adotam uma posição apolítica, focando-se em questões espirituais e religiosas em vez de questões políticas. No entanto, as igrejas independentes podem estar envolvidas em questões sociais e comunitárias, como ação social, ajuda humanitária e outras iniciativas que visam ajudar os necessitados.

Vale ressaltar que, como cada igreja independente é autônoma, as práticas e estruturas podem variar consideravelmente de uma para outra.

Os sacramentos são considerados cerimônias sagradas nas denominações cristãs, que representam uma conexão entre Deus e os fiéis, por meio de sinais e símbolos. No entanto, a compreensão e a prática dos sacramentos podem variar entre as diferentes denominações cristãs.

Algumas das principais diferenças podem ser observadas nas seguintes áreas:

- Número e tipo de sacramentos: a maioria das denominações cristãs reconhece dois sacramentos principais, o batismo e a eucaristia (ou comunhão). No entanto, algumas denominações, como a Igreja Católica Romana e a Igreja Ortodoxa, reconhecem outros sacramentos, como a confirmação, a penitência, a unção dos enfermos e o matrimônio.
- Significado e prática dos sacramentos: as denominações cristãs diferem na compreensão do significado e da prática dos sacramentos. Por exemplo, algumas denominações enfatizam que o batismo é um sinal de arrependimento e aceitação da salvação em Jesus Cristo, enquanto outras enfatizam que o batismo é um sinal de incorporação na comunidade cristã. Da mesma forma, as práticas de comunhão variam amplamente, desde a crença na transubstanciação (mudança real da substância do pão e do vinho em corpo e sangue de Cristo) até a crença na consubstanciação (presença real de Cristo no pão e no vinho, mas sem mudança real da substância).
- Modo de administração dos sacramentos: as denominações cristãs também diferem na forma como administram os sacramentos. Por exemplo, algumas denominações batizam por imersão total em água, enquanto outras usam aspersão ou derramamento de água. Além disso, algumas denominações exigem que os participantes da comunhão sejam membros batizados da igreja, enquanto outras permitem que qualquer pessoa participe.

Em geral, as diferenças na compreensão e prática dos sacramentos refletem as diferentes tradições teológicas e litúrgicas dentro do cristianismo. É importante lembrar que, embora as denominações cristãs possam ter diferenças em relação aos sacramentos, todas elas reconhecem a importância dessas cerimônias como meio de conexão com Deus e de expressão da fé cristã.

Em resumo, a organização social e política dos cristãos varia de acordo com a cultura e o contexto em que se encontram. No entanto, a formação de denominações cristãs e a participação em organizações cristãs são algumas das características comuns em muitos países. Além disso, os cristãos podem ter diferentes posições em relação ao envolvimento político.

31.5 As diversas igrejas ortodoxas no mundo e suas tradições únicas

Existem diversas igrejas ortodoxas espalhadas pelo mundo, cada uma com suas próprias tradições e particularidades. Alguns exemplos são a Igreja Apostólica da Armênia, a Igreja da Etiópia e a Igreja do Egito.

A Igreja Apostólica da Armênia é uma das igrejas mais antigas do mundo e é considerada a primeira igreja nacional do mundo. Fundada no século IV, essa igreja tem suas próprias tradições litúrgicas e crenças teológicas únicas. A liturgia armênia é conhecida por sua rica tradição musical e pelo uso de incenso durante a celebração.

A Igreja da Etiópia, por sua vez, é uma igreja ortodoxa oriental que se originou na África. Fundada no século IV, essa igreja tem sua própria tradição litúrgica, que inclui o uso de tambores e danças durante a celebração. A igreja etíope também tem uma forte tradição monástica, com muitos mosteiros espalhados pelo país.

A Igreja do Egito, também conhecida como Igreja Copta, é uma das mais antigas igrejas cristãs do mundo. Fundada no século I, essa igreja tem suas próprias tradições litúrgicas e teológicas, que diferem daquelas das igrejas ocidentais. A liturgia copta é conhecida por sua beleza e por suas orações e hinos elaborados.

Além dessas igrejas, existem outras igrejas ortodoxas em todo o mundo, cada uma com suas próprias tradições e crenças. No entanto, todas essas igrejas compartilham da mesma fé ortodoxa e seguem a mesma estrutura de liderança baseada nos bispos. A riqueza e diversidade das tradições e práticas dessas igrejas refletem a rica história do cristianismo em todo o mundo.

Portanto, as diversas igrejas ortodoxas no mundo têm suas próprias tradições e particularidades, muitas das quais são influenciadas pelos fundadores dessas igrejas.

Por exemplo, a Igreja Apostólica da Armênia foi fundada por São Gregório, o Iluminador, que converteu o Rei Tiridates III e sua corte ao cristianismo no início do século IV. A história da conversão do rei é celebrada na liturgia armênia até hoje.

A Igreja da Etiópia, por sua vez, foi fundada por São Frumêncio, um missionário enviado pelo imperador bizantino Constantino, o Grande, no século IV. Frumêncio foi posteriormente consagrado bispo e é considerado o primeiro patriarca da igreja etíope.

A Igreja do Egito, ou Igreja Copta, foi fundada por São Marcos, um dos quatro evangelistas do Novo Testamento, no século I. São Marcos pregou o Evangelho no Egito e é considerado o fundador dessa igreja.

Esses fundadores deixaram um legado duradouro em suas respectivas igrejas, influenciando suas tradições e crenças até hoje.

32
IGREJA CATÓLICA ROMANA E AS DEMAIS IGREJAS ORTODOXAS NO DECURSO DA HISTÓRIA

A história da Igreja Católica Romana está intimamente ligada à história das outras igrejas ortodoxas no mundo. Desde a separação no Grande Cisma, em 1054, as igrejas ortodoxas seguiram seus próprios caminhos teológicos e práticos, desenvolvendo suas próprias tradições e liturgias.

No entanto, a Igreja Católica Romana e as igrejas ortodoxas compartilham muitos pontos em comum. Ambas as tradições cristãs são baseadas nos ensinamentos dos apóstolos e na interpretação da Sagrada Escritura. Além disso, ambas as igrejas compartilham uma estrutura de liderança baseada em bispos, que são responsáveis pela orientação espiritual e pela tomada de decisões em questões doutrinárias.

No decorrer da história, a Igreja Católica Romana e as igrejas ortodoxas estiveram envolvidas em vários conflitos, como a disputa sobre o uso de imagens nas igrejas no século VIII e o Grande Cisma do Oriente e Ocidente. No entanto, também houve momentos de cooperação e diálogo interdenominacional, como as conversas ecumênicas que ocorreram no século XX.

Hoje, a Igreja Católica Romana e as igrejas ortodoxas continuam a ter suas próprias tradições e práticas, mas muitas vezes trabalham juntas em questões importantes, como a promoção da paz e da justiça social.

O Grande Cisma do Oriente e Ocidente, ocorrido em 1054, marcou o fim da comunhão entre a Igreja Católica Romana e as demais igrejas ortodoxas do Oriente. O evento foi resultado de divergências teológicas, litúrgicas e políticas que se acumularam no decorrer dos séculos.

Uma das principais questões foi a autoridade do Papa sobre a Igreja. Enquanto a Igreja Católica Romana afirmava que o Papa era o líder supremo e infalível da Igreja, as igrejas ortodoxas reconheciam a autoridade dos bispos em conjunto, sem um líder supremo. Além disso, havia diferenças na liturgia e nos rituais, bem como em questões teológicas, como a utilização de ícones nas igrejas.

O Grande Cisma teve impactos significativos na história do cristianismo. As igrejas ortodoxas orientais se separaram da Igreja Católica Romana, criando uma tradição distinta que se desenvolveu no decorrer dos séculos. As relações entre as duas tradições permaneceram tensas por séculos, com esforços de reconciliação sendo feitos apenas recentemente.

Hoje em dia, as diferenças entre a Igreja Católica Romana e as igrejas ortodoxas continuam a existir, mas há também muitas semelhanças. Todas compartilham a mesma fé em Jesus Cristo e reconhecem a autoridade das escrituras e da tradição cristã. Ambas também valorizam a vida sacramental, com o batismo, a eucaristia e a confissão sendo centrais para a vida de fé.

32.1 Proposta de evangelização da Igreja Católica Romana

A Igreja Católica Romana é uma das maiores instituições religiosas do mundo, com mais de 1,3 bilhão de fiéis em todo o mundo. A organização administrativa e política é baseada no sistema de hierarquia, com o Papa sendo o líder máximo da Igreja e o responsável pela direção espiritual e moral dos fiéis.

A Igreja Católica enfatiza a importância da enculturação do Evangelho, ou seja, a adaptação da mensagem às diferentes culturas, sem comprometer sua integridade teológica.

A Igreja Católica tem uma rica tradição teológica, que inclui doutrinas específicas, como a Trindade, a Encarnação, a Salvação e a Eucaristia. Essas doutrinas são fundamentais para a compreensão da fé católica e são ensinadas por meio da catequese, pregação e celebração dos sacramentos.

A Igreja Católica também enfatiza a importância da evangelização por meio do testemunho de vida dos fiéis, que devem ser modelos de amor e serviço aos outros. Além disso, a Igreja incentiva a colaboração entre fiéis e instituições para realizar obras de caridade e justiça social, como forma de levar a mensagem do Evangelho para além das palavras e alcançar as necessidades concretas das pessoas.

Em resumo, a Igreja Católica enfatiza a importância da evangelização universal e da enculturação do Evangelho, ao mesmo tempo que mantém sua rica tradição teológica e enfatiza a importância do testemunho de vida e da colaboração em obras de caridade e justiça social.

Para alcançar esse objetivo, a Igreja Católica desenvolveu uma ampla gama de estratégias e iniciativas de evangelização, como a realização de missões, retiros espirituais, encontros e congressos, a produção de material didático e de formação, além de uma série de instituições de caridade e assistência social.

A organização administrativa e política da Igreja Católica é dividida em diversas dioceses, que são lideradas por bispos nomeados pelo Papa. Cada diocese é subdividida em paróquias, que são lideradas por padres locais. A Igreja Católica também conta com uma ampla rede de instituições, como escolas, universidades, hospitais e instituições de caridade, que desempenham um papel importante na evangelização e na promoção dos valores cristãos.

No entanto, a Igreja Católica também enfrenta desafios em sua missão evangelizadora, como a crescente secularização da sociedade, a diminuição do número de fiéis e o aumento da concorrência de outras denominações religiosas. Para enfrentar esses desafios, a Igreja Católica tem buscado se adaptar às mudanças culturais e sociais, investindo em novas tecnologias de comunicação e em novas formas de evangelização.

32.2 Obra social na Igreja Católica Romana

A Igreja Católica Romana é conhecida por sua extensa obra social em todo o mundo, envolvendo desde programas de assistência social até campanhas de conscientização e mobilização em favor de causas diversas. Algumas das principais iniciativas da Igreja Católica Romana na área social incluem:

- Caritas Internationalis: é uma rede de organizações de caridade da Igreja Católica que atua em mais de 200 países e territórios, prestando assistência em áreas como educação, saúde, nutrição, moradia e trabalho. A Caritas Internationalis também atua em resposta a emergências humanitárias e desastres naturais.
- Pastoral da Criança: é um programa da Igreja Católica que tem como objetivo promover o desenvolvimento integral das crianças e de suas famílias, com foco na redução da mortalidade infantil e na promoção da saúde, educação e cidadania.

A Pastoral da Criança é um projeto de evangelização e promoção social criado pela Igreja Católica em 1983, no Brasil, com o objetivo de promover o desenvolvimento integral de crianças, desde a gestação até os seis anos de idade, em comunidades carentes. A Pastoral atua em diversos países, em parceria com outras organizações e instituições.

O trabalho da Pastoral da Criança é baseado no Evangelho e na Doutrina Social da Igreja, que enfatiza a importância da dignidade humana, da solidariedade e da justiça social. Os voluntários da Pastoral são treinados para levar informações e orientações sobre saúde, nutrição e desenvolvimento infantil para as famílias das comunidades onde atuam, sempre respeitando as tradições e cultura local.

Além disso, a Pastoral da Criança incentiva a formação de grupos de famílias para discutir e refletir sobre questões relacionadas à infância e à maternidade, promovendo a participação e a conscientização das famílias sobre seus direitos e deveres na criação e educação dos filhos.

A Pastoral da Criança tem sido um exemplo de como a evangelização pode ser integrada à promoção social e ao desenvolvimento humano, com o objetivo de transformar realidades e garantir o bem-estar das crianças e suas famílias.

- Campanha da Fraternidade: é uma iniciativa anual da Igreja Católica no Brasil, que busca mobilizar a sociedade em torno de temas relevantes para a vida e a dignidade humanas, como a proteção do meio ambiente, a luta contra a violência e o combate à pobreza.

- Movimento de Educação de Base (MEB): é um programa da Igreja Católica que atua em comunidades rurais e urbanas em todo o mundo, promovendo a educação popular, a formação cidadã e a organização comunitária.
- Centro de Estudos e Defesa do Negro do Pará (CEDENPA): é uma organização ligada à Igreja Católica que atua na defesa dos direitos dos negros e na promoção da igualdade racial.

Além dessas iniciativas, a Igreja Católica Romana mantém hospitais, escolas, orfanatos, asilos e outras instituições que atuam em favor dos mais pobres e necessitados. A obra social da Igreja Católica Romana reflete seu compromisso com os valores do Evangelho, como a solidariedade, a justiça social e a promoção da dignidade humana.

32.3 Organização administrativa da Igreja Católica

A organização administrativa da Igreja Católica é composta de uma hierarquia de autoridade, liderada pelo Papa como chefe supremo da Igreja. Abaixo do Papa, estão os cardeais, bispos, padres e diáconos, que exercem diversos papéis na administração da Igreja. A seguir, são apresentadas as principais estruturas administrativas da Igreja Católica:

- Papa: é o líder espiritual e temporal da Igreja Católica, exercendo autoridade suprema sobre toda a Igreja e sendo considerado infalível em questões de fé e moral quando fala *ex cathedra* (do trono papal). Ele é assistido por membros do clero e pelo Colégio dos Cardeais, que o aconselham em assuntos importantes.

É importante destacar que as igrejas apostólicas, como a Igreja Ortodoxa, não reconhecem a autoridade do Papa como líder supremo da Igreja. Na tradição ortodoxa, a autoridade é descentralizada e compartilhada entre os patriarcas e bispos, que têm autonomia em relação às questões locais e são responsáveis pela preservação da doutrina e tradição da igreja.

No entanto, a Igreja Católica e as igrejas apostólicas compartilham muitas crenças e práticas em comum, incluindo a importância da liturgia, sacramentos como a eucaristia e o batismo, e a veneração de santos e mártires. Além disso, há um esforço de diálogo e aproximação entre as duas tradições cristãs, visando à união entre as igrejas.

- Curia Romana: é o braço administrativo central da Igreja Católica, responsável por ajudar o Papa em seus deveres e governar a Igreja. É composta de vários departamentos, incluindo a Secretaria de Estado, a Congregação para a Doutrina da Fé, a Congregação para as Causas dos Santos e outras. Cada departamento é liderado por um cardeal ou bispo.

- Conferências Episcopais: são associações regionais de bispos que trabalham juntos para coordenar as atividades da Igreja em seus respectivos países ou regiões. Essas conferências têm o poder de emitir diretrizes pastorais e litúrgicas e podem ajudar a implementar as decisões do Vaticano em suas respectivas regiões.

- Dioceses: são áreas geográficas dentro das quais um bispo é responsável pela administração da Igreja. Cada diocese é governada por um bispo, que é responsável por supervisionar as paróquias, escolas e outras instituições da Igreja em sua área. Os bispos são nomeados pelo Papa e são responsáveis por manter a doutrina e os ensinamentos da Igreja em suas dioceses.

- Paróquias: são as unidades básicas da organização administrativa da Igreja Católica. Cada paróquia é liderada por um padre, que é responsável por ministrar os sacramentos, celebrar missas e liderar a comunidade em oração e serviço. As paróquias também são responsáveis por oferecer educação religiosa, serviços sociais e outras atividades para seus membros e para a comunidade em geral.

Além dessas estruturas, a Igreja Católica tem muitas ordens religiosas e instituições de caridade que prestam serviços sociais e ajudam os necessitados em todo o mundo. A organização administrativa da Igreja Católica é complexa e altamente estruturada, refletindo a importância que a Igreja dá à unidade, à autoridade e à continuidade da tradição católica.

32.4 Proposta política da Igreja Católica Romana

A Igreja Católica Romana, como instituição religiosa, não possui uma plataforma política formal ou um partido político, e não apoia oficialmente um candidato ou partido político em particular. No entanto, a Igreja Católica tem uma longa tradição de se envolver em questões sociais e políticas, e muitas vezes se posiciona sobre questões que afetam a vida dos fiéis e da sociedade em geral.

A posição da Igreja Católica Romana sobre questões políticas e sociais é baseada em seus ensinamentos morais e doutrinas religiosas. A Igreja procura promover a justiça social, a paz e a dignidade humana, defendendo os direitos humanos, a vida, a família e a liberdade religiosa. A Igreja também se opõe à discriminação, à exploração e à exclusão social.

A Igreja Católica tem uma posição clara sobre questões econômicas e sociais, que é baseada na doutrina social da Igreja. Essa doutrina enfatiza a importância da dignidade humana, do bem comum, da subsidiariedade, da solidariedade e da distribuição justa dos recursos. A Igreja se opõe ao individualismo e ao consumismo e defende o papel do Estado em garantir o bem-estar da sociedade, especialmente dos mais pobres e vulneráveis.

A Igreja Católica também tem se posicionado sobre questões ambientais, enfatizando a responsabilidade humana pela criação e a necessidade de proteger o meio ambiente. O Papa Francisco, por exemplo, tem sido um forte defensor da ecologia integral, que busca promover a sustentabilidade ambiental, econômica e social.

Em resumo, a Igreja Católica Romana tem uma posição política que enfatiza a importância da justiça social, da dignidade humana, da solidariedade e da responsabilidade social e ambiental. A Igreja não apoia oficialmente partido político ou candidato em particular, mas busca promover valores e ensinamentos em relação às questões políticas e sociais.

Em conclusão, a proposta de evangelização da Igreja Católica Romana é baseada em uma estrutura hierárquica e centralizada, com uma organização administrativa e política que busca promover a evangelização e ações sociais em todo o mundo. A Igreja possui uma grande presença global e recursos significativos para atingir seus objetivos.

No entanto, a eficácia dessa proposta de evangelização depende de sua implementação e adesão em nível local, além da resposta dos fiéis católicos e das comunidades que buscam ajuda e apoio da igreja. Além disso, a igreja precisa estar aberta ao diálogo inter-religioso e à cooperação com outras tradições religiosas e organizações sociais.

Por fim, é importante lembrar que a organização administrativa e política da Igreja Católica Romana é influenciada por sua história e tradição e que outras denominações cristãs têm estruturas diferentes e abordagens únicas para a evangelização e ação social. É importante reconhecer e respeitar essa diversidade no contexto do diálogo ecumênico e inter-religioso.

PROPOSTA DE EVANGELIZACAO DA IGREJA BATISTA E SUA ORGANIZAÇÃO ADMINISTRATIVA E POLÍTICA

A grande maioria das igrejas batistas espalhadas pelo mundo estão filiadas na Aliança Batista Mundial (ABM), que é uma organização internacional de igrejas batistas que foi fundada em 1905 e tem sua sede em Falls Church, Virginia, nos Estados Unidos. Ela tem como objetivo unir igrejas batistas em todo o mundo e promover a cooperação entre elas.

Em termos de organização administrativa, a ABM é composta de três principais órgãos: a Assembleia Geral, o Conselho Geral e o Escritório Central. A Assembleia Geral é realizada a cada cinco anos e é formada por delegados das igrejas membros. O Conselho Geral é formado por representantes de todas as regiões em que a ABM está presente e é responsável por tomar decisões importantes. O Escritório Central é o órgão executivo da organização e é responsável por gerenciar as operações diárias e implementar as decisões tomadas pela Assembleia Geral e pelo Conselho Geral.

Em relação à proposta de evangelização, a ABM tem como objetivo principal a promoção do Evangelho em todo o mundo. Ela apoia diversas iniciativas missionárias e oferece suporte a igrejas em países em desenvolvimento. Além disso, a ABM promove ações sociais e de desenvolvimento em comunidades carentes, com o objetivo de promover uma vida digna e justa para todos.

A ABM acredita na importância do discipulado e da formação de líderes cristãos. Por isso, ela oferece treinamentos e programas educacionais para pastores e líderes de igrejas batistas. A organização também valoriza a cooperação e a unidade entre as igrejas batistas e busca promover a comunhão e o diálogo entre elas.

A ABM tem uma estrutura organizacional clara e busca promover a evangelização e a cooperação entre as igrejas batistas em todo o mundo, valorizando a formação de líderes e o compromisso social.

A ABM é uma organização que busca promover a unidade entre as igrejas batistas em todo o mundo, além de defender a liberdade religiosa e os direitos humanos. A ABM tem como objetivo principal a evangelização do mundo e a promoção de projetos sociais que visam melhorar a qualidade de vida das pessoas.

33.1 Programas e projetos desenvolvidos pela Aliança Batista Mundial

Entre os programas e projetos desenvolvidos pela ABM, destacam-se:

- Formação de líderes: a ABM oferece programas de formação de líderes em diversas áreas, como missiologia, teologia, música e educação. Esses programas visam capacitar os líderes das igrejas batistas em todo o mundo para atuarem de modo eficaz em suas comunidades.

- Cooperação missionária: a ABM promove a cooperação missionária entre as igrejas batistas em todo o mundo, incentivando o compartilhamento de recursos e experiências para a expansão do Evangelho. A ABM também apoia projetos missionários em diversas regiões do mundo, fornecendo recursos e suporte financeiro.

- Ação social: a ABM tem uma forte preocupação com a promoção da justiça social e da solidariedade. Por isso, apoia projetos sociais em diversas áreas, como saúde, educação, meio ambiente e desenvolvimento comunitário.

- Diálogo inter-religioso: a ABM tem promovido o diálogo inter-religioso como forma de promover a paz e o respeito mútuo entre as diferentes religiões. A organização acredita que o diálogo é uma ferramenta importante para a construção de uma sociedade mais justa e pacífica.

Além disso, a ABM possui uma estrutura organizacional clara, com um Conselho Geral composto de representantes de todas as regiões em que a organização está presente. O Conselho Geral se reúne a cada cinco anos para discutir e tomar decisões importantes para a organização.

Em resumo, a Aliança Batista Mundial busca promover a unidade entre as igrejas batistas em todo o mundo e a evangelização do mundo, além de apoiar projetos sociais e promover o diálogo inter-religioso.

33.2 Proposta de evangelização das igrejas batistas

A Igreja Batista é uma das principais denominações protestantes do mundo, com mais de 47 milhões de membros em todo o mundo. A proposta de evangelização da Igreja Batista é baseada na Grande Comissão de Jesus, que ordenou que seus seguidores fossem e fizessem discípulos de todas as nações (Mateus 28:19-20).

A Igreja Batista é uma denominação descentralizada e congregacional, o que significa que cada igreja é autônoma e responsável pela própria administração e governo. No entanto, a maioria das igrejas batistas são afiliadas a uma convenção estadual ou nacional que fornece recursos, treinamento e suporte para a obra missionária.

A evangelização é realizada por meio de uma variedade de métodos, incluindo pregação, ensino, evangelismo pessoal, missões de curto prazo e plantação de igrejas. A igreja também enfatiza a importância da educação teológica e do discipulado para equipar seus membros para a obra do ministério.

Existem muitos métodos diferentes de evangelização que podem ser usados para alcançar pessoas em diferentes contextos e situações. Aqui estão alguns exemplos:

- Pregação: é uma forma comum de evangelização que envolve comunicar a mensagem do Evangelho a um grande grupo

de pessoas de uma só vez. Isso pode ser feito em um culto, em um evento ao ar livre, ou até mesmo em uma transmissão online.
- Ensino: é uma forma mais detalhada de evangelização que envolve a instrução das pessoas sobre a Bíblia e a teologia cristã. Isso pode ser feito por meio de aulas de escola dominical, seminários, estudos bíblicos em pequenos grupos e até mesmo cursos online.
- Evangelismo pessoal: é uma forma de evangelização que envolve compartilhar a mensagem do Evangelho com pessoas individualmente. Isso pode ser feito em um contexto de amizade ou até mesmo ao interagir com pessoas desconhecidas no dia a dia.
- Missões de curto prazo: são viagens missionárias que duram alguns dias ou semanas e geralmente envolvem trabalhos práticos e evangelismo em um contexto específico. Essas viagens podem ser realizadas dentro ou fora do país e são uma forma importante de evangelização global.
- Plantio de igrejas: envolve o estabelecimento de uma nova congregação em uma área onde não há igrejas cristãs estabelecidas. Isso geralmente envolve o treinamento e o envio de um pastor ou líder de equipe para estabelecer a nova congregação e alcançar as pessoas na área circundante.

Esses são apenas alguns exemplos de métodos de evangelização, mas existem muitas outras formas criativas de compartilhar a mensagem do Evangelho com pessoas em todo o mundo. O importante é estar disposto a ser criativo e adaptar a mensagem para o contexto cultural e social em que se está trabalhando.

A Igreja Batista também tem uma forte ênfase na cooperação e parceria com outras igrejas batistas em níveis local, estadual, nacional e internacional. Essa cooperação é feita por meio de convenções, associações e organizações missionárias, como a Convenção Batista do Sul nos Estados Unidos e a Aliança Batista Mundial.

Em conclusão, a proposta de evangelização da Igreja Batista é baseada em princípios teológicos e éticos que valorizam a liberdade individual, a responsabilidade social e a promoção da justiça. Sua organização administrativa e política permite que cada igreja tenha sua própria visão e abordagem, ao mesmo tempo em que promove a participação dos cristãos na política e em questões sociais relevantes.

33.3 Organização administrativa das igrejas batistas

As igrejas batistas geralmente possuem uma organização administrativa descentralizada, com autonomia local e independência financeira e administrativa. No entanto, elas também estão ligadas a convenções estaduais e nacionais que fornecem suporte e recursos.

A unidade básica da organização das igrejas batistas é a congregação local, que é governada por uma assembleia de membros que tomam decisões coletivas sobre questões administrativas e espirituais. Essa assembleia elege seus próprios líderes, incluindo o pastor e outros oficiais, que são responsáveis por liderar e administrar a congregação.

As igrejas batistas podem optar por se associar a convenções estaduais e nacionais, que fornecem recursos e suporte, bem como uma plataforma para compartilhar informações e trabalhar em projetos em conjunto. No entanto, essas convenções não têm autoridade sobre as igrejas locais e não interferem em suas decisões administrativas ou espirituais.

As convenções batistas geralmente têm estruturas organizacionais semelhantes, com um conselho diretivo ou executivo eleito pelos membros das igrejas afiliadas. Esses conselhos podem fornecer suporte para igrejas em áreas como treinamento de liderança, missões e evangelismo, bem como para questões administrativas, como seguros e finanças.

As igrejas batistas também podem estabelecer associações locais, que são grupos de igrejas que se reúnem regularmente para orar, compartilhar recursos e trabalhar juntas em projetos. Essas associações podem ser formais ou informais e não têm autoridade sobre as igrejas afiliadas.

Em resumo, a organização administrativa das igrejas batistas é baseada em sua autonomia local e independência financeira e administrativa, mas também pode incluir afiliação a convenções estaduais e nacionais para suporte e recursos adicionais. As decisões são tomadas por assembleias de membros locais, lideradas pelos próprios líderes eleitos, com a possibilidade de associação local com outras igrejas afiliadas.

33.4 Obras sociais e comunitárias nas igrejas batistas

As igrejas batistas têm uma tradição forte de envolvimento em obras sociais e comunitárias em todo o mundo. Essas iniciativas podem ser desenvolvidas por meio de igrejas locais, organizações denominacionais e parcerias com outras entidades sem fins lucrativos. Algumas das principais obras sociais realizadas pelas igrejas batistas incluem:

- Assistência social: muitas igrejas batistas têm programas para ajudar os necessitados em suas comunidades, oferecendo alimentos, roupas, moradia e outros tipos de ajuda. Algumas igrejas também oferecem serviços de aconselhamento, atendimento médico e outros tipos de assistência social.
- Projetos de Desenvolvimento Comunitário: algumas igrejas batistas criam projetos de desenvolvimento comunitário, como escolas, orfanatos, creches, projetos de agricultura sustentável, oficinas de artesanato e outros projetos que visam ajudar as pessoas a melhorar sua qualidade de vida.
- Educação teológica: as igrejas batistas oferecem uma ampla gama de programas de educação teológica em todo o mundo, desde cursos de treinamento básico até programas de graduação e pós-graduação. Esses programas visam capacitar os líderes da igreja e outros cristãos a se envolverem em ministérios de serviço em suas comunidades.
- Missões: assim como as igrejas evangélicas em geral, as igrejas batistas têm um forte foco em missões, enviando missionários para pregar o Evangelho, plantar igrejas e realizar obras sociais em todo o mundo. Algumas organizações missioná-

rias batistas são muito conhecidas, como a Junta de Missões Internacionais da Convenção Batista do Sul.

- Apoio a grupos vulneráveis: algumas igrejas batistas têm programas específicos para ajudar grupos vulneráveis, como os sem-teto, os desempregados, os refugiados, os imigrantes e as pessoas que sofrem com vícios. Esses programas visam oferecer ajuda prática e suporte emocional para essas pessoas.

Em geral, as igrejas batistas têm um forte compromisso com a ação social e a justiça social, buscando atender às necessidades de suas comunidades e do mundo. Isso reflete seu compromisso com os valores cristãos, como a compaixão, o amor ao próximo e o cuidado com os mais vulneráveis.

Também existem igrejas batistas que têm uma longa tradição de envolvimento em obras sociais e comunitárias em todo o mundo, incluindo:

- Ajuda humanitária em tempos de crise: as igrejas batistas frequentemente respondem a desastres naturais, conflitos armados e outras crises humanitárias, fornecendo assistência material, apoio psicológico e espiritual às vítimas.
- Cuidados de saúde: as igrejas batistas possuem hospitais, clínicas e centros de saúde em muitas partes do mundo, fornecendo atendimento médico de qualidade para pessoas carentes.
- Educação: as igrejas batistas valorizam a educação e investem em escolas, creches e programas educacionais para crianças e adultos em comunidades carentes.
- Luta contra a pobreza: muitas igrejas batistas possuem programas de assistência social, incluindo distribuição de alimentos, roupas e medicamentos para pessoas em situação de vulnerabilidade.
- Promoção da justiça social: as igrejas batistas têm se engajado na luta contra a discriminação e o racismo, apoiando ações afirmativas e promovendo a igualdade de oportunidades para todos.

Esses são apenas alguns exemplos da tradição de obras sociais e comunitárias das igrejas batistas em todo o mundo.

33.5 Proposta política das igrejas batistas

As igrejas batistas não possuem uma proposta política única, já que a denominação é composta de diversas igrejas independentes e descentralizadas. No entanto, as igrejas batistas geralmente enfatizam a separação entre Igreja e Estado, defendendo a liberdade religiosa e a responsabilidade individual dos cristãos em se envolverem com a política.

A denominação também enfatiza a responsabilidade social dos cristãos em promover a justiça e o bem-estar geral, encorajando a participação em organizações e ações sociais que visam ajudar os mais necessitados.

Além disso, as igrejas batistas geralmente promovem a liberdade de consciência e a não imposição de crenças religiosas sobre outros indivíduos ou grupos. Eles defendem o diálogo inter-religioso e a cooperação ecumênica com outras denominações e tradições religiosas.

Por fim, as igrejas batistas não possuem uma estrutura hierárquica de liderança, o que pode influenciar sua proposta política, já que as decisões são tomadas localmente pelas assembleias de membros e líderes eleitos. Cada igreja pode ter sua própria visão política e social, desde que esteja em conformidade com seus princípios teológicos e éticos.

A proposta de evangelização da Igreja Batista é caracterizada pela descentralização e independência, com uma organização administrativa e política que valoriza a liberdade individual e a responsabilidade social. As igrejas batistas têm um forte compromisso com a evangelização, ações sociais e a promoção da justiça, buscando ajudar os mais necessitados e defender a liberdade religiosa.

A estrutura organizacional das igrejas batistas é descentralizada, o que permite que cada igreja tenha sua própria visão política e social. As decisões são tomadas localmente pelas assembleias de membros e líderes eleitos, o que pode levar a uma diversidade de abordagens para a evangelização e ação social.

Embora a Igreja Batista enfatize a separação entre Igreja e Estado, ela também promove a participação dos cristãos na política e em questões sociais relevantes. A denominação tem uma visão inclusiva e de cooperação com outras tradições religiosas e organizações sociais, buscando construir pontes e promover o diálogo inter-religioso.

Em conclusão, a proposta de evangelização da Igreja Batista tem como objetivo principal levar o Evangelho de Jesus Cristo a todas as pessoas, tanto em suas comunidades locais quanto em outras partes do mundo. A organização administrativa das igrejas batistas varia de acordo com cada denominação, mas, em geral, valoriza a autonomia e a descentralização, dando espaço para que as congregações locais tomem decisões importantes.

Além disso, as igrejas batistas valorizam a formação de líderes e a educação cristã, promovendo treinamentos e programas para pastores e membros de suas congregações. Elas também se preocupam com a ação social e o desenvolvimento comunitário, buscando oferecer suporte e ajuda a pessoas em situação de vulnerabilidade.

Por meio de sua organização administrativa e de sua proposta de evangelização, as igrejas batistas têm alcançado milhões de pessoas em todo o mundo com a mensagem de amor e esperança de Jesus Cristo. Suas ações e programas demonstram o compromisso com o bem-estar das pessoas e com a promoção da justiça e da igualdade em suas comunidades.

33.6 Doutrina da Igreja Batista

A doutrina da Igreja Batista é baseada na Bíblia, que é considerada a Palavra de Deus. Os batistas acreditam que a Bíblia é a única fonte autoritativa de fé e prática e que ela deve ser interpretada literalmente. Além disso, a Igreja Batista tem uma série de doutrinas que são consideradas fundamentais e que distinguem a denominação de outras igrejas cristãs. Algumas dessas doutrinas incluem:

- Crença na Trindade: a Igreja Batista acredita que há um único Deus, manifestado em três pessoas distintas (o Pai, o Filho e o Espírito Santo).

- Crença na salvação pela fé: os batistas acreditam que a salvação é concedida por meio da fé em Jesus Cristo e não por meio das obras.
- Crença no batismo por imersão: os batistas acreditam que o batismo é uma ordenança para aqueles que aceitam a Jesus Cristo como Salvador e que deve ser realizado por imersão em água.
- Crença na autonomia da igreja: os batistas acreditam que cada igreja local é autônoma e governada pelos membros da igreja.
- Crença na separação entre Igreja e Estado: os batistas acreditam que a Igreja e o Estado devem ser separados e que a igreja não deve interferir na política.
- Crença na liberdade religiosa: os batistas acreditam na liberdade religiosa e que cada pessoa deve ter o direito de escolher a própria religião.

Essas são apenas algumas das doutrinas que são fundamentais para a Igreja Batista. No entanto, é importante lembrar que cada igreja é autônoma e pode ter as próprias interpretações e enfatizar algumas doutrinas mais do que outras.

33.7 Diferença bíblica entre princípios e regras

Embora haja alguma sobreposição entre os termos "princípios" e "regras" na Bíblia, há uma diferença importante entre os dois conceitos.

Princípios são valores fundamentais ou crenças que são aplicáveis em uma ampla variedade de situações e circunstâncias. Eles são geralmente baseados em verdades eternas e universais e podem ser considerados como diretrizes gerais para a vida cristã. Por exemplo, o mandamento de amar a Deus acima de tudo e ao próximo como a si mesmo é um princípio fundamental na Bíblia.

Regras, por outro lado, são instruções específicas para ação em circunstâncias particulares. Elas são geralmente baseadas em princípios mais amplos, mas são mais detalhadas e específicas em sua aplicação.

Por exemplo, os Dez Mandamentos são um conjunto de regras específicas que Deus deu ao povo de Israel para orientar sua conduta e seu relacionamento com Ele e com os outros.

Embora a Bíblia contenha princípios e regras, é importante entender que as regras não devem ser seguidas cegamente, sem considerar o contexto ou o propósito por trás delas. As regras devem ser vistas como aplicação prática dos princípios, e os cristãos devem buscar compreender tanto os princípios quanto as regras para aplicá-los adequadamente em suas vidas.

Em conclusão, a doutrina cristã é baseada nos ensinamentos e princípios das Escrituras Sagradas, que incluem a crença em um Deus trino, a salvação pela graça por meio da fé em Jesus Cristo, a ressurreição dos mortos e o juízo final. Além disso, a doutrina cristã envolve a importância da santidade, da comunhão com Deus, do amor ao próximo e do serviço aos necessitados. É por meio desses princípios e regras que os cristãos buscam viver suas vidas e cumprir a missão de propagar a mensagem de Jesus Cristo. Embora as diferentes denominações cristãs possam ter algumas diferenças na interpretação e prática desses ensinamentos, a base da doutrina cristã continua sendo a mesma, guiando e sustentando a fé de milhões de pessoas ao redor do mundo.

33.8 A ordenança da Santa Ceia na Comunidade Batista Tradicional

A celebração da Santa Ceia é um dos ritos mais importantes da Comunidade Batista Tradicional e possui um significado profundo e simbólico. A cerimônia é realizada com pão e vinho, que representam o corpo e o sangue de Jesus Cristo, respectivamente, e são oferecidos aos fiéis para que possam comungar com Deus e entre si.

Segundo o teólogo batista Paul Fiddes, a Santa Ceia é um momento de comunhão com Deus e com a comunidade, em que os fiéis se lembram da vida, morte e ressurreição de Jesus Cristo e renovam seu compromisso com Ele. Fiddes destaca que a Ceia não deve ser vista apenas como um rito ritualístico, mas como uma oportunidade para experimentar a presença de Deus e se conectar com a história da salvação.

A prática da Santa Ceia é baseada em diversas passagens bíblicas, como a Última Ceia de Jesus com seus discípulos descrita em Lucas 22:19-20: "E, tomando um pão, tendo dado graças, partiu-o e deu-lho, dizendo: Isto é o meu corpo, que é dado por vós; fazei isto em memória de mim. Semelhantemente, tomou o cálice, depois de haver ceado, dizendo: Este cálice é o novo pacto em meu sangue, que é derramado por vós".

Além disso, a prática da Santa Ceia na Comunidade Batista Tradicional é regulamentada por estatutos e regulamentos específicos de cada congregação, que definem as condições e os requisitos para a participação no rito. Essas regras são baseadas em princípios bíblicos e doutrinários, como a necessidade de arrependimento e confissão de pecados antes de participar da cerimônia.

Entre as obras que abordam o tema da Santa Ceia na Comunidade Batista Tradicional, destacam-se *The Lord's Supper: Five Views*, editado por Gordon T. Smith, *The Theology of the Lord's Supper and the Evangelical Lutheran Church*, de Lowell G. Almen, e *This Holy Mystery: A United Methodist Understanding of Holy Communion*, de Gayle Carlton Felton e Thomas Edward Frank.

33.9 A ordenança do batismo na Comunidade Batista Tradicional

O batismo é uma das ordenanças instituídas por Jesus Cristo, assim como a Santa Ceia, que simboliza a identificação do cristão com a morte, o sepultamento e a ressurreição de Jesus Cristo. Na Comunidade Batista Tradicional, o batismo é considerado um rito importante que representa o início da caminhada do cristão na fé e na comunidade cristã.

O batismo é realizado por imersão em água, simbolizando o sepultamento do velho homem e a ressurreição do novo homem em Cristo. Além disso, a Comunidade Batista enfatiza que o batismo deve ser realizado somente após a confissão pública de fé em Jesus Cristo.

O batismo na Comunidade Batista é cercado de significado e simbolismo e é considerado um passo importante na jornada espiritual do crente. Como afirmou o teólogo batista Millard Erickson, "O batismo é uma declaração pública de fé e um sinal de compromisso com o Senhor Jesus Cristo" (Colossenses 2:12). Na Comunidade Batista Tradicional, o batismo é considerado um rito importante e uma confirmação pública da fé em Jesus Cristo. O ato simboliza a morte e ressurreição com Cristo, sendo uma profissão de fé e um compromisso público com Ele.

A prática do batismo por imersão remonta ao Novo Testamento e é considerada a forma mais fiel à descrição bíblica do batismo praticado por João Batista e pelos primeiros cristãos. A água representa a purificação do pecado e a imersão simboliza a identificação com a morte e ressurreição de Cristo.

Segundo o teólogo batista John Piper, o batismo é "um sinal visível e público de nossa união com Cristo em sua morte e ressurreição, em que somos sepultados com Cristo em sua morte e ressuscitados com ele para uma nova vida".

Algumas referências bibliográficas sobre o tema incluem: *Batismo: Uma Conscientização Bíblica*, de John Piper, publicado pela Editora Fiel em 2011; *Batismo: Uma Doutrina Importante da Fé Cristã*, de Wayne Grudem, publicado pela Editora Vida Nova em 2008; *Batismo: A Identidade do Cristão*, de John MacArthur, publicado pela Editora Thomas Nelson em 2016.

33.10 A consagração do pastor nas igrejas batistas

A consagração do pastor nas igrejas batistas é uma tradição importante que reflete a importância que a denominação atribui ao chamado e à responsabilidade pastoral. Como observou o teólogo batista Albert Mohler no livro *A Igreja e o Reino* (Editora Vida Nova, 2015), "a ordenação é um reconhecimento da responsabilidade divina que está sobre a vida do pastor". Esse reconhecimento vem acompanhado de ritos e exigências comuns nas igrejas batistas.

T. C. Tennent, no livro *Tentmaking: A Unique Ministry* (Editora William Carey Library, 2012), ressalta a importância da dedicação e compromisso do pastor com o ministério. A consagração é um momento em que a igreja reconhece esse compromisso e dedicação e reafirma a importância do pastor no cuidado e pastoreio do rebanho de Deus.

Timothy George, no livro *Theology of the Reformers* (Editora Baker Academic, 2013), destaca a ênfase da tradição reformada na responsabilidade pastoral. O pastor é visto como um servo de Cristo, chamado para liderar e cuidar do povo de Deus. Essa responsabilidade é refletida na cerimônia de consagração, que simboliza a entrega total do pastor ao ministério.

As Escrituras também fornecem orientação sobre a consagração pastoral. Em 1 Timóteo 4:14, Paulo escreve: "não negligencies o dom que há em ti, que te foi dado por profecia, com a imposição das mãos do presbitério". Esse versículo destaca a importância da imposição das mãos na consagração do pastor, que é um sinal da comunidade de fé reconhecendo e abençoando o ministério do pastor. Portanto, a consagração do pastor nas igrejas batistas é um momento significativo que reflete a importância e responsabilidade pastoral. A tradição, os ritos e as exigências comuns são fundamentados na Escritura e na tradição reformada, como destacado por Mohler, Tennent e George em suas obras, para que todos os pastores batistas possam ser consagrados com dedicação, compromisso e sabedoria para pastorear o rebanho de Deus.

Essa consagração do pastor é um rito praticado em muitas igrejas batistas e é considerada uma tradição muito importante para a comunidade. Esse ritual tem como objetivo confirmar a vocação do pastor e reconhecer seu chamado para liderar a congregação. Geralmente, a cerimônia de consagração é realizada em um culto especial, no qual a comunidade se reúne para orar e celebrar a vida do pastor. Durante a cerimônia, o pastor é apresentado à igreja como líder espiritual e recebe uma série de bênçãos e orações dos membros da comunidade.

Uma das partes mais significativas da consagração é a imposição das mãos, um gesto simbólico que representa a transferência de poder e autoridade espiritual para o pastor. Durante esse momento, os membros da comunidade colocam as mãos sobre o pastor e oram por ele, pedindo a bênção de Deus em seu ministério.

Outro aspecto importante da consagração é a entrega da Bíblia ao pastor, que representa a autoridade das Escrituras em seu ministério. Esse gesto simboliza o compromisso do pastor em ensinar e pregar a Palavra de Deus com fidelidade e integridade.

Além disso, a consagração do pastor muitas vezes envolve uma série de outros ritos e práticas, como a cerimônia de batismo, a celebração da ceia do Senhor e a oração pela comunidade e pelos líderes da igreja.

Em resumo, a consagração do pastor é uma tradição significativa nas igrejas batistas, que reconhece a vocação e o chamado do líder espiritual para servir à comunidade. Por meio desse rito, a igreja reafirma seu compromisso com a Palavra de Deus e com a liderança do pastor, buscando a bênção e a orientação divina para seu ministério.

33.11 Organização administrativa na Comunidade Batista Tradicional: conceitos fundamentais para o bom funcionamento da igreja local

A organização administrativa é fundamental para o bom funcionamento de uma Comunidade Batista Tradicional. Existem diversos cargos e funções que precisam ser desempenhados para garantir que a igreja seja bem gerida e que suas atividades aconteçam de modo organizado e eficiente.

Um dos cargos mais importantes é o de pastor, que é responsável pela orientação espiritual da igreja e pela pregação da Palavra de Deus. O pastor também atua como líder da comunidade e tem a responsabilidade de conduzir a congregação em decisões importantes.

Outro órgão importante é o Comitê Executivo ou Junta de Diáconos, que é responsável por auxiliar o pastor na gestão da igreja. Esse comitê é formado por membros da congregação que são eleitos para exercer essa função, sendo responsáveis por tomar decisões importantes e ajudar a resolver problemas administrativos.

Os diáconos são responsáveis por ajudar na organização dos cultos e na assistência aos membros da igreja, além de desempenhar outras funções importantes, como arrecadar fundos e organizar eventos.

A tesouraria é outro órgão importante na organização administrativa da igreja, responsável por gerenciar as finanças e garantir que os recursos sejam utilizados de maneira adequada e transparente.

Seguindo, a assembleia de membros é um órgão importante que deve ser convocado periodicamente para discutir questões importantes da igreja, tais como a aprovação de orçamentos e a eleição de novos líderes.

Portanto, na Igreja Batista, a organização administrativa é fundamental para o bom funcionamento da comunidade e a realização dos propósitos cristãos. Para que isso aconteça, existem diversos cargos e funções que precisam ser desempenhados com excelência, de acordo com a igreja local.

O pastor é o líder espiritual da igreja e tem a responsabilidade de guiar o rebanho em questões teológicas e morais. O Comitê Executivo, também conhecido como Junta de Diáconos, é responsável por coordenar as atividades administrativas da igreja, bem como tomar decisões importantes e gerenciar recursos financeiros. Os diáconos, por sua vez, são responsáveis pelo cuidado dos membros da igreja e auxiliam o pastor em diversas tarefas.

Além disso, existem outras funções importantes, como a Tesouraria, responsável pelo gerenciamento das finanças da igreja, e a Assembleia de Membros, responsável por tomar decisões importantes para a comunidade.

De acordo com os ensinamentos batistas, a organização administrativa deve ser pautada em princípios bíblicos e em uma liderança comprometida com Deus. Como afirmou o teólogo batista Alister McGrath no livro *Introdução à Teologia Sistemática* (Editora Shedd Publicações, 2005), "a igreja deve ser administrada de acordo com a vontade de Deus, seguindo os ensinamentos bíblicos e em uma postura de serviço aos irmãos".

A Bíblia também traz exemplos de liderança e organização administrativa, como podemos ver em Êxodo 18:21, quando Jetro aconselha Moisés a delegar autoridade para outros líderes, e em 1 Timóteo 3:1-13, que apresenta as qualificações necessárias para os líderes da igreja.

Por isso, é fundamental que os líderes batistas estejam em constante busca por capacitação e aprimoramento, como destaca o teólogo batista Craig Groeschel no livro *Liderança Corajosa* (Editora Vida, 2017), "um bom líder nunca para de aprender e sempre busca melhorar a si mesmo e sua equipe".

Assim, é necessário que os membros da igreja estejam atentos à importância da organização administrativa e à responsabilidade dos líderes em gerir a comunidade de maneira eficiente e comprometida com os princípios cristãos.

É importante que todos os órgãos da igreja trabalhem em conjunto para garantir o bom funcionamento da igreja. A colaboração e o comprometimento dos membros são fundamentais para que a organização administrativa seja eficiente e alcance seus objetivos.

33.12 A responsabilidade financeira é atribuída aos leigos da igreja local

A Igreja Batista é uma das denominações cristãs mais antigas e conhecidas em todo o mundo. Sua organização administrativa é baseada na ideia do sacerdócio de todos os crentes, o que significa que todos os membros da igreja têm uma responsabilidade compartilhada no bom funcionamento da igreja. No entanto, o pastor batista é reconhecido como o líder espiritual da congregação e exerce um papel fundamental na organização e administração da igreja.

O papel do pastor batista é semelhante ao dos apóstolos na igreja primitiva, que eram responsáveis por liderar, ensinar e cuidar do rebanho. O pastor é responsável por pregar a Palavra de Deus, ensinar a doutrina bíblica e liderar os membros da igreja em direção ao crescimento espiritual. No entanto, diferentemente dos apóstolos, o pastor não tem controle sobre as finanças da igreja.

De acordo com a tradição batista, a responsabilidade financeira é atribuída aos leigos da igreja local. É comum que as igrejas tenham um Comitê Executivo ou uma Junta de Diáconos, que são eleitos pelos membros da igreja para administrar as finanças e cuidar das necessidades práticas da igreja. É importante que haja transparência e prestação de contas para garantir que os recursos da igreja sejam usados de maneira responsável e eficaz.

O livro *Igreja, Ministério e Adoração*, do teólogo batista James William McClendon Jr., explora a importância do papel do pastor como líder espiritual e a responsabilidade dos leigos na administração financeira da igreja. Já o livro *Baptist Polity: As I See It*, de James Leo Garrett Jr., apresenta uma análise aprofundada da organização e estrutura da Igreja Batista, incluindo a função do pastor e a responsabilidade dos leigos na administração da igreja.

A Bíblia também traz importantes ensinamentos sobre a liderança espiritual e a administração das finanças da igreja. Em 1 Pedro 5:2, lemos: "pastoreai o rebanho de Deus que está entre vós, não por constrangimento, mas espontaneamente, como Deus quer; nem por sórdida ganância, mas de boa vontade". Já em 1 Timóteo 6:10, lemos: "Porque o amor ao dinheiro é a raiz de todos os males; e alguns, nessa cobiça, se desviaram da fé e se atormentaram a si mesmos com muitos sofrimentos".

Portanto, a organização administrativa na Comunidade Batista Tradicional é baseada na liderança espiritual do pastor e na responsabilidade compartilhada dos leigos na administração das finanças da igreja. É importante que haja transparência, prestação de contas e respeito às diretrizes bíblicas para garantir o bom funcionamento da igreja e o cumprimento de sua missão.

33.13 O papel dos diáconos na Igreja Batista: desafios e oportunidades para servir a comunidade

Na Comunidade Batista, os diáconos são responsáveis por auxiliar na organização dos cultos e na assistência aos membros da igreja. Eles são eleitos pela congregação e servem como um elo entre a liderança da igreja e os membros da comunidade.

De acordo com o teólogo batista Timothy George, a palavra "diácono" significa "servo" ou "aquele que serve". Na Bíblia, o livro de Atos dos Apóstolos relata a escolha dos primeiros diáconos pela igreja primitiva para ajudar no serviço aos necessitados.

A função dos diáconos pode variar de acordo com a igreja local, mas geralmente envolve a organização dos cultos, a distribuição de alimentos e ajuda financeira aos necessitados, visitas a membros enfermos ou em dificuldades e outras atividades que visam ao bem-estar da comunidade.

A escolha dos diáconos é feita com base em critérios estabelecidos pela igreja, como a fidelidade, a integridade e a disposição para servir. Segundo o teólogo batista Russel H. Dilday, a função dos diáconos é uma forma de exercer o sacerdócio de todos os crentes, uma vez que eles representam a congregação na assistência aos necessitados e na organização dos cultos.

É importante ressaltar que a escolha dos diáconos não deve ser feita de modo aleatório ou por interesses pessoais, mas sim por meio de oração e discernimento da vontade de Deus para a igreja. Como destacado pelo apóstolo Paulo em sua carta aos Filipenses, é necessário que os líderes da igreja sejam escolhidos com sabedoria e cuidado: "E isto peço em oração: que o vosso amor cresça mais e mais em conhecimento e em toda a percepção, para que possais discernir o que é excelente, a fim de serdes sinceros e inculpáveis para o Dia de Cristo" (Filipenses 1:9-10).

33.14 Desafios e Práticas Exemplares na Gestão Financeira da Igreja Batista Local: Um Olhar Sobre Transparência e Responsabilidade

A Igreja Batista é uma das principais denominações cristãs do mundo, com uma longa história de comprometimento com a pregação do Evangelho e com ações sociais em comunidades ao redor do mundo. Um dos principais desafios enfrentados pela igreja batista local é a gestão financeira responsável e transparente, que é fundamental para manter a credibilidade e confiança dos membros da comunidade. A seguir, discutem-se alguns dos principais desafios enfrentados na gestão financeira da igreja batista local, bem como algumas das melhores práticas que podem ser adotadas para garantir transparência e responsabilidade na administração dos recursos financeiros.

33.15 Desafios na gestão financeira da igreja batista local

Um dos principais desafios na gestão financeira da igreja batista local é garantir que todos os recursos financeiros sejam usados de maneira adequada e transparente. A igreja batista é financiada pelos membros e por doações externas, o que significa que há uma grande responsabilidade em usar esses recursos de modo eficiente e transparente. Além disso, a Igreja Batista é uma organização sem fins lucrativos, o que significa que há uma grande pressão para manter as finanças equilibradas e maximizar o impacto das doações recebidas.

Outro desafio na gestão financeira da igreja batista local é garantir que haja prestação de contas e transparência em todas as transações financeiras. Os membros da igreja devem ter acesso às informações financeiras relevantes, incluindo relatórios regulares de receitas e despesas, e devem ser capazes de fazer perguntas e obter respostas claras e precisas.

33.16 Melhores práticas na gestão financeira da igreja batista local

Para garantir a transparência e a responsabilidade na gestão financeira da igreja batista local, é fundamental adotar algumas melhores práticas. Entre elas, podemos destacar:

- Planejamento financeiro: a liderança da igreja deve ter um plano estratégico de gestão financeira, que leve em consideração as necessidades da igreja e a sustentabilidade financeira a longo prazo. É importante que esse plano seja discutido e aprovado pela congregação, para garantir a participação e a transparência.
- Relatórios financeiros: a tesouraria da igreja deve apresentar relatórios financeiros claros e detalhados, que incluam as receitas, os gastos e o saldo financeiro da igreja. Esses relatórios devem ser apresentados periodicamente à congregação, para garantir a transparência e a participação dos membros da igreja.
- Controle financeiro: a tesouraria da igreja deve fazer um acompanhamento rigoroso dos gastos e receitas, a fim de

evitar desvios e irregularidades financeiras. É importante que a tesouraria tenha um sistema de controle financeiro eficiente, que inclua a emissão de recibos e a manutenção de registros financeiros precisos.

- Capacitação da tesouraria: a tesouraria da igreja deve ser composta de pessoas capacitadas e comprometidas com a transparência e a responsabilidade na gestão financeira. É importante que a liderança da igreja ofereça capacitação e treinamento para os membros da tesouraria, a fim de garantir que eles tenham as habilidades e conhecimentos necessários.

Portanto, para garantir transparência e responsabilidade na gestão financeira da igreja batista local, existem várias práticas que podem ser adotadas:

- Estabelecer procedimentos claros e transparentes para todas as transações financeiras: isso pode incluir a adoção de políticas de compras e contratação, bem como procedimentos para gerenciar doações e despesas.
- Manter registros precisos e detalhados de todas as transações financeiras: isso pode incluir o uso de software de contabilidade e a contratação de um contador para ajudar na gestão das finanças da igreja.
- Realizar auditorias regulares para garantir que todas as transações financeiras sejam realizadas de maneira adequada e transparente: isso pode incluir a contratação de um auditor externo para revisar as finanças da igreja.
- Fornecer relatórios financeiros regulares aos membros da igreja: isso pode incluir a publicação de relatórios financeiros trimestrais ou anuais, bem como a realização de reuniões regulares para discutir as finanças da igreja.

Portanto, a gestão financeira de uma igreja é uma tarefa importante e muitas vezes desafiadora. A transparência e a responsabilidade na administração dos recursos financeiros são fundamentais para garantir a confiança dos membros da igreja e a sustentabilidade das atividades realizadas. No contexto das igrejas batistas, essa responsabilidade é atribuída à tesouraria da igreja local, que gerencia as finanças da igreja de modo ético e eficiente. Na sequência, discutem-se os desafios e as melhores práticas relacionados à gestão financeira transparente e responsável em uma igreja batista local, incluindo a citação de autores batistas e referências bíblicas relevantes.

A gestão financeira de uma igreja batista local pode enfrentar uma série de desafios, como a falta de transparência na contabilidade, o desvio de recursos financeiros e a falta de prestação de contas aos membros da igreja. Esses desafios podem afetar negativamente a confiança dos membros na liderança da igreja e podem prejudicar a sustentabilidade financeira da igreja.

Uma das principais razões pelas quais a gestão financeira transparente é essencial em uma igreja é que isso pode ajudar a evitar o desvio de recursos financeiros. Conforme observado por Bart Barber, um autor batista, a falta de transparência financeira pode ser um fator que contribui para o desvio de recursos financeiros em uma igreja. Ele afirma que, em muitos casos, os líderes da igreja podem acreditar que a falta de transparência financeira é uma maneira de evitar conflitos desnecessários. No entanto, isso pode resultar em uma falta de supervisão adequada, permitindo que os líderes da igreja desviem os fundos para as próprias finalidades.

Outro desafio que as igrejas batistas locais podem enfrentar é a falta de prestação de contas aos membros da igreja. De acordo com o autor batista David W. Hegg, a falta de transparência financeira pode levar a uma falta de responsabilidade pelos fundos da igreja. Ele afirma que a prestação de contas deve ser uma prática regular em uma igreja, para que os membros possam ver como dízimos e ofertas são usados.

33.17 Melhores práticas para gestão financeira transparente e responsável

Para garantir a gestão financeira transparente e responsável em uma igreja batista local, há várias melhores práticas que podem ser implementadas. Uma dessas práticas é a criação de um comitê financeiro independente, que possa monitorar as finanças da igreja e garantir a transparência financeira. Este comitê pode ser composto de membros da igreja que não são líderes e que tenham habilidades financeiras relevantes.

33.18 A estrutura administrativa da igreja batista local: diferentes terminologias

A igreja batista local é uma comunidade cristã que busca seguir os princípios bíblicos em sua organização e administração. Nesse contexto, existem diferentes terminologias utilizadas para estruturar suas atividades administrativas internas, tais como Comitê Executivo, Junta de Diáconos, Pastoral Ministry Team, Anciãos e Conselho de Diáconos. Nesta seção, serão abordadas as relações e diferenças entre essas terminologias e estruturas e como elas são aplicadas na estrutura administrativa da igreja batista local.

A estrutura administrativa da igreja batista local é um assunto de grande importância para a vida da comunidade de fiéis. Isso porque a organização da igreja tem um impacto direto no funcionamento e na forma como os membros interagem entre si e com os líderes religiosos.

Começando pelo Comitê Executivo ou Junta de Diáconos, podemos dizer que essa é uma estrutura bastante comum em muitas igrejas batistas. Nesse caso, a liderança é composta de um grupo de diáconos que são eleitos pela igreja para liderar as atividades administrativas e financeiras. A palavra "diácono" vem do grego *diakonos*, que significa "servo" ou "ministro". Na Bíblia, o termo é usado para se referir a pessoas que eram responsáveis por servir e cuidar das necessidades dos membros da comunidade. Por isso, a escolha de diáconos para liderar o Comitê Executivo reflete a preocupação com a importância do serviço aos membros da igreja.

Outra estrutura que pode ser encontrada nas igrejas batistas é a dos Anciãos ou Conselho de Diáconos. Nesse caso, a liderança é formada por um grupo de anciãos que são eleitos pela igreja para liderar as atividades espirituais e pastorais da comunidade. A escolha de anciãos para liderar a igreja tem sua base bíblica no Novo Testamento, onde é descrito que os anciãos eram responsáveis por pastorear o rebanho de Deus. Em muitas igrejas batistas, o Conselho de Diáconos também é responsável pelas atividades administrativas e financeiras da igreja, trabalhando em conjunto com o pastor.

O Grupo de Apoio ao Ministério Pastoral, também conhecido como Pastoral Ministry Team, é outra estrutura que pode ser encontrada em algumas igrejas batistas. Nesse caso, a liderança é formada por um grupo de pessoas que são designadas para auxiliar o pastor em suas atividades pastorais e administrativas. Esse grupo pode ser composto de diáconos, anciãos, membros da igreja e outras pessoas designadas pela liderança da igreja.

Por fim, a Assembleia de Membros é uma estrutura que é comum em muitas igrejas batistas. Nesse caso, a liderança é compartilhada entre todos os membros da igreja, que se reúnem periodicamente para tomar decisões importantes sobre a vida da comunidade. A escolha de uma liderança coletiva reflete a preocupação com a importância da participação ativa dos membros da igreja em suas decisões.

É importante destacar que as diferentes estruturas administrativas da igreja batista local têm suas próprias relações e diferenças, mas todas elas têm como objetivo comum a liderança da igreja de modo a atender às necessidades dos membros da comunidade e promover a propagação do Evangelho. A escolha da estrutura mais adequada depende das características e necessidades de cada igreja em particular.

Em suma, a estrutura administrativa da igreja batista local pode variar de acordo com sua tradição teológica e suas necessidades específicas. O importante é que essa estrutura seja baseada nos princípios bíblicos e seja utilizada para a glória de Deus e o bem-estar da comunidade. É fundamental que a liderança da igreja se baseie em conhecimento teológico.

33.19 Participação efetiva dos membros da igreja batista nas Assembleias de Membros

A Assembleia de Membros é um órgão de decisão da igreja batista que reúne os membros da igreja para tomar decisões importantes, como eleição de líderes, aprovação de orçamento e outras questões relevantes para a vida da igreja.

Com a Assembleia de Membros sendo um órgão importante de decisão na igreja batista, é essencial garantir a participação efetiva dos membros para que as decisões tomadas sejam verdadeiramente representativas e reflitam a vontade da maioria da congregação. Nesse sentido, algumas possíveis abordagens para garantir a participação efetiva dos membros são:

- Comunicação clara e efetiva: é importante que os membros sejam informados sobre a data, o horário e a pauta da Assembleia de Membros com antecedência suficiente para que possam se preparar e participar da reunião.
- Reuniões periódicas: para que os membros se sintam parte da vida da igreja e tenham interesse em participar das Assembleias de Membros, é importante que a igreja promova reuniões periódicas, como grupos de estudos bíblicos, encontros de oração e outras atividades que fortaleçam o senso de comunidade e pertencimento.
- Facilitação da participação: para que a participação seja efetiva, é importante que a igreja ofereça meios de facilitação, como tradução em línguas diferentes, acessibilidade para pessoas com deficiência, entre outros.
- Valorização da voz dos membros: é importante que os membros sintam que suas opiniões são valorizadas e que suas contribuições são levadas em consideração nas decisões tomadas na Assembleia de Membros. A liderança da igreja deve criar um ambiente acolhedor e inclusivo para que todos os membros se sintam à vontade para participar e se expressar.

Ao garantir a participação efetiva dos membros na Assembleia de Membros, a igreja batista pode ter certeza de que as decisões tomadas serão mais representativas e terão maior aceitação pela congregação como um todo.

Quanto à obrigatoriedade legal, isso depende das leis de cada país. Em alguns lugares, é obrigatório que as organizações tenham Assembleias de Membros e as igrejas não são exceção. Em outros lugares, não há essa obrigatoriedade, mas as igrejas podem optar por ter assembleias de membros como parte de sua governança.

É importante ressaltar que mesmo em países onde não há obrigatoriedade legal de ter Assembleias de Membros, muitas igrejas optam por incluí-las em sua governança por acreditarem que essa é uma forma democrática e transparente de tomar decisões importantes para a vida da igreja.

Além disso, a inclusão da Assembleia de Membros na governança da igreja pode ajudar a garantir que as decisões tomadas sejam representativas e reflitam a vontade da maioria da congregação, evitando a concentração de poder em poucas mãos e a tomada de decisões arbitrárias.

Por outro lado, é importante lembrar que a obrigatoriedade legal de ter Assembleias de Membros pode variar de acordo com as leis de cada país e região. Por isso, é recomendável que as igrejas consultem as leis locais e se informem sobre as obrigações legais e responsabilidades em relação à realização das Assembleias de Membros.

Independentemente da obrigatoriedade legal, a Assembleia de Membros é um instrumento importante de decisão para a igreja batista. É por meio dela que os membros podem exercer sua voz e influência na vida da igreja. É também um meio de garantir que as decisões importantes sejam tomadas de modo transparente e democrático.

Quanto à frequência e importância das reuniões da Assembleia de Membros, isso também pode variar de igreja para igreja. Algumas igrejas podem ter reuniões regulares, enquanto outras podem ter apenas uma ou duas por ano. A importância dessas reuniões depende da relevância das questões a serem discutidas e das decisões a serem tomadas. É importante que os membros estejam cientes da importância dessas reuniões e participem ativamente das decisões da igreja.

A importância das Assembleias de Membros nas igrejas batistas está diretamente relacionada às decisões que serão tomadas durante essas reuniões. Como mencionado anteriormente, a Assembleia de Membros é um órgão de decisão da igreja batista, no qual os membros têm a oportunidade de participar ativamente das decisões que afetam a vida da congregação.

Assuntos relevantes, como a eleição de líderes, aprovação de orçamentos, definição de projetos e planos estratégicos, entre outros temas importantes para a vida da igreja, são discutidos e decididos na Assembleia de Membros. Portanto, é fundamental que os membros estejam cientes da importância dessas reuniões e participem ativamente das decisões que serão tomadas.

Além disso, a participação ativa dos membros na Assembleia de Membros pode fortalecer a unidade e o senso de comunidade na igreja, uma vez que as decisões são tomadas de maneira democrática e transparente, garantindo que as necessidades e desejos da congregação sejam levados em conta.

Por fim, é importante destacar que a participação ativa nas Assembleias de Membros não se limita apenas à tomada de decisões. Essas reuniões também são uma oportunidade para os membros se conectarem, compartilharem experiências e orações e fortalecerem seus laços com a comunidade.

33.20 Como se tornar membro de uma igreja batista tradicional e suas responsabilidades espirituais e materiais?

Para se tornar membro de uma igreja batista tradicional, é preciso seguir os seguintes passos:

O primeiro passo será declarar publicamente que aceitou Jesus como Senhor e Salvador e depois conhecer a congregação e participar de suas atividades regulares, como cultos, grupos de estudo e eventos sociais.

Declarar publicamente que aceitou Jesus como Senhor e Salvador é uma prática comum entre os cristãos evangélicos, incluindo os membros das igrejas batistas. Essa declaração é conhecida como "confissão de fé" e é vista como um ato de testemunho público da conversão à fé cristã.

Para os batistas, a confissão de fé é um ato voluntário e pessoal e é vista como um passo importante na jornada espiritual de um indivíduo. Ao declarar publicamente sua fé em Jesus Cristo, a pessoa se compromete a seguir seus ensinamentos e a viver de acordo com os valores do Evangelho.

Em muitas igrejas batistas, a confissão de fé é realizada durante um culto ou cerimônia especial, em que o indivíduo é convidado a subir ao altar e fazer sua declaração pública de fé. Em outros casos, a confissão de fé pode ser feita em um momento privado, em conversa com um pastor ou líder da igreja.

Independentemente da forma como é realizada, a confissão de fé é vista como um momento significativo na vida espiritual de um indivíduo e é celebrada pela comunidade de fé como um ato de coragem e comprometimento com os ensinamentos de Jesus Cristo.

Participar de um curso de membresia: muitas igrejas oferecem cursos para ensinar sobre os princípios e valores da denominação e explicar o processo de se tornar um membro.

Manifestar o desejo de se tornar membro: após ter participado das atividades da igreja e concluído o curso de membresia, é preciso manifestar o desejo de se tornar um membro da congregação.

Ser batizado: como os batistas praticam o batismo por imersão, é necessário que o candidato a membro seja batizado antes de se tornar um membro pleno.

Ser aprovado pela liderança da igreja: após seguir todos esses passos, o candidato a membro é apresentado à liderança da igreja para aprovação.

Em relação às responsabilidades espirituais, como membro da igreja batista, espera-se que a pessoa participe regularmente dos cultos, grupos de estudo e outras atividades da congregação. Além disso, é importante que o membro mantenha uma vida cristã íntegra, buscando sempre crescer em sua fé e testemunhar o amor de Cristo em sua vida.

Em relação às responsabilidades materiais, muitas igrejas batistas solicitam que seus membros contribuam financeiramente com a congregação, seja por meio de dízimos ou ofertas, para que a igreja possa manter suas atividades e investir em projetos missionários e sociais. No entanto, cada igreja tem suas próprias orientações em relação a esse assunto e é importante que o membro conheça e siga as diretrizes da congregação local.

Além da contribuição financeira, os membros de uma igreja batista também são encorajados a se envolverem em outras atividades da congregação, como eventos sociais, grupos de estudo bíblico, ministérios de assistência e evangelismo, entre outras. A participação ativa nessas atividades é vista como uma forma de desenvolver relacionamentos fraternais com outros membros da igreja, além de aprofundar a própria fé e contribuir para a missão da igreja.

No entanto, é importante lembrar que as responsabilidades espirituais e materiais de um membro de uma igreja batista não são apenas obrigações impostas pela instituição religiosa, mas sim uma expressão voluntária do compromisso pessoal com a fé cristã e com a missão da igreja. A contribuição financeira e o envolvimento em atividades da congregação devem ser vistos como oportunidades para servir a Deus e ao próximo, e não como uma obrigação legal ou social.

33.21 Trazendo a comunhão à mesa: experiências de confraternização da irmandade batista em diferentes partes do mundo

"E perseveravam na doutrina dos apóstolos e na comunhão, no partir do pão e nas orações" (Atos 2:42).

A comunhão cristã é um dos pilares da fé batista, e a prática de confraternização após o culto, seja com almoços, jantares ou outras atividades, é uma forma de fortalecer os laços fraternais entre os membros da igreja.

Para os batistas, a comunhão cristã é fundamental, pois eles acreditam que a vida em comunidade é uma expressão da vida em Cristo. A prática de confraternização após o culto é uma oportunidade de estreitar os laços entre os membros da igreja, de se conhecerem melhor e de compartilharem suas experiências de vida e de fé. Além disso, esses momentos servem para fortalecer a unidade da congregação e para estimular a cooperação entre seus membros em projetos e ações missionárias e sociais.

Em diferentes partes do mundo, a confraternização após o culto é realizada de maneiras diversas. Em algumas igrejas, a confraternização pode se dar em forma de almoços ou jantares coletivos, onde os membros trazem pratos típicos para compartilhar com os demais. Em outras, podem ser organizadas atividades lúdicas e esportivas, como jogos de futebol, vôlei, ou até mesmo um dia de piquenique em um parque. Em muitas comunidades, o momento de confraternização após o culto é utilizado para comemorar datas especiais, como aniversários, batismos e outras celebrações.

Independentemente da forma escolhida para a confraternização, o importante é que ela sirva como um momento de união e comunhão entre os membros da igreja. Esse momento é uma oportunidade para que os membros se conheçam melhor, criem novos laços de amizade e fortaleçam os laços já existentes. Além disso, a confraternização pode ser uma oportunidade para que os membros da igreja se envolvam em atividades conjuntas, como a organização de eventos e campanhas beneficentes.

A Bíblia destaca a importância da comunhão cristã e do amor fraternal entre os crentes. Em Atos 2:42, lemos que os primeiros cristãos "perseveravam na doutrina dos apóstolos e na comunhão, no partir do pão e nas orações". Essa passagem mostra como a comunhão cristã era uma parte essencial da vida da igreja primitiva e como essa prática ainda é relevante para os cristãos de hoje em dia.

Diversos teólogos batistas também enfatizam a importância da comunhão cristã. Charles Spurgeon, conhecido como o "Príncipe dos Pregadores", enfatizava a importância da hospitalidade e da comunhão cristã em suas pregações e escritos. Já Dietrich Bonhoeffer, na obra *Vida em Comunhão*, ressaltou a importância da comunhão cristã como uma expressão concreta do amor fraterno entre os crentes. E James William McClendon Jr., na obra *Doutrina Sistemática Ética*, destacou a importância da comunhão cristã na formação de uma ética cristã comunitária.

Portanto, a confraternização após o culto é uma prática valiosa para as igrejas batistas ao redor do mundo. Ela pode ser realizada de diversas formas, mas sempre com o intuito de fortalecer os laços fraternais entre os membros da igreja e proporcionar um espaço de convivência e partilha entre irmãos e irmãs em Cristo.

A seguir, são exploradas as experiências de confraternização da irmandade batista em diferentes partes do mundo, destacando as peculiaridades e as riquezas culturais que permeiam esses momentos de comunhão.

Na América Latina, por exemplo, é comum que as confraternizações aconteçam em torno de um almoço, geralmente em um local próximo à igreja. Esses momentos são uma oportunidade para os membros da igreja compartilharem suas histórias e experiências, além de reforçar o sentimento de comunidade entre eles. A comida é um elemento importante nesses eventos, pois é vista como uma forma de demonstrar hospitalidade e acolhimento aos convidados.

Já na África, as confraternizações podem incluir danças e cantos tradicionais, bem como a partilha de alimentos e bebidas típicas da região. Esses momentos são vistos como uma forma de celebrar a vida e as bênçãos de Deus, além de reforçar a unidade da igreja. É comum que essas celebrações durem várias horas e incluam membros de várias congregações da região.

Na Ásia, as confraternizações podem incluir a prática de atividades ao ar livre, como caminhadas e piqueniques, além de momentos de oração e compartilhamento de testemunhos. Esses eventos são uma oportunidade para os membros da igreja se conectarem com a natureza e com a criação de Deus, além de fortalecerem-se espiritualmente.

Em todos esses lugares, as confraternizações têm em comum o objetivo de fortalecer os laços fraternais entre os membros da igreja e proporcionar um espaço de convivência e partilha. Cada região, no entanto, tem as próprias peculiaridades e riquezas culturais, que permeiam esses momentos de comunhão.

Diante disso, é importante lembrar que a confraternização após o culto não é apenas um momento de descontração, mas também uma oportunidade para os membros da igreja fortalecerem-se espiritualmente e crescerem juntos em comunhão. É um momento em que cada um pode compartilhar suas alegrias e suas lutas, além de buscar apoio e encorajamento uns nos outros.

A América do Norte é um continente diverso, com uma variedade de culturas e tradições, e a comunhão entre os batistas reflete essa diversidade. Nos Estados Unidos e no Canadá, por exemplo, a confraternização após o culto é uma prática comum entre as igrejas batistas.

Nos Estados Unidos, as experiências de confraternização da irmandade batista variam de acordo com a região e a cultura local.

Algumas igrejas preferem realizar *potlucks*, onde cada membro leva um prato para compartilhar com os demais, enquanto outras optam por churrascos ao ar livre ou jantares em restaurantes. Algumas igrejas também organizam atividades recreativas, como jogos de tabuleiro, eventos esportivos ou shows de música.

No Canadá, as experiências de confraternização da irmandade batista também são diversas, e muitas vezes incorporam elementos da cultura canadense. Algumas igrejas realizam *pancake breakfasts* no domingo de manhã, uma tradição canadense que consiste em servir panquecas com xarope de bordo e bacon. Outras igrejas optam por churrascos ao ar livre ou jantares em restaurantes, e algumas organizam eventos culturais para celebrar a diversidade dos membros da igreja.

Em ambos os países, a confraternização após o culto é vista como uma oportunidade para os membros da igreja conhecerem-se melhor, compartilharem suas histórias e experiências de vida e fortalecerem os laços fraternais entre si. É uma oportunidade para os membros da igreja exercerem a hospitalidade e a generosidade cristãs e para se envolverem na vida comunitária da igreja.

Apesar das diferenças culturais e regionais, o espírito de comunhão e fraternidade é o mesmo em toda a América do Norte, e é isso que torna a confraternização após o culto uma experiência tão enriquecedora para os membros da irmandade batista.

Em suma, as experiências de confraternização da irmandade batista em diferentes partes do mundo refletem a diversidade e a riqueza cultural da comunidade cristã global. Por meio desses momentos de comunhão, os membros da igreja têm a oportunidade de se conectar com irmãos e irmãs de outras culturas e regiões, fortalecendo assim a unidade e o testemunho cristão no mundo.

33.22 O modelo de comunhão e gerenciamento administrativo da igreja batista e o modelo neopentencostal de igreja

Os modelos de comunhão e gerenciamento administrativo da igreja batista e do movimento neopentecostal apresentam diferenças significativas em sua estrutura e forma de funcionamento.

A igreja batista é conhecida por ter uma estrutura congregacional, na qual cada congregação local é autônoma e possui a própria liderança, com um corpo de diáconos eleitos pela comunidade e um pastor responsável pelo ensino e pastoreio do rebanho. As decisões importantes são tomadas em assembleias de membros, onde todos têm voz e voto.

Por outro lado, o modelo neopentecostal é caracterizado por uma estrutura mais hierárquica, na qual a liderança central é responsável por tomar as decisões importantes e transmiti-las às congregações locais. O pastor é visto como um líder espiritual com autoridade final em questões doutrinárias e administrativas.

Além disso, a igreja batista geralmente segue uma liturgia mais formalizada e tradicional em seus cultos, com ênfase no estudo da Bíblia e na adoração congregacional. O movimento neopentecostal, por sua vez, enfatiza a experiência pessoal com o Espírito Santo e muitas vezes incorpora elementos de louvor e adoração mais intensos e extrovertidos.

Essas diferenças na estrutura e forma de culto refletem distintas abordagens de comunhão e administração eclesiástica. A igreja batista enfatiza a importância da autonomia local e da participação ativa dos membros na tomada de decisões, promovendo um senso de comunidade e responsabilidade compartilhada. Já o movimento neopentecostal valoriza a autoridade e a liderança centralizada, buscando uma unidade de doutrina e propósito em toda a denominação.

Em resumo, os modelos de comunhão e gerenciamento administrativo da igreja batista e do movimento neopentecostal refletem diferentes abordagens da vida da igreja e de sua organização. Cada um tem suas vantagens e desvantagens, e cabe aos membros e líderes de cada comunidade discernir qual abordagem é mais adequada para sua realidade e contexto cultural.

33.23 A integridade como elemento fundamental no gerenciamento espiritual e administrativo da igreja batista

A integridade é um elemento fundamental no modelo de gerenciamento espiritual e administrativo da igreja batista. De acordo com

Henry Cloud, a integridade é a qualidade de ser íntegro, completo e consistente em todas as áreas da vida. Isso inclui a vida pessoal e profissional, bem como o serviço na igreja.

A integridade é um valor essencial na vida cristã, e na gestão espiritual e administrativa da igreja batista, não é diferente. Vários autores, incluindo Cloud, têm discutido os elementos que definem a integridade nesse contexto.

Um desses elementos é a honestidade. A igreja batista deve ser honesta em todas as suas relações, seja com seus membros, com outras igrejas ou com a comunidade em geral. Isso inclui ser transparente na gestão financeira, fornecendo informações claras e precisas sobre o uso dos recursos da igreja.

Outro elemento é a responsabilidade. A igreja batista deve ser responsável por suas ações e decisões, e deve prestar contas a seus membros e líderes. Isso inclui a criação de políticas claras e eficazes para a proteção de crianças, jovens e vulneráveis, bem como a implementação de medidas para a prevenção de abuso e violência doméstica.

A integridade também inclui o compromisso com a santidade e a ética. A igreja batista deve ser um lugar onde seus membros são incentivados a viver uma vida santificada, em conformidade com os ensinamentos bíblicos. Isso envolve a promoção de valores como a honestidade, a justiça, a compaixão e o respeito pelos outros.

Além disso, a integridade na igreja batista é refletida em suas práticas de liderança. Os líderes devem ser honestos, transparentes, justos e compassivos e devem ser escolhidos com base em suas qualificações espirituais e éticas, em vez de considerações políticas ou financeiras.

Na igreja batista, a integridade é vista como um valor essencial para líderes e membros. O líder batista deve ser íntegro e confiável em sua conduta pessoal e em sua administração da igreja. A igreja batista espera que seus líderes mantenham altos padrões éticos e espirituais em todas as áreas de suas vidas.

Outro elemento que define a integridade na igreja batista é a transparência. Os líderes devem ser abertos e honestos em sua comunicação com os membros da igreja. Eles devem prestar contas de suas ações e decisões, bem como estar dispostos a ouvir feedbacks e críticas construtivas.

Além disso, a integridade na igreja batista inclui a responsabilidade. Os líderes devem ser responsáveis por suas ações e decisões, bem como pelas ações e decisões da igreja como um todo. Eles devem ser capazes de tomar decisões difíceis e impopulares, quando necessário, e estar dispostos a assumir a responsabilidade pelos resultados.

Outro aspecto importante da integridade na igreja batista é a honestidade. Os líderes e membros devem ser honestos em suas relações com os outros e em sua relação com Deus. Eles devem ser honestos em suas finanças, em suas palavras e em suas ações.

Portanto, a integridade é um elemento fundamental na gestão espiritual e administrativa da igreja batista. A honestidade, a responsabilidade, a santidade, a ética e a liderança são alguns dos valores que devem ser promovidos e praticados pela igreja, a fim de manter a integridade e a confiança de seus membros e da comunidade em geral. Deve-se lembrar que a igreja batista espera que seus líderes e membros mantenham altos padrões éticos e espirituais em todas as áreas de suas vidas, incluindo a transparência, responsabilidade e honestidade. É importante que a integridade continue a ser um valor essencial na igreja batista, a fim de promover uma liderança confiável e uma comunidade coesa.

33.24 A Comunidade Batista e sua presença mundial

As igrejas batistas, originadas no início do século XVII na Holanda, tiveram uma rápida expansão pelo mundo, principalmente nos Estados Unidos e no Reino Unido. Desde então, a Comunidade Batista tem se consolidado como uma das maiores denominações cristãs em termos de membros e congregações, tendo atualmente presença em mais de 200 países ao redor do mundo.

A expansão da Comunidade Batista se deve, em grande parte, ao trabalho missionário que tem sido realizado desde seus primórdios. A visão missionária da denominação é fundamentada na Grande Comissão de Jesus, presente no Novo Testamento, que incentiva os discípulos a pregarem o Evangelho a todas as nações. Dessa forma, os batistas têm se dedicado ao trabalho missionário, buscando levar a mensagem do Evangelho para os mais diversos povos e culturas.

A Comunidade Batista tem uma forte ênfase missionária desde o início de sua história. A Grande Comissão de Jesus é um chamado para que todos os cristãos levem a mensagem do Evangelho a todas as nações, e os batistas levam isso muito a sério. A denominação tem uma forte tradição de envio de missionários para lugares distantes, muitas vezes em condições difíceis, com o objetivo de compartilhar a mensagem de amor e salvação em Jesus Cristo. Essa visão missionária tem contribuído para a expansão da denominação ao redor do mundo, com a formação de igrejas batistas em diferentes países e culturas.

Outro fator importante para a expansão da Comunidade Batista é sua estrutura organizacional descentralizada. As igrejas batistas são independentes e autônomas, o que permite que cada congregação tenha autonomia para tomar as próprias decisões, inclusive no que se refere a questões doutrinárias. Essa estrutura descentralizada tem permitido que a denominação se adapte às diferentes culturas e contextos em que está presente.

A estrutura descentralizada da Comunidade Batista é uma característica que permite uma maior flexibilidade e adaptação a diferentes culturas e contextos locais. Cada igreja batista é autônoma e governada pelos próprios membros, que tomam decisões coletivas por meio de votação. Isso permite que as igrejas sejam mais sensíveis às necessidades e desafios locais, em vez de seguir uma orientação centralizada.

Um exemplo prático da adaptação dos batistas às diferentes culturas e contextos é o trabalho missionário realizado por eles em todo o mundo. Os missionários batistas têm se esforçado para entender a cultura e os costumes locais e adaptar a mensagem do Evangelho de acordo com o contexto. Eles têm aprendido a língua local e a se envolver com a comunidade, buscando formas de ajudar e servir. Além disso, as igrejas batistas estabelecidas em diferentes partes do mundo podem ter estruturas e práticas diferentes, de acordo com as necessidades locais.

Outro exemplo é a prática do batismo. Enquanto alguns batistas praticam o batismo por imersão, outros realizam o batismo por aspersão ou por efusão, dependendo das tradições e práticas locais.

Em resumo, a estrutura descentralizada da Comunidade Batista permite uma maior adaptação a diferentes culturas e contextos, e os batistas têm se esforçado para entender e se envolver com as comunidades locais em que estão presentes.

No contexto da globalização, a Comunidade Batista tem se adaptado às novas tecnologias e mídias sociais para expandir sua presença e alcançar novas pessoas. As igrejas batistas têm utilizado a internet para transmitir cultos ao vivo, compartilhar mensagens e estudos bíblicos, e até mesmo para a realização de batismos virtuais. Além disso, a denominação tem investido em projetos de evangelização online, como o uso de redes sociais para compartilhar a mensagem do Evangelho.

Por fim, é importante destacar que a presença mundial da Comunidade Batista tem permitido a troca de experiências e aprendizados entre as diferentes igrejas e culturas, fortalecendo a denominação como um todo. A troca de conhecimentos e práticas tem permitido que a Comunidade Batista continue a crescer e a se adaptar aos desafios do mundo contemporâneo, sem perder de vista seus valores e sua missão.

33.25 O impacto das mídias sociais na Comunidade Batista: como as igrejas estão usando as mídias sociais para se comunicar com os membros e divulgar suas atividades e eventos

Nos últimos anos, as mídias sociais se tornaram uma ferramenta poderosa para conectar as pessoas e as organizações em todo o mundo. A Comunidade Batista, assim como muitas outras denominações cristãs, tem adotado as mídias sociais como uma maneira de se comunicar com seus membros e divulgar suas atividades e eventos. Nesta seção, discute-se o impacto das mídias sociais na Comunidade Batista, como as igrejas estão usando essas plataformas e os benefícios que elas trazem.

Comunicação online: as mídias sociais oferecem às igrejas uma plataforma para se conectar com seus membros e compartilhar informações sobre seus serviços, atividades e eventos. Plataformas como Facebook, Instagram e Twitter permitem que as igrejas publiquem atualizações regulares, imagens e vídeos para compartilhar com sua comunidade online. As mídias sociais também permitem que as igrejas se comuniquem de maneira mais direta e pessoal com seus membros por meio de mensagens diretas e bate-papo ao vivo.

Tanto o culto online quanto o culto presencial têm suas vantagens e desvantagens e podem implicar a fé de diferentes maneiras para os indivíduos. O culto online pode oferecer conveniência e acessibilidade para aqueles que não podem comparecer fisicamente à igreja, seja por motivos de saúde, distância ou outras restrições. No entanto, o culto online pode ser menos envolvente e interativo do que o culto presencial, e alguns podem sentir falta da sensação de comunidade que vem com estar fisicamente presente com outros membros da igreja.

Por outro lado, o culto presencial pode oferecer uma experiência mais rica em termos de comunidade, interação e envolvimento pessoal com outras pessoas da igreja. No entanto, a participação no culto presencial pode ser limitada por questões de saúde, distância ou outros fatores.

Independentemente do formato do culto, a fé de cada indivíduo é pessoal e única e pode ser fortalecida de maneiras diferentes. Alguns podem se sentir mais conectados com Deus em um ambiente de culto presencial, enquanto outros podem encontrar inspiração e conforto em cultos online. O importante é que cada indivíduo encontre uma maneira de se conectar com sua fé e com a comunidade da igreja que funcione melhor para ele.

Divulgação de eventos: as mídias sociais são uma maneira eficaz de divulgar eventos e programas para a comunidade local e global. As igrejas podem criar eventos no Facebook e convidar seus membros e amigos para participar. Além disso, as mídias sociais permitem que as igrejas alcancem uma audiência maior fora de sua comunidade local, atraindo pessoas que podem não ter encontrado a igreja de outra forma. As plataformas de mídia social também permitem que as igrejas transmitam serviços ao vivo e eventos especiais para pessoas que não podem comparecer pessoalmente.

Engajamento da comunidade: as mídias sociais podem ajudar a aumentar o engajamento da comunidade na vida da igreja. As igrejas podem criar grupos privados no Facebook para seus membros discutirem tópicos importantes, orarem juntos e se conectarem. As mídias sociais também podem ser usadas para arrecadar fundos e doações online, fornecendo aos membros e frequentadores da igreja uma maneira fácil e conveniente de doar para a igreja.

Em resumo, as mídias sociais têm um impacto significativo na Comunidade Batista e nas igrejas em geral. Elas oferecem uma maneira eficaz e direta de se comunicar com membros e não membros, divulgar eventos e aumentar o engajamento da comunidade. No entanto, é importante lembrar que as mídias sociais não devem substituir a comunicação pessoal e o contato humano, mas, sim, complementá-los. As igrejas devem usar as mídias sociais como uma ferramenta para fortalecer e expandir sua comunidade, mas sempre com cuidado e sabedoria.

33.26 O desafio da globalização para a Comunidade Batista: como as igrejas estão se adaptando às culturas locais e abraçando a diversidade cultural para se tornarem mais inclusivas

A globalização tem sido um tema importante na sociedade contemporânea e tem afetado vários aspectos da vida, inclusive a religião. Para a Comunidade Batista, a globalização apresenta desafios e oportunidades para a expansão da fé e o alcance de novos públicos.

A Comunidade Batista tem uma presença significativa em todo o mundo, com congregações em mais de 150 países. Essas congregações, no entanto, enfrentam desafios únicos à medida que se adaptam às culturas locais e buscam se tornar mais inclusivas. Um dos desafios mais significativos é a diversidade cultural. A globalização tem levado ao aumento da diversidade cultural, e as igrejas batistas devem encontrar maneiras de abraçar essa diversidade e se tornar mais inclusivas.

Uma das maneiras pelas quais as igrejas batistas estão abraçando a diversidade cultural é a adaptação da liturgia e do estilo de culto. Muitas congregações estão incorporando elementos culturais locais em suas celebrações de culto para tornar a experiência de adoração mais significativa e relevante para os membros. Além disso, as igrejas batistas estão trabalhando para incluir mais diversidade em suas lideranças e tomar medidas para garantir que todas as vozes sejam ouvidas.

Outro desafio que a globalização apresenta para a Comunidade Batista é a comunicação. Com a disseminação das mídias sociais, as igrejas batistas têm a oportunidade de se comunicar com membros em todo o mundo. No entanto, as igrejas também enfrentam o desafio de manter sua mensagem consistente e relevante em diferentes culturas e contextos. Muitas congregações estão usando as mídias sociais para divulgar suas atividades e eventos, alcançando membros que podem estar a milhares de quilômetros de distância.

Os desafios da globalização também trazem oportunidades para a Comunidade Batista. Por exemplo, a globalização torna mais fácil para as igrejas batistas compartilharem recursos e conhecimentos. As igrejas podem aprender com outras congregações em diferentes partes do mundo e incorporar ideias e práticas bem-sucedidas em sua própria comunidade. Além disso, a globalização oferece oportunidades para missões transculturais e ajuda humanitária.

Em conclusão, a globalização apresenta desafios e oportunidades para a Comunidade Batista. As igrejas batistas estão trabalhando para se adaptar às culturas locais e abraçar a diversidade cultural para se tornarem mais inclusivas. Além disso, as igrejas também estão usando as mídias sociais para se comunicar com membros em todo o mundo e compartilhar recursos e conhecimentos. É importante que a Comunidade Batista continue a se adaptar e evoluir para enfrentar os desafios e aproveitar as oportunidades apresentadas pela globalização.

33.27 O papel da Comunidade Batista na era das mídias sociais e da globalização

A Comunidade Batista é uma denominação cristã protestante com presença em todo o mundo, com igrejas que variam em tamanho, tradição e práticas. Com a globalização e o avanço das tecnologias de comunicação, a Comunidade Batista enfrenta o desafio de se adaptar a essas mudanças e continuar a cumprir sua missão cristã. Nesta seção, será abordado o papel das mídias sociais e da globalização na Comunidade Batista e como as igrejas estão se adaptando a essas mudanças.

As mídias sociais têm sido uma ferramenta poderosa para a Comunidade Batista se comunicar com seus membros e alcançar novas pessoas. As igrejas usam plataformas como Facebook, Instagram e Twitter para divulgar suas atividades e eventos, compartilhar sermões e estudos bíblicos, e interagir com os membros e a comunidade em geral.

Além disso, as mídias sociais também oferecem oportunidades para a Comunidade Batista se conectar com outras igrejas e líderes em todo o mundo, compartilhando recursos e ideias para melhorar suas práticas e missões.

Nesse aspecto, podemos refletir sobre os custos da missão tradicional e da missão dos fazedores de tendas e como as mídias sociais podem ser veículo de redução de custos. Vemos que a missão tradicional muitas vezes envolve custos significativos, como viagens, alojamentos, tradução, além de outros gastos associados à implantação de igrejas ou projetos missionários. Por outro lado, a missão dos fazedores de tendas, que consiste em exercer uma profissão secular enquanto realizam trabalho missionário em tempo parcial, pode reduzir consideravelmente esses custos.

As mídias sociais também podem ser uma ferramenta útil na redução de custos da missão, permitindo que o trabalho seja realizado a distância, sem a necessidade de deslocamento físico. Além disso, as mídias sociais podem ser uma forma eficaz de alcançar pessoas em regiões remotas ou de difícil acesso, permitindo que a mensagem do Evangelho seja compartilhada de maneira ampla e eficiente.

No entanto, é importante destacar que o uso das mídias sociais na missão deve ser realizado de modo estratégico e sensível ao contexto cultural e social de cada região. É necessário considerar as nuances locais e evitar práticas que possam ser consideradas ofensivas ou desrespeitosas. A missão online não deve ser vista como uma substituição completa da missão tradicional, mas, sim, como um complemento que pode ampliar o alcance da mensagem do Evangelho.

No entanto, o uso das mídias sociais também apresenta desafios. É importante que as igrejas utilizem essas ferramentas de maneira ética e responsável, evitando a disseminação de informações falsas ou prejudiciais e mantendo uma presença online coerente com seus valores e crenças.

33.28 Globalização e a missão da Comunidade Batista: desafios e oportunidades para a adaptação cultural

Com o avanço da globalização, as igrejas da Comunidade Batista enfrentam o desafio de se adaptar às diferentes culturas locais em que estão inseridas. Enquanto a mensagem do Evangelho é universal, a forma como ela é transmitida e vivenciada pode variar de acordo com as tradições e práticas culturais de cada região. Nesta seção, explora-se a importância da sensibilidade cultural na missão da Comunidade Batista diante da globalização, examinando como as igrejas podem se adaptar às diferentes culturas sem comprometer a integridade da mensagem cristã.

As Sagradas Escrituras nos ensinam que o Evangelho é uma mensagem universal, destinada a todas as nações e culturas (Mateus 28:19-20). No entanto, a maneira como essa mensagem é transmitida e praticada pode variar de acordo com as tradições e práticas culturais de cada localidade.

É importante que as igrejas sejam sensíveis a essas tradições e práticas culturais, a fim de estabelecer uma conexão significativa com as comunidades que desejam alcançar. Isso não significa comprometer a integridade da mensagem cristã, mas adaptar a forma como ela é comunicada e vivenciada para ser mais relevante para as pessoas.

Por exemplo, em alguns contextos culturais, a música é uma forma importante de expressão e comunicação. As igrejas podem escolher incluir estilos musicais locais em seus cultos, sem comprometer a mensagem cristã central. Da mesma forma, as igrejas podem considerar práticas culturais locais ao desenvolver programas de ministério, a fim de atender às necessidades específicas da comunidade.

Ao ser sensível às tradições e práticas culturais, as igrejas podem criar um ambiente acolhedor e autêntico para as pessoas, o que pode levar a uma compreensão mais profunda do Evangelho e a um maior envolvimento com a comunidade cristã.

Algumas igrejas optam por criar ministérios específicos para grupos étnicos ou culturais, oferecendo serviços e eventos adaptados a suas necessidades. Outras igrejas trabalham para incorporar a diversidade cultural na própria congregação, incentivando a participação e a liderança de membros de diferentes origens.

Em países onde há uma forte presença do cristianismo, as igrejas podem ser mais visíveis e ter uma presença mais ativa na sociedade. A globalização também traz a necessidade de trabalhar com outras denominações cristãs e organizações religiosas em todo o mundo para alcançar objetivos comuns, como a promoção da paz, da justiça social e dos direitos humanos.

Em suma, a Comunidade Batista está enfrentando o desafio da adaptação às mudanças da era das mídias sociais e da globalização, ao mesmo tempo em que busca manter sua identidade e missão cristã. O uso ético e responsável das mídias sociais, bem como a sensibilidade cultural e a diversidade, é fundamental para a Comunidade Batista continuar a cumprir sua missão em todo o mundo.

33.29 Tornando-se resilientes e criativos: a resposta da Comunidade Batista às mudanças do mundo globalizado

Nos últimos anos, a Comunidade Batista tem enfrentado o desafio de se adaptar às mudanças trazidas pela globalização. A necessidade de manter sua identidade cristã e sua missão, enquanto se abre para novas culturas e maneiras de se comunicar, tem sido um grande desafio para as igrejas batistas em todo o mundo.

Para responder a essa mudança global, as igrejas batistas estão se tornando mais resilientes e criativas em sua abordagem. Isso inclui a adoção de novas tecnologias, como as mídias sociais, para se comunicar com seus membros e alcançar novas comunidades. Além disso, as igrejas estão trabalhando para se adaptar às culturas locais, abraçando a diversidade e se tornando mais inclusivas.

O teólogo batista James William McClendon Jr., no livro Ética Sistemática: Doutrina Cristã na Perspectiva Batista, enfatiza a importância da comunidade cristã como um meio de testemunhar ao mundo e de viver a vida cristã em conjunto. Ele argumenta que a comunidade cristã é a manifestação visível do reino de Deus no mundo e que é por meio dessa comunidade que o amor e a graça de Deus são revelados.

Ainda, o teólogo batista brasileiro Paulo Ayres Mattos, no livro *Comunidade: Onde o amor se aprende*, destaca a importância da comunidade como espaço de aprendizado do amor cristão. Ele afirma que a comunidade cristã é um lugar onde as pessoas podem aprender a amar e ser amadas e onde podem experimentar a presença de Deus em suas vidas.

A Comunidade Batista, portanto, tem um papel fundamental a desempenhar no mundo globalizado. Ela pode ser um modelo de comunidade inclusiva e amorosa, que abraça a diversidade e se adapta às mudanças da cultura global. E pode fazer isso mantendo sua identidade cristã e sua missão, como uma comunidade que testemunha ao mundo o amor e a graça de Deus.

As igrejas batistas estão se tornando cada vez mais resilientes e criativas em sua resposta às mudanças do mundo globalizado. Elas estão trabalhando para manter sua identidade cristã e sua missão, enquanto se adaptam às culturas locais e às novas tecnologias. Com isso, elas podem continuar a ser uma comunidade amorosa e inclusiva, que reflete a presença de Deus no mundo.

34
PROPOSTA DE EVANGELIZAÇÃO DAS IGREJAS PENTENCOSTAIS E NEOPENTENCOSTAIS E SUA ORGANIZAÇÃO ADMINISTRATIVA E POLÍTICA

As igrejas pentecostais e neopentecostais têm uma forte ênfase na evangelização e na propagação do Evangelho de Jesus Cristo. A proposta de evangelização dessas igrejas geralmente envolve uma abordagem pessoal e direta, com ênfase na conversão pessoal e experiência de salvação.

Uma das principais estratégias de evangelização das igrejas pentecostais e neopentecostais é o evangelismo de porta em porta, no qual os membros visitam residências e apresentam o Evangelho às pessoas nas casas delas. Além disso, as igrejas pentecostais e neopentecostais realizam cultos evangelísticos em espaços públicos, como praças e parques, onde a mensagem do Evangelho é pregada e as pessoas são convidadas a aceitar a Jesus Cristo como seu Salvador.

Outra estratégia comum de evangelização é o uso da mídia, como televisão, rádio e internet. As igrejas pentecostais e neopentecostais têm programas de televisão e rádio que transmitem sermões, música gospel e testemunhos, além de usar as redes sociais e a internet para alcançar um público mais amplo.

As igrejas pentecostais e neopentecostais também enfatizam a importância da evangelização por meio de trabalhos sociais e de caridade, como a distribuição de alimentos, roupas e medicamentos para os necessitados, bem como a realização de campanhas de doação de sangue e de conscientização sobre a saúde.

Em resumo, a proposta de evangelização das igrejas pentecostais e neopentecostais envolve uma abordagem pessoal e direta, com ênfase na experiência de salvação, evangelismo de porta em porta, uso da mídia e trabalhos sociais e de caridade.

34.1 Organização administrativa das igrejas pentecostais

As igrejas pentecostais geralmente têm uma organização administrativa mais flexível e descentralizada em comparação com as igrejas católicas e batistas. As decisões são geralmente tomadas pelos líderes da igreja local, incluindo o pastor e os anciãos, e não há uma estrutura hierárquica formal.

No entanto, existem algumas organizações pentecostais globais que fornecem diretrizes, treinamento e suporte para as igrejas locais. Por exemplo, a Assembleia de Deus, uma das maiores denominações pentecostais, tem uma estrutura organizacional que inclui igrejas locais, distritos, regiões e uma sede nacional.

Além disso, as igrejas pentecostais enfatizam a importância da liderança espiritual e do discipulado, o que muitas vezes leva a uma forte conexão entre o pastor e os membros da igreja. As igrejas pentecostais também são conhecidas por sua ênfase na experiência espiritual pessoal, incluindo a oração, o louvor e a cura divina.

Em geral, a organização administrativa das igrejas pentecostais é flexível e descentralizada, com ênfase na liderança espiritual e na experiência espiritual pessoal.

34.2 Proposta política das igrejas pentecostais

As igrejas pentecostais geralmente têm uma proposta política que enfatiza a separação entre Igreja e Estado, a liberdade religiosa e a responsabilidade social. Os pentecostais acreditam que a igreja deve estar envolvida nas questões sociais e políticas, mas não deve se subordinar ao poder político.

Além disso, as igrejas pentecostais têm uma visão inclusiva, que enfatiza a igualdade de todos os seres humanos perante Deus, independentemente de sua origem étnica, social ou econômica. Isso muitas vezes leva a um forte compromisso com a justiça social e a promoção dos direitos humanos.

As igrejas pentecostais também são conhecidas por sua ênfase na evangelização e no discipulado, com o objetivo de compartilhar o Evangelho e ajudar as pessoas a se tornarem seguidoras de Jesus Cristo. A evangelização pode incluir a cura divina, a libertação de vícios e outros tipos de intervenções sobrenaturais.

Em geral, a proposta política das igrejas pentecostais é baseada em princípios teológicos e éticos que valorizam a liberdade religiosa, a responsabilidade social e a evangelização. As igrejas pentecostais enfatizam a separação entre Igreja e Estado, mas também têm um forte compromisso com a justiça social e a promoção dos direitos humanos.

34.3 Igrejas pentecostais e neopentecostais

As igrejas pentecostais e neopentecostais têm algumas diferenças em suas crenças, práticas e estruturas organizacionais.

Em termos de crenças, as igrejas pentecostais e neopentecostais compartilham uma ênfase na experiência espiritual pessoal, incluindo o batismo no Espírito Santo e os dons espirituais. No entanto, as igrejas neopentecostais tendem a enfatizar mais a prosperidade material, a teologia da conquista e a cura divina, enquanto as igrejas pentecostais geralmente se concentram mais na santificação pessoal e na evangelização.

Em termos de práticas, as igrejas pentecostais e neopentecostais geralmente têm estilos de culto distintos. As igrejas pentecostais tendem a ter um estilo de culto mais tradicional, com música gospel e ênfase na pregação e oração, enquanto as igrejas neopentecostais tendem a ter um estilo de culto mais contemporâneo, com música mais atual e uma ênfase na celebração e experiência emocional.

Em termos de estrutura organizacional, as igrejas pentecostais tendem a ter uma estrutura mais descentralizada e flexível, com ênfase na liderança espiritual local, enquanto as igrejas neopentecostais tendem a ter uma estrutura mais centralizada e hierárquica, com ênfase na liderança nacional ou internacional.

Em geral, as igrejas pentecostais e neopentecostais compartilham algumas semelhanças em suas crenças e práticas, mas também têm diferenças significativas em suas ênfases teológicas, práticas de culto e estruturas organizacionais.

Podemos concluir que as igrejas pentecostais e neopentecostais têm uma forte ênfase na evangelização e propagação do Evangelho de Jesus Cristo, usando várias estratégias como evangelismo pessoal, trabalhos sociais e de caridade, uso da mídia e cultos evangelísticos em espaços públicos. A abordagem pessoal e direta é uma característica marcante dessas igrejas, enfatizando a importância da conversão pessoal e experiência de salvação. Além disso, a evangelização não é vista como uma atividade isolada, mas como uma expressão prática da fé cristã, que busca transformar a vida das pessoas e da sociedade como um todo.

35
ORGANIZAÇÕES NÃO GOVERNAMENTAIS CRISTÃS EM VOLTA DO MUNDO

Existem diversas organizações não governamentais cristãs em todo o mundo, que têm como objetivo trabalhar em prol de causas sociais, humanitárias, de desenvolvimento e evangelísticas. Algumas dessas organizações são:

- World Vision: uma das maiores organizações cristãs humanitárias do mundo, atuando em mais de 100 países. Seu trabalho inclui projetos nas áreas de saúde, educação, alimentação, água e saneamento, proteção infantil, entre outras.
- Compassion International: organização cristã que busca apadrinhamento de crianças em situação de vulnerabilidade, fornecendo acesso a educação, saúde e alimentação. Atua em mais de 25 países.
- Open Doors: organização cristã que atua em países onde há perseguição religiosa aos cristãos, fornecendo suporte, cuidado e proteção a cristãos perseguidos.
- Operation Mobilization: organização cristã que tem como objetivo levar o Evangelho a todos os povos, especialmente nos lugares mais difíceis de se alcançar. Atua em mais de 110 países, promovendo evangelismo, discipulado, plantação de igrejas e desenvolvimento comunitário.
- Samaritan's Purse: organização cristã humanitária que atua em mais de 100 países, fornecendo ajuda em situações de desastres naturais, conflitos armados, pobreza extrema e necessidades médicas.

- Médicos sem Fronteiras: organização humanitária internacional que tem como objetivo fornecer ajuda médica em locais onde há conflitos armados, catástrofes naturais e crises humanitárias.
- World Relief: organização cristã humanitária que atua em mais de 20 países, fornecendo assistência a refugiados, desenvolvimento comunitário e prevenção da violência.

Essas são apenas algumas das muitas organizações cristãs que atuam em todo o mundo, fornecendo assistência humanitária, social, médica e evangelística. Muitas delas dependem de doações de igrejas e indivíduos para financiar suas atividades.

35.1 Organizações batistas sem fins lucrativos: apoiando comunidades em todo o mundo

Algumas organizações não governamentais batistas em todo o mundo incluem:

- Baptist World Aid: uma organização que trabalha para ajudar as pessoas em situação de vulnerabilidade, oferecendo suporte em áreas como saúde, educação e desenvolvimento comunitário.
- Baptist Global Response: uma organização que trabalha em resposta a desastres naturais, conflitos armados e outras crises, oferecendo ajuda humanitária e suporte a pessoas em necessidade.
- Baptist Children's Homes of North Carolina: uma organização que oferece abrigo, assistência e cuidados para crianças em situação de risco e suas famílias.
- Baptist Health: uma organização que oferece serviços de saúde, como hospitais e clínicas, em vários locais nos Estados Unidos.
- Baptist Housing: uma organização que oferece moradia acessível e de qualidade para pessoas idosas e pessoas com deficiência em várias comunidades no Canadá.

Essas são apenas algumas das organizações não governamentais batistas em todo o mundo. Existem muitas outras que trabalham em diversas áreas, como educação, assistência social e apoio a minorias e grupos vulneráveis.

Existem diversas instituições de ensino superior cristãs renomadas em todo o mundo, que oferecem uma educação de qualidade em diversas áreas de estudo. Entre elas, destacam-se:

- Universidade de Notre Dame: localizada nos Estados Unidos, é uma universidade católica romana que oferece uma ampla gama de cursos de graduação e pós-graduação.
- Universidade de Oxford: localizada no Reino Unido, é uma das universidades mais antigas e prestigiadas do mundo, com uma história que remonta a mais de 900 anos. A universidade tem raízes cristãs e abriga diversas faculdades que oferecem cursos em áreas como humanidades, ciências sociais, ciências naturais e engenharia.
- Universidade de Cambridge: também localizada no Reino Unido, é outra universidade antiga e altamente respeitada, com raízes cristãs que remontam ao século XIII. Oferece uma ampla gama de cursos em diversas áreas, incluindo artes, ciências, tecnologia e negócios.
- Universidade de Harvard: situada nos Estados Unidos, é uma universidade privada de renome mundial, com uma história que remonta a mais de 380 anos. Tem raízes cristãs e oferece cursos em áreas como artes, ciências sociais, ciências naturais, direito, medicina e negócios.
- Universidade de Yale: também localizada nos Estados Unidos, é outra universidade privada altamente respeitada, com raízes cristãs que remontam ao século XVIII. Oferece cursos em uma ampla variedade de áreas, incluindo artes, ciências, medicina, direito e negócios.
- Universidade de Princeton: localizada nos Estados Unidos, é uma universidade privada que tem raízes cristãs que remontam ao século XVIII. É conhecida por sua excelência acadê-

mica em áreas como humanidades, ciências sociais, ciências naturais e engenharia.
- Universidade de Georgetown: também situada nos Estados Unidos, é uma universidade católica romana que oferece cursos em áreas como artes, ciências sociais, ciências naturais, direito e negócios.
- Universidade de São Tomás: localizada nas Filipinas, é uma universidade católica romana que oferece cursos em áreas como artes, ciências sociais, ciências naturais e engenharia.
- Universidade de Santo Tomás: situada no México, é outra universidade católica romana que oferece uma ampla variedade de cursos em áreas como artes, ciências sociais, ciências naturais e direito.
- Universidade de Navarra: localizada na Espanha, é uma universidade católica romana que oferece cursos em áreas como negócios, direito, comunicação, ciências humanas e saúde.
- Universidade de Salamanca: também situada na Espanha, é uma das universidades mais antigas da Europa, com uma história que remonta ao século XIII. Oferece cursos em diversas áreas, incluindo artes, ciências, tecnologia, direito e medicina.
- Universidade Católica de Leuven: localizada na Bélgica, é uma universidade católica romana que oferece cursos em áreas como humanidades, ciências sociais, ciências

Essas são apenas algumas das instituições de ensino cristãs em todo o mundo. Existem muitas outras em diversos países, oferecendo cursos e programas de Teologia, Filosofia, Humanidades, Ciências Sociais e outras disciplinas.

As instituições de ensino superior desempenham um papel importante na formação dos indivíduos e na construção da sociedade como um todo. E para os batistas, a educação é vista como um meio para aprimorar a compreensão e o conhecimento da fé cristã, bem como preparar indivíduos para uma variedade de profissões.

A Universidade Batista de Hong Kong, localizada em Hong Kong, é uma das instituições de ensino superior mais antigas e conceituadas da região, fundada em 1956. A universidade oferece cursos em uma variedade de áreas, incluindo negócios, ciências sociais, artes e humanidades, e ciências da saúde.

Nos Estados Unidos, várias instituições de ensino superior são afiliadas à denominação batista. A Universidade Batista de Oklahoma é uma dessas instituições, fundada em 1910. A universidade oferece programas em diversas áreas, incluindo artes e humanidades, ciências sociais, ciências da saúde e negócios. Além disso, a Universidade Batista de Houston e a Universidade Batista de Dallas são duas outras importantes instituições Batistas nos Estados Unidos.

No Brasil, a Faculdade Batista de Teologia e a Faculdade Teológica Batista de São Paulo são duas das principais instituições de ensino superior batistas do país. Ambas oferecem cursos em Teologia e outras disciplinas relacionadas à fé cristã. O Instituto Bíblico Batista de Brasília é outra instituição importante para os batistas brasileiros, oferecendo cursos de bacharelado em Teologia, entre outros.

Além dessas, existem outras instituições batistas em todo o mundo, incluindo o Seminário Teológico Batista do Sul nos Estados Unidos, o Seminário Teológico Batista do Canadá, o Seminário Bíblico Batista do Equador, o Seminário Bíblico Batista Mexicano e muitas outras.

Em suma, as instituições de ensino superior batistas em todo o mundo fornecem uma educação de alta qualidade e uma forte base na fé cristã, ajudando os alunos a se tornarem líderes em suas comunidades e a fazer a diferença no mundo em que vivem.

As instituições de ensino fundamental e médio batistas em todo o mundo oferecem educação de qualidade com base nos valores cristãos. Essas escolas trabalham para formar estudantes em todos os aspectos, não apenas acadêmicos, mas também em sua formação moral e espiritual.

Algumas das escolas batistas em todo o mundo incluem a Escola Batista de São Paulo, Líbano e Caxias do Sul, no Brasil, a Escola Batista de Atlanta, Dallas e Memphis, nos Estados Unidos, e a Escola Batista de Sydney, na Austrália. Além disso, há escolas batistas no Japão, como a Escola Batista de Tóquio, e em outras partes do mundo.

Essas escolas oferecem um ambiente seguro e acolhedor para que os estudantes possam aprender e crescer em sua fé e conhecimento. Com uma educação baseada em valores cristãos, as escolas batistas em todo o mundo buscam formar estudantes que sejam cidadãos responsáveis e comprometidos com o bem-estar de suas comunidades.

Essas são apenas algumas das instituições de ensino fundamental e médio batistas em todo o mundo, oferecendo educação de qualidade em um ambiente cristão. Muitas dessas escolas são conhecidas por sua excelência acadêmica e compromisso com os valores cristãos, preparando os estudantes para terem sucesso na vida acadêmica e profissional, ao mesmo tempo em que cultivam sua fé.

A presença de organizações não governamentais e instituições de ensino cristãs, incluindo as batistas, em todo o mundo é uma prova da dedicação dos cristãos em servir e ajudar os necessitados e promover a educação. Essas organizações oferecem uma ampla gama de serviços para ajudar as pessoas a superar as dificuldades e viver uma vida plena e saudável. Além disso, essas instituições de ensino têm uma visão cristã de mundo que se baseia em valores e princípios éticos, ajudando a formar uma nova geração de líderes que podem enfrentar os desafios do mundo pós-moderno.

A presença dessas instituições é um testemunho do compromisso dos cristãos com a transformação social e o desenvolvimento humano, e sua importância para o bem-estar das comunidades locais não pode ser subestimada. A educação de qualidade é um direito humano fundamental e essas instituições de ensino estão comprometidas em fornecer acesso igualitário a ela, independentemente do status socioeconômico dos estudantes.

Como cristãos, é nosso dever servir e ajudar os outros, seguindo o exemplo de Jesus Cristo. Por meio do trabalho dessas organizações e instituições de ensino, podemos ser instrumentos de mudança positiva em nossas comunidades e no mundo.

36

A DOUTRINA CRISTÃ, OS PRINCÍPIOS E AS REGRAS SEGUNDO AS ESCRITURAS

A doutrina cristã é baseada nas Escrituras Sagradas, a Bíblia, e se concentra nos ensinamentos de Jesus Cristo e de seus discípulos. Aqui estão alguns dos principais princípios e regras segundo as Escrituras:

- Amar a Deus acima de todas as coisas: Jesus ensinou que o maior mandamento é amar a Deus acima de todas as coisas e de amar o próximo como a si mesmo (Mateus 22:37-39).
- Crer em Jesus Cristo: a fé em Jesus Cristo é um dos principais princípios da doutrina cristã (João 3:16).
- Arrependimento: é um elemento fundamental da doutrina cristã. Acredita-se que, ao se arrepender, uma pessoa pode receber o perdão de Deus por seus pecados (Atos 2:38).
- Batismo: é uma cerimônia importante na doutrina cristã, simbolizando a morte e ressurreição de Jesus Cristo e o renascimento espiritual do crente (Mateus 28:19).
- Comunhão: é uma celebração da unidade dos crentes em Jesus Cristo e é realizada em memória da morte e ressurreição de Jesus (1 Coríntios 11:23-26)
- Vida em santidade: os cristãos são chamados a viver uma vida de santidade, buscando imitar a Cristo em todas as áreas de suas vidas (1 Pedro 1:15-16).
- Perdão: a doutrina cristã ensina que o perdão é fundamental para a vida cristã e que os crentes devem perdoar aqueles que os ofendem (Mateus 6:14-15).

- Amor ao próximo: Jesus ensinou que os cristãos devem amar seus vizinhos como a si mesmos, incluindo os inimigos (Mateus 5:44).
- Busca pela verdade: a doutrina cristã enfatiza a importância da busca pela verdade, e acredita que a verdade pode ser encontrada nas Escrituras (João 8:31-32)
- Evangelização: os cristãos são chamados a compartilhar a mensagem do Evangelho com os outros, para que possam conhecer a salvação em Jesus Cristo (Mateus 28:19-20).

Esses são apenas alguns dos principais princípios e regras da doutrina cristã, baseados nas Escrituras Sagradas. Eles fornecem orientação para a vida cristã e ajudam os crentes a crescer espiritualmente e a se relacionar com Deus e com os outros de maneira significativa.

36.1 Diferença bíblica entre princípios e regras

Os princípios bíblicos são considerados fundamentais na teologia batista. Os batistas acreditam que a Bíblia é a autoridade final em todas as questões de fé e prática, e os princípios bíblicos são vistos como os alicerces sobre os quais a vida cristã deve ser construída.

Os princípios bíblicos são derivados da própria natureza de Deus e dos ensinamentos das Escrituras. Eles refletem os valores e princípios morais estabelecidos por Deus para orientar a conduta humana. Esses princípios são universais e aplicáveis a todas as pessoas, independentemente de cultura, tempo ou contexto.

Um exemplo de princípio bíblico fundamental para os batistas é o princípio do amor. Jesus afirmou que amar a Deus e ao próximo é o maior mandamento (Mateus 22:37-39). Esse princípio de amor é considerado essencial na vida cristã e orienta todas as interações e relacionamentos. O amor é visto como um princípio abrangente que permeia todas as áreas da vida, incluindo a adoração a Deus, o relacionamento com os outros e a busca pela justiça e compaixão.

Os batistas também reconhecem a importância de outros princípios bíblicos, como a santidade, a verdade, a justiça, a misericórdia, a fidelidade e a humildade. Esses princípios são vistos como guias para a tomada de decisões e a conduta cristã e são aplicados em diferentes contextos e situações.

Ao contrário das regras específicas, os princípios bíblicos são considerados atemporais e não sujeitos a mudanças. Eles fornecem diretrizes morais e espirituais duradouras que são relevantes em qualquer época e cultura. Os batistas acreditam que a obediência a esses princípios leva a uma vida de integridade e santidade, permitindo que os crentes sejam guiados pelo Espírito Santo em suas escolhas e ações.

Os princípios bíblicos desempenham um papel central na teologia batista, fornecendo orientação moral e ética para a vida cristã. Eles são vistos como verdades universais e intemporais que refletem a natureza de Deus e são encontrados nas Escrituras. Enquanto as regras podem variar em diferentes contextos e situações, os princípios bíblicos são considerados como a base sólida sobre a qual os crentes devem construir suas vidas e tomar decisões. Ao viver de acordo com esses princípios, os batistas buscam uma vida de obediência a Deus e amor ao próximo.

36.2 Fundamento bíblico e principais técnicas espirituais para separar diariamente uma hora de oração com Jesus

Há diversos fundamentos bíblicos que incentivam a separação de uma hora diária de oração com Jesus. O próprio Jesus, em Marcos 1:35, retirou-se para orar logo cedo, antes do amanhecer. Em Lucas 5:16, também é mencionado que Jesus costumava retirar-se para lugares solitários para orar. Além disso, a Bíblia nos incentiva a orar sem cessar, como em 1 Tessalonicenses 5:17, e a buscar a presença de Deus em oração, como em Tiago 4:8.

Outro fundamento bíblico para separar uma hora diária de oração com Jesus é a própria importância que a Bíblia dá à oração. Em Filipenses 4:6, por exemplo, somos instruídos a não ficar ansiosos por nada, mas em tudo, pela oração e súplica, apresentar nossas necessidades a Deus. Em Colossenses 4:2, somos instruídos a perseverar na oração, e em Efésios 6:18, somos chamados a orar em todo tempo, com toda oração e súplica no Espírito.

Além disso, a oração nos aproxima de Deus e nos ajuda a conhecê-Lo melhor. Em João 17:3, Jesus orou: "E a vida eterna é esta: que te conheçam a ti, o único Deus verdadeiro, e a Jesus Cristo, a quem enviaste". A oração também nos ajuda a buscar a vontade de Deus e a tomar decisões sábias, como em Provérbios 3:5-6.

Portanto, há diversos fundamentos bíblicos para separar uma hora diária de oração com Jesus, e essa prática pode ser uma fonte de bênçãos e crescimento espiritual em nossas vidas.

Há várias técnicas espirituais que podem ser úteis para separar diariamente uma hora de oração com Jesus. Aqui estão algumas sugestões:

- Crie um espaço sagrado: escolha um local em sua casa ou em outro lugar que seja tranquilo e livre de distrações. Crie um ambiente que o ajude a se concentrar em sua oração, como velas, imagens religiosas, música suave ou outros objetos sagrados.
- Use uma oração: escolha uma oração ou mantra que ressoe com você e que ajude a centrar sua mente e coração. Você pode repetir essa oração ou mantra enquanto se concentra em sua respiração ou em outras práticas de meditação.
- Faça leituras espirituais: leia as Escrituras, livros de meditação, poesia espiritual ou outras fontes que o ajudem a se conectar com Deus. Leia devagar, meditando sobre as palavras e permitindo que elas falem ao seu coração.
- Use práticas de meditação: pratique a meditação cristã. Essas práticas ajudam a acalmar a mente e a entrar em um estado de contemplação profunda.
- Faça um exame de consciência: reflita sobre seu dia e examine sua consciência. Peça a Deus que o ajude a ver onde você pode ter falhado em viver de acordo com Seus valores espirituais e onde pode ter agido de maneira contrária a Seu amor e Sua vontade. Peça perdão e graça para se corrigir.
- Use a música como ferramenta de meditação: ouça música cristã suave e relaxante enquanto medita ou ora. Cante com a música ou apenas deixe que as letras inspirem sua oração

- Use um diário espiritual: escreva orações, pensamentos, sentimentos e experiências espirituais em um diário. Isso pode ajudá-lo a se concentrar em suas intenções e a rastrear seu progresso espiritual no decorrer do tempo.

Essas são apenas algumas sugestões de técnicas espirituais que podem ajudá-lo a separar diariamente uma hora de oração com Jesus. Experimente diferentes práticas e veja o que funciona melhor para você. O mais importante é encontrar uma maneira de se conectar com Deus e cultivar uma vida espiritual profunda e significativa.

É importante destacar que como uma prática comum, a escolha de uma oração para a devoção diária pode ser uma maneira de se concentrar e direcionar a mente para a presença de Deus durante a oração. Como um fazedor de tendas batista, é importante escolher uma oração ou mantra que esteja alinhado com as crenças e ensinamentos bíblicos da denominação.

Uma opção pode ser usar uma passagem bíblica como base para a oração ou mantra. Por exemplo, a passagem de Filipenses 4:6-7 pode ser usada como uma oração: "Não estejais inquietos por coisa alguma; antes as vossas petições sejam em tudo conhecidas diante de Deus pela oração e súplica, com ação de graças. E a paz de Deus, que excede todo o entendimento, guardará os vossos corações e os vossos sentimentos em Cristo Jesus".

Outra opção é escolher um salmo, como o Salmo 23: "O Senhor é o meu pastor, nada me faltará. Deitar-me faz em verdes pastos, guia-me mansamente a águas tranquilas. Refrigera a minha alma; guia-me pelas veredas da justiça por amor do seu nome".

Independentemente da escolha, é importante lembrar que a oração é uma ferramenta para ajudar a focar a mente e o coração na presença de Deus. O mais importante é ter um coração sincero e uma intenção pura ao buscar a Deus em oração diária.

Os fazedores de tendas batistas, assim como muitos outros cristãos, praticam a meditação cristã. A meditação cristã é baseada na leitura e reflexão das Escrituras e na oração, concentrando-se na presença de Deus. Ao invés de se concentrar em um mantra ou som repetitivo, a meditação cristã busca uma conexão mais profunda com Deus e a compreensão de Sua vontade para a vida do indivíduo.

Alguns fazedores de tendas batistas também podem praticar a meditação silenciosa, que envolve o silenciamento da mente e o foco em Deus. Esta prática permite que o indivíduo ouça a voz de Deus e busque a orientação divina em sua vida.

No entanto, é importante ressaltar que nem todos os fazedores de tendas batistas praticam a meditação e algumas denominações podem ter opiniões diferentes sobre essa prática. Por isso, é sempre importante buscar a orientação do líder espiritual e estudar as Escrituras para entender como a meditação se encaixa na vida cristã.

36.3 Seguindo exemplos de grandes líderes espirituais e a rotina do apóstolo Paulo como missionário fazedor de tendas

Na Bíblia, o apóstolo Paulo é um exemplo de um fazedor de tendas que se dedicou à obra missionária. Ele escreveu em 1 Coríntios 9:22: "Fiz-me tudo para todos, para por todos os meios chegar a salvar alguns". Paulo trabalhava como fabricante de tendas para financiar sua missão de pregar o Evangelho às nações.

Além disso, em Colossenses 3:23-24, Paulo diz: "E tudo quanto fizerdes, fazei-o de todo o coração, como ao Senhor, e não aos homens, sabendo que recebereis do Senhor o galardão da herança, porque a Cristo, o Senhor, servis". Isso mostra que Paulo entendia que o trabalho secular e a obra missionária eram igualmente importantes e que ambos deviam ser realizados com dedicação e excelência, tendo em vista a glória de Deus.

Portanto, a fundamentação bíblica para o trabalho missionário como fazedor de tendas na visão de Paulo é a compreensão de que Deus pode usar os talentos e habilidades de uma pessoa para sustentar sua obra missionária e que todo trabalho deve ser feita com dedicação e excelência, como se fosse para o Senhor.

O apóstolo Paulo é considerado um grande exemplo de líder espiritual que trabalhava duro para sustentar a si mesmo durante suas missões. Como um fazedor de tendas, ele utilizava couro e tecidos para fazer tendas e outras estruturas. Acredita-se que Paulo seguia uma rotina diária que o ajudava a manter-se focado em sua missão espiritual enquanto trabalhava como fazedor de tendas.

Podemos deduzir que, de acordo com essa rotina, Paulo acordava cedo todas as manhãs para começar a trabalhar antes do calor do dia. Ele preparava seu local de trabalho, incluindo a limpeza e organização das ferramentas e materiais. Em seguida, ele fazia uma oração ou meditação para se conectar com Deus e pedir orientação para o trabalho e para sua missão espiritual.

Paulo começava o trabalho de corte, costura e montagem de tendas, bolsas e outros produtos pela manhã. Durante a tarde, ele fazia uma pausa para almoçar e descansar um pouco antes de continuar a trabalhar na fabricação de produtos de couro ou tecido para venda. Nesse momento, ele aproveitava para evangelizar e compartilhar sua fé com as pessoas que passavam pelo local de trabalho. Paulo também encontrava tempo para orar e meditar durante suas pausas ou durante o trabalho.

Ao fim do dia, Paulo terminava o trabalho e limpava o local. Em seguida, ele fazia uma refeição simples e saudável antes de estudar e refletir sobre as Escrituras e os ensinamentos de Jesus. Ele encerrava o dia com uma oração e meditação para pedir orientação e proteção divina para o próximo dia.

Embora a rotina diária de Paulo possa ter variado de acordo com as demandas de seu trabalho e de suas missões evangelísticas, é evidente que ele foi um exemplo de liderança espiritual que se esforçava para trabalhar duro e servir a Deus em todas as áreas de sua vida. Seu exemplo continua inspirando muitas pessoas até hoje.

Alguns exemplos de grandes líderes espirituais batistas incluem figuras notáveis que deixaram um legado duradouro na história da religião e do mundo em geral. Entre eles, podemos destacar:

- Martin Luther King Jr.: líder dos direitos civis nos Estados Unidos e pastor batista que lutou incansavelmente pela igualdade racial e social por meio da não violência e da fé cristã.
- Billy Graham: evangelista mundialmente conhecido e conselheiro espiritual de vários presidentes dos Estados Unidos, que pregou o Evangelho em mais de 185 países ao longo de sua vida.

- Charles Spurgeon: pregador e escritor influente do século XIX na Inglaterra, que é lembrado por sua eloquência e habilidade de comunicar as verdades bíblicas com clareza e poder.
- Roger Williams: fundador da primeira igreja batista na América e defensor da liberdade religiosa, que se tornou um exemplo de coragem e determinação na defesa dos direitos humanos.
- Adoniram Judson: missionário americano pioneiro na evangelização do povo birmanês, que enfrentou inúmeros desafios e dificuldades ao longo de sua vida, mas que foi perseverante em sua missão.
- William Carey: missionário britânico conhecido como o "pai das missões modernas" por seu trabalho na Índia, que influenciou profundamente a forma como a igreja encara a evangelização em contextos transculturais.
- John Bunyan: autor do livro *O Peregrino*, uma das obras mais influentes da literatura cristã, que se tornou um clássico da literatura mundial e um exemplo de como a narrativa pode ser usada para transmitir verdades espirituais.
- Andrew Fuller: líder batista britânico que ajudou a fundar a Sociedade Missionária Batista, que teve um papel fundamental na expansão do movimento batista e na promoção da evangelização em todo o mundo.
- Lottie Moon: missionária batista americana que dedicou sua vida à evangelização na China, que inspirou muitas outras mulheres a se envolverem na obra missionária e a lutar pelos direitos das mulheres na igreja e na sociedade.
- John Piper: escritor, pregador e teólogo batista reformado contemporâneo, conhecido por seus livros sobre a soberania de Deus, que tem sido uma voz influente no mundo evangélico e um defensor da centralidade de Deus em todas as áreas da vida.

Ao observarmos exemplos de grandes líderes espirituais e a rotina do apóstolo Paulo como missionário fazedor de tendas, podemos notar a importância de seguir uma vida de dedicação e serviço a Deus e aos outros. Esses líderes nos inspiram a buscar uma relação mais profunda com Deus e a nos envolver em atividades que promovam a justiça, a solidariedade e o amor ao próximo.

A rotina de Paulo como fazedor de tendas também nos ensina sobre a importância do trabalho honesto e de sustentar-se financeiramente para cumprir a missão de Deus na Terra. Ele nos mostra que o trabalho é uma forma de servir a Deus e contribuir para a sociedade.

Além disso, a fundamentação bíblica para o trabalho missionário como fazedor de tendas nos mostra que a proclamação do Evangelho não deve ser limitada a um ambiente religioso, mas, sim, levada a todos os lugares, incluindo o ambiente de trabalho e os relacionamentos diários.

Em suma, os exemplos de grandes líderes espirituais e a rotina do apóstolo Paulo nos inspiram a buscar uma vida de serviço e dedicação a Deus e aos outros, e a compreender a importância do trabalho honesto e da proclamação do Evangelho em todos os aspectos da vida.

36.4 O papel do pastor leigo como missionário fazedor de tendas e sua conexão com o sacerdócio de todos os crentes

O papel do pastor leigo como missionário fazedor de tendas e sua conexão com o sacerdócio de todos os crentes é um assunto que tem sido amplamente discutido entre teólogos batistas. A ideia de que todo crente é chamado para a missão e que a vocação não se limita apenas aos pastores ou líderes religiosos é uma crença central na teologia batista.

Na obra *A Igreja e o Reino*, o teólogo batista Albert Mohler afirma que "o sacerdócio de todos os crentes é um princípio fundamental da teologia protestante e batista". Isso significa que todo crente tem o dever de proclamar o Evangelho e fazer discípulos, independentemente de sua profissão ou papel dentro da igreja.

A prática do missionário fazedor de tendas, mencionada em Atos 18:1-4, tem sido vista como uma forma de aplicar esse princípio. Paulo, um dos maiores missionários da história cristã, sustentava-se como fabricante de tendas enquanto pregava o Evangelho em várias cidades.

No livro *Tentmaking: A Unique Ministry*, T. C. Tennent argumenta que "a prática do missionário fazedor de tendas é uma maneira eficaz de levar o Evangelho a lugares onde os missionários tradicionais não conseguem chega". Ele enfatiza que essa abordagem permite que os missionários vivam e trabalhem entre as pessoas, compreendam sua cultura e linguagem e tenham uma fonte de sustento.

A prática do pastor leigo como missionário fazedor de tendas também tem sido discutida por teólogos batistas, como Timothy George no livro *Theology of the Reformers*. Ele argumenta que "a Reforma enfatizou o sacerdócio de todos os crentes e a responsabilidade individual de cada cristão para compartilhar o Evangelho" e destaca que os reformadores defendiam que todo crente deveria ser um missionário em sua esfera de influência.

Em conclusão, a ideia de que todo crente é chamado para a missão e que a vocação não se limita apenas aos pastores ou líderes religiosos é um conceito central na teologia batista. A prática do missionário fazedor de tendas é uma forma eficaz de levar o Evangelho a lugares onde os missionários tradicionais não conseguem chegar. Além disso, o papel do pastor leigo como missionário fazedor de tendas é uma aplicação prática do sacerdócio de todos os crentes e da responsabilidade individual de cada cristão para compartilhar o Evangelho.

36.5 A consagração em outras denominações cristãs: a questão da aceitação pela Comunidade Batista Tradicional

A aceitação da consagração em outras denominações cristãs pela Comunidade Batista Tradicional é um tema controverso e que tem gerado debates em muitas igrejas. Para os batistas, a consagração do pastor é um momento importante e solene, que marca o início de seu ministério pastoral. Esse rito inclui a oração pela vida e ministério do pastor, a imposição de mãos e a entrega da Bíblia, como símbolo da autoridade da Palavra de Deus em seu ministério.

Alguns teólogos batistas argumentam que a consagração do pastor em outra denominação cristã pode ser aceita, desde que a igreja batista avalie a formação teológica e a experiência ministerial do candidato, bem como sua adesão aos princípios batistas de liberdade religiosa, separação entre Igreja e Estado, batismo por imersão e autonomia das igrejas locais.

O teólogo batista Millard Erickson, no livro *Introdução à Teologia Sistemática*, destaca a importância da formação teológica do pastor e sua adesão aos princípios fundamentais da fé cristã. Já o teólogo Alister McGrath, no livro *Teologia Sistemática*, enfatiza a necessidade de uma formação teológica sólida e equilibrada, que inclua o estudo da história da igreja, a hermenêutica bíblica e a teologia prática.

Além disso, a Bíblia é fonte de orientação para a consagração do pastor. Em 1 Timóteo 4:14, por exemplo, Paulo exorta a Timóteo a não negligenciar o dom que lhe foi conferido pela imposição das mãos dos presbíteros. Já em 2 Timóteo 1:6, Paulo encoraja Timóteo a reavivar o dom de Deus que está em seu coração pela imposição de suas mãos.

No entanto, é importante ressaltar que cada igreja batista tem suas próprias tradições e exigências para a consagração do pastor e que a decisão de aceitar a consagração de um pastor em outra denominação cristã deve ser tomada de maneira cuidadosa e criteriosa, levando em conta os princípios batistas e as necessidades específicas da igreja local.

36.6 A consagração em outras denominações cristãs: princípios, regras e fundamentos

A consagração é um rito importante nas igrejas cristãs e, em particular, nas denominações batistas. No entanto, é comum que pastores ou líderes cristãos sejam chamados a servir em outras denominações que não a sua de origem. Nesses casos, surge a questão da aceitação da consagração do pastor em outra denominação cristã.

Segundo o teólogo batista Timothy George, a consagração é um ato solene e público pelo qual a igreja reconhece o chamado divino para o ministério pastoral e o consagra para o serviço ao Reino de Deus. É um ato que deve ser realizado com reverência e sob a orientação do Espírito Santo.

No entanto, a aceitação da consagração em outra denominação cristã pode gerar questionamentos e desafios, uma vez que cada denominação tem suas próprias regras e procedimentos para a consagração.

O teólogo batista Albert Mohler, no livro *A Igreja e o Reino*, destaca a importância da ortodoxia doutrinária na avaliação da consagração de pastores em outras denominações cristãs. Para Mohler, a compreensão e a adesão aos princípios fundamentais da fé cristã são essenciais para a validação da consagração.

Além disso, a Bíblia oferece princípios relevantes para a consagração em outras denominações cristãs. Em 1 Timóteo 3:1-7 e Tito 1:5-9, por exemplo, são apresentados os requisitos para a escolha de pastores e líderes na igreja. Esses requisitos incluem qualidades como integridade, sabedoria, temperança e capacidade para ensinar e liderar.

T. C. Tennent, no livro *Tentmaking: A Unique Ministry*, enfatiza a importância de uma atitude humilde e receptiva por parte do pastor que é consagrado em outra denominação cristã. É necessário ter um coração aberto para aprender e se adaptar às particularidades da denominação em questão, sem perder de vista os princípios fundamentais da fé cristã.

Em conclusão, a aceitação da consagração de pastores em outras denominações cristãs envolve a avaliação da ortodoxia doutrinária, o cumprimento dos requisitos bíblicos para líderes cristãos e a disposição para aprender e se adaptar às particularidades da nova denominação. As obras de George, Mohler e Tennent são valiosas referências para aprofundar o entendimento sobre o tema.

ANABATISTAS E A CONFISSÃO BATISTA DE LONDRES DE 1644: A INFLUÊNCIA NA IDENTIDADE DA DENOMINAÇÃO BATISTA

A história da denominação batista remonta ao século XVII, quando a primeira igreja batista foi fundada em Amsterdã, na Holanda, por um grupo de dissidentes anabatistas. Os anabatistas, por sua vez, eram um movimento reformista que surgiu no início do século XVI e defendia a crença no batismo de adultos por imersão, em contraposição ao batismo infantil praticado pela Igreja Católica e pelas Igrejas Protestantes estabelecidas.

A influência dos anabatistas na identidade da denominação batista pode ser vista claramente na Confissão Batista de Londres de 1644. Esta confissão foi escrita por um grupo de pastores batistas em Londres, como uma forma de definir sua fé e prática. A Confissão de Londres de 1644 foi baseada na Confissão de Fé de Westminster, escrita por pastores puritanos em 1646, mas diferia em alguns pontos importantes.

Uma das principais diferenças entre a Confissão de Londres e a Confissão de Westminster estava na doutrina do batismo. Enquanto a Confissão de Westminster defendia o batismo infantil, a Confissão de Londres afirmava que o batismo era apenas para aqueles que professavam sua fé em Jesus Cristo e eram capazes de entender as implicações dessa profissão de fé. Esta era uma crença central dos anabatistas e é vista como uma das principais contribuições que os anabatistas fizeram para a identidade batista.

Outra influência anabatista na Confissão de Londres foi a ênfase na liberdade religiosa e na separação da Igreja e do Estado. Os anabatistas haviam sofrido perseguição por séculos e acreditavam que a Igreja deveria ser livre para seguir suas próprias crenças e práticas, sem a interferência do Estado. A Confissão de Londres afirmava que a Igreja e o Estado deveriam ser separados e que a Igreja deveria ter liberdade para governar a si mesma de acordo com a Palavra de Deus.

A Confissão Batista de Londres de 1644 se tornou um documento fundamental na história da denominação batista e é vista como uma expressão clássica do pensamento batista. A influência dos anabatistas na Confissão é evidente e ajuda a explicar por que os batistas são conhecidos por suas crenças em relação à liberdade religiosa e ao batismo por imersão de adultos. A Confissão de Londres também estabeleceu o modelo congregacional de governo da igreja, em que cada igreja é governada por seus próprios membros, sem hierarquia clerical ou governamental.

Portanto a influência dos anabatistas na identidade da denominação batista é inegável e pode ser vista claramente na Confissão Batista de Londres de 1644, na crença no batismo por imersão de adultos, na ênfase da liberdade religiosa e na separação entre a Igreja e o Estado.

Os batistas são uma das mais importantes denominações protestantes do mundo, com cerca de 47 milhões de membros em todo o globo. Como vimos anteriormente, a denominação batista surgiu na Inglaterra no século XVII e sua história está ligada à Reforma Protestante e aos movimentos anabatistas. A Confissão Batista de Londres de 1644, por exemplo, é um documento que reflete as influências dos anabatistas na identidade da denominação batista.

Os anabatistas foram um movimento cristão que surgiu no século XVI, durante a Reforma Protestante. Eles defendiam a separação entre Igreja e Estado, o batismo por imersão e a liberdade religiosa. Esses ideais foram muito importantes para os primeiros batistas ingleses, que foram influenciados pelos anabatistas holandeses e pelos anabatistas ingleses.

Também cabe lembrar que a Confissão Batista de Londres de 1644 foi elaborada por um grupo de pastores batistas em Londres e é um dos mais importantes documentos da denominação batista. Ela é baseada na Confissão de Fé de Westminster, elaborada pelos presbiterianos, mas possui algumas diferenças significativas, que refletem as influências anabatistas. Dentre outros destacamos, a ênfase na importância da congregação local, que é um aspecto central do modelo de igreja batista,mas também tem suas raízes no movimento anabatista.

Em resumo, a Confissão Batista de Londres de 1644 reflete as influências dos anabatistas na identidade da denominação batista. Essas influências podem ser vistas em outras práticas e crenças dos batistas e mostram a importância dos anabatistas na história do protestantismo e da igreja batista em particular.

37.1 Trazendo à tona as raízes anabatistas: a influência na Confissão Batista de Londres de 1644

A denominação batista é conhecida por suas crenças distintas, como a defesa da liberdade religiosa e a necessidade do batismo por imersão. No entanto, muitos desconhecem a influência dos anabatistas nas raízes da denominação. Os anabatistas eram um grupo de reformadores radicais que surgiram na Europa no século XVI. Eles acreditavam que o batismo infantil não tinha base bíblica e que apenas adultos deveriam ser batizados após uma confissão de fé pessoal.

A influência dos anabatistas na Confissão Batista de Londres de 1644 é claramente perceptível. Essa confissão foi escrita por um grupo de pastores batistas em Londres como uma forma de definir sua fé e prática.

Os anabatistas defendiam uma separação entre Igreja e Estado, acreditando que a Igreja não deveria ter nenhum poder político ou militar. Eles também enfatizavam a importância da comunidade de crentes e da autonomia das igrejas locais. Essas crenças foram claramente incorporadas na Confissão de Londres de 1644 pelos pastores batistas.

Por exemplo, a Confissão Batista de Londres de 1644 afirmava que "a autoridade da Sagrada Escritura, para a qual devemos apelar em todos os casos de religião, é aquela que nos fala em primeira mão pelo Espírito Santo" (Capítulo 1, Seção 1). Esta declaração reconhece a autoridade da Bíblia e a importância da comunicação direta do Espírito Santo com os indivíduos, em vez de depender de instituições religiosas ou governamentais.

Além disso, a Confissão Batista de Londres de 1644 afirmava que "nenhuma igreja deve ser subordinada a nenhuma outra, senão que todas as igrejas têm igual poder e autoridade umas sobre as outras" (Capítulo 26, Seção 15). Esta declaração enfatiza a importância da autonomia da igreja local e da comunidade de crentes.

Portanto, a influência dos anabatistas na Confissão Batista de Londres de 1644 é clara. Os pastores batistas que escreveram essa confissão incorporaram muitas das crenças anabatistas em sua fé e prática. A Confissão de Londres de 1644 se tornou um documento importante na história da denominação batista e continua a ser estudada e aplicada em muitas igrejas batistas até hoje. A compreensão da influência dos anabatistas pode ajudar os batistas a entender melhor suas raízes históricas e a aplicar melhor suas crenças em sua vida diária.

37.2 Os anabatistas e sua posição radical contra a violência e o militarismo na Europa do século XVI

Os anabatistas foram um grupo de reformadores radicais que surgiram na Europa no século XVI. Entre suas muitas crenças distintas, os anabatistas tinham uma posição radical contra a violência e o militarismo, o que os distinguia das outras correntes reformadoras da época. Esta posição pacifista foi inspirada pelas Sagradas Escrituras e se tornou um aspecto fundamental da teologia batista moderna.

Ao longo da história, muitos teólogos batistas se inspiraram nas crenças pacifistas dos anabatistas e aplicaram essas ideias em sua própria teologia. Por exemplo, Roger Williams, um líder religioso do século XVII, defendeu a ideia de que as igrejas não deveriam estar envolvidas em assuntos militares ou políticos. Ele escreveu: "A igreja é espiritual e não tem nada a ver com o reino temporal de Cristo" (*The Bloody Tenent of Persecution*, 1644).

Além de Williams, outros teólogos batistas, como John Bunyan e Leonard Busher, também foram influenciados pela posição pacifista dos anabatistas. Esses líderes religiosos buscaram aplicar as Sagradas Escrituras em sua teologia e acreditavam que a violência e o militarismo eram contrários à mensagem de amor e paz pregada por Jesus Cristo.

Além disso, muitos teólogos batistas acreditavam que a Igreja e o Estado deveriam ser completamente separados. Eles se baseavam em passagens como Mateus 22:21, em que Jesus disse: "Deem a César o que é de César e a Deus o que é de Deus". Eles argumentavam que a igreja deveria se preocupar apenas com questões espirituais, enquanto o Estado deveria lidar com questões políticas e sociais.

Os anabatistas foram frequentemente perseguidos pelos governos e pela igreja estabelecida, que viam suas crenças radicais como uma ameaça à ordem social. No entanto, sua influência continuou a se espalhar no decorrer dos anos e impactou muitos movimentos cristãos.

Um exemplo disso é a Comunidade Batista do século XVII na América do Norte, fundada por Williams. Ele foi expulso da colônia de Massachusetts por suas crenças anabatistas, mas fundou uma comunidade em Rhode Island baseada na liberdade religiosa e na separação entre Igreja e Estado. Essas ideias influenciaram a formação dos Estados Unidos como uma nação com uma forte tradição de liberdade religiosa e separação entre Igreja e Estado.

No livro *A Short Declaration of the Mistery of Iniquity*, publicado em 1612, Thomas Helwys, um líder batista do século XVII, escreveu: "O reino de Cristo não é deste mundo. O Evangelho proíbe toda guerra e todo derramamento de sangue. Portanto, os cristãos não podem participar de guerras ou do derramamento de sangue, independentemente da causa". Esta declaração enfatiza a posição radical dos anabatistas em relação à violência e ao militarismo.

Essa posição pacifista dos anabatistas influenciou muitos teólogos batistas ao longo da história. Por exemplo, o teólogo batista John Howard Yoder foi influenciado pelos anabatistas em sua teologia e defendeu a não violência cristã em suas obras. Yoder acreditava que a igreja deveria seguir o exemplo de Jesus e se opor à violência e à guerra.

Podemos citar também outro teólogo batista que foi influenciado pelos anabatistas: Stanley Hauerwas. Na obra *A Comunidade do Caráter*, ele afirma que a igreja deve se opor à violência e seguir o exemplo de

Jesus. Hauerwas acreditava que a igreja deve ser uma comunidade de não violência e amor e que isso deve se refletir em sua ética e prática.

Enfim, vemos que as Sagradas Escrituras também sustentam a posição pacifista dos anabatistas e dos teólogos batistas que foram influenciados por eles. Por exemplo, Jesus disse em Mateus 5:9: "Bem-aventurados os pacificadores, porque eles serão chamados filhos de Deus". Paulo também escreveu em Romanos 12:18: "Se possível, quanto depender de vós, tende paz com todos os homens".

Além disso, a Bíblia contém muitos exemplos de pacifismo e não violência, como a história de José no Antigo Testamento, que perdoou seus irmãos que o venderam como escravo. Jesus também ensinou seus seguidores a amar seus inimigos e orar por aqueles que os perseguem (Mateus 5:44).

A comunidade anabatista do século XXI está presente em muitos países ao redor do mundo, incluindo América do Norte, Europa, África e Ásia. A estrutura administrativa da igreja na comunidade anabatista varia dependendo da denominação específica e da região geográfica, mas geralmente inclui alguns aspectos em comum.

Em geral, a comunidade anabatista é conhecida por ter uma estrutura administrativa descentralizada e democrática. As decisões são tomadas coletivamente, com um forte envolvimento da base da igreja em assembleias e comitês.

Algumas das principais denominações anabatistas incluem a Igreja Menonita, a Igreja de Deus em Cristo, a Igreja Irmãos em Cristo, a Igreja Cristã da Paz e a Igreja Batista do Sétimo Dia. Cada uma dessas denominações tem sua própria estrutura administrativa, com líderes eleitos, comitês e organizações auxiliares.

Por exemplo, a Igreja Menonita tem um sistema administrativo que é liderado por uma equipe executiva internacional, com membros eleitos por delegados da igreja de todo o mundo. As decisões são tomadas em assembleias gerais, com a participação de membros de todas as regiões. A igreja também possui várias organizações auxiliares, como a Comissão de Serviço Menonita e a Comissão de Paz Menonita, que trabalham em áreas como serviço humanitário, justiça social e mediação de conflitos.

A Igreja Irmãos em Cristo, por sua vez, tem um sistema administrativo que é liderado por um conselho de bispos eleito pela igreja. Os bispos trabalham em colaboração com outros líderes e comitês, incluindo um conselho geral, um conselho missionário e um conselho de educação.

37.3 Estrutura administrativa na comunidade anabatista

Em geral, a estrutura administrativa na comunidade anabatista é caracterizada pela descentralização do poder, com forte participação da base da igreja nas decisões e com ênfase em valores como serviço, amor e paz.

Ser um anabatista no século XXI pode ser desafiador. Embora a tradição anabatista tenha raízes profundas na Reforma Protestante do século XVI, ela ainda mantém seus valores e princípios distintos em uma sociedade que, muitas vezes, não valoriza esses aspectos. A seguir serão explorados os desafios que os anabatistas enfrentam no século XXI e como eles lidam com essas tensões.

Um dos principais desafios para os anabatistas no século XXI é a questão da identidade. Muitos membros da igreja anabatista lutam para se definir em um mundo cada vez mais pluralista. O teólogo cristão John Howard Yoder escreveu que os anabatistas precisam aprender a navegar em um mundo pluralista sem perder suas convicções e valores. Isso requer uma abordagem cuidadosa e deliberada para se envolver com outras tradições cristãs e outras religiões.

Outro desafio para os anabatistas no século XXI é a tensão entre seus valores e as expectativas da sociedade. Por exemplo, os anabatistas se opõem ao militarismo e à violência, mas muitas vezes são chamados a servir em posições militares ou a apoiar as guerras de seu país. Isso pode criar uma tensão significativa para muitos anabatistas, que se esforçam para ser fiéis a seus valores enquanto cumprem suas obrigações cívicas.

Portanto, viver como anabatista pode ser um grande desafio. Como uma comunidade de cristãos que valoriza muito as Sagradas Escrituras e a fidelidade a Jesus Cristo, os anabatistas são frequentemente confrontados com tensões e desafios na tentativa de manter sua fé e prática em uma sociedade cada vez mais secularizada e diversificada.

Para os anabatistas, a Bíblia é a fonte definitiva de autoridade e orientação para a vida cristã. Eles acreditam que a Bíblia deve ser interpretada de modo literal e aplicada em todas as áreas da vida. Isso inclui a ênfase na não violência e oposição à participação em guerras e conflitos militares, como parte de sua compreensão do ensinamento de Jesus Cristo sobre o amor ao próximo e a busca pela paz.

No entanto, essa posição pode ser vista como contracultural em um mundo onde a violência e o militarismo muitas vezes são vistos como soluções necessárias para resolver conflitos. Além disso, a pressão para conformar-se às expectativas e normas sociais pode ser intensa, especialmente em relação a questões como sexualidade, gênero e relações familiares.

Mas, apesar desses desafios, os anabatistas continuam a buscar maneiras de manter sua identidade e valores cristãos. Por meio do trabalho em comunidades pacifistas, a participação em organizações de ajuda humanitária e o engajamento em diálogos inter-religiosos, os Anabatistas buscam ser uma voz profética em um mundo cada vez mais polarizado.

Alguns teólogos cristãos contemporâneos que influenciam o pensamento anabatista incluem Stanley Hauerwas, John Howard Yoder, Willard Swartley e Glen Stassen. Eles têm desafiado a igreja a repensar a relação entre fé e política, a importância da comunidade e o papel dos cristãos na transformação do mundo.

Em última análise, ser anabatista no século XXI pode ser difícil e desafiador. No entanto, a busca pela fidelidade aos valores e princípios cristãos continua a ser uma prioridade para muitos anabatistas. Eles procuram inspiração e orientação nas Sagradas Escrituras e em líderes teológicos contemporâneos, enquanto trabalham para viver suas vidas como discípulos fiéis de Jesus Cristo em um mundo em constante mudança.

A questão da identidade é uma questão importante na comunidade anabatista. Os anabatistas são um grupo de cristãos que se originaram na Europa durante a Reforma Protestante no século XVI. Eles são conhecidos por enfatizar a prática do batismo adulto, a separação da Igreja e do Estado e a vida comunitária simples.

Na comunidade anabatista, a identidade é frequentemente vista como algo que é construído em relação aos outros membros da comunidade e em relação a Deus. Os anabatistas acreditam que a identidade cristã deve ser expressa por meio de uma vida de serviço, amor e não violência. Eles também enfatizam a importância da comunidade na formação da identidade cristã, uma vez que a comunidade pode ajudar a manter os membros em um caminho fiel e a fornecer apoio e orientação quando necessário.

Além disso, a identidade anabatista é muitas vezes definida em oposição ao mundo ao redor. Os anabatistas veem a sociedade secular como imoral e em conflito com os valores cristãos e, portanto, buscam viver de uma forma que seja contrária a essa sociedade. Eles valorizam a simplicidade, a honestidade, a generosidade e a paz e procuram viver esses valores em suas vidas diárias.

Em resumo, a identidade na comunidade anabatista é vista como algo que é construído por meio da relação com Deus, com a comunidade e com o mundo ao redor. Os anabatistas enfatizam a importância da vida de serviço e amor e da separação da Igreja e do Estado e procuram viver de acordo com esses valores em sua vida diária.

37.4 Compreendendo a teologia da esperança de Jürgen Moltmann à luz da esperança cristã

A teologia da esperança de Jürgen Moltmann é um importante campo de estudo teológico, que procura entender a relação entre a esperança cristã e o mundo em que vivemos. Moltmann é um teólogo luterano que, no livro *A Teologia da Esperança* (1964), propõe uma compreensão da esperança cristã como uma força transformadora capaz de mudar o mundo em que vivemos. A seguir, analisa-se a teologia da esperança de Moltmann à luz da esperança cristã presente na Bíblia e de alguns teólogos batistas.

A esperança cristã, de acordo com a Bíblia, é a expectativa da chegada do Reino de Deus na Terra. A esperança é central na mensagem do Evangelho, pois é por meio dela que somos chamados a agir de maneira transformadora no mundo, promovendo a justiça e o amor em todas as esferas da vida. A esperança cristã é uma esperança viva, que nos move a perseverar na fé mesmo diante das dificuldades e do sofrimento.

Moltmann, em sua teologia da esperança, destaca a importância de compreendermos a esperança cristã como uma força transformadora capaz de mudar o mundo em que vivemos. Ele enfatiza a importância de uma teologia que não se limite apenas ao estudo dos dogmas e doutrinas, mas que também esteja atenta às questões sociais e políticas de nosso tempo. Segundo Moltmann, a esperança cristã deve ser vivida no presente, e não apenas esperada para o futuro.

Os teólogos batistas também têm muito a contribuir para o entendimento da esperança cristã. Por exemplo, o teólogo americano Walter Rauschenbusch destaca a importância da justiça social na vivência da esperança cristã. Na obra *Cristianismo e a Crise Social* (1907), Rauschenbusch argumenta que a esperança cristã deve estar fundamentada na preocupação com a transformação do mundo, em especial daqueles que são marginalizados e oprimidos.

Outro importante teólogo batista, o britânico Paul Fiddes, no livro *A Promessa de Deus* (1996), destaca a importância da esperança cristã como uma força capaz de nos mover em direção à transformação do mundo. Ele enfatiza a importância da esperança na vida dos cristãos, como uma força que nos ajuda a enfrentar os desafios da vida e a perseverar na fé.

Em conclusão, compreender a teologia da esperança de Moltmann à luz da esperança cristã presente na Bíblia e de alguns teólogos batistas é fundamental para a compreensão da importância da esperança na vida dos cristãos. A esperança cristã é uma esperança viva, que nos move a agir de modo transformador no mundo, promovendo a justiça e o amor em todas as esferas da vida.

37.5 Deus comunitário e comunidade cristã na teologia da esperança de Jürgen Moltmann

A teologia da esperança de Moltmann é amplamente reconhecida como um campo importante de estudo teológico. Nessa perspectiva, o autor parte da ideia de Deus comunitário, que se revela como um Deus que vive em comunidade, para compreender a importância da comunidade cristã na vivência da esperança.

Para Moltmann, a esperança cristã é uma esperança ativa, que nos encoraja a agir em prol do bem comum e a trabalhar para transformar a sociedade de acordo com os valores do Reino de Deus. Essa esperança não é apenas uma crença em um futuro distante, mas é também uma convicção presente de que Deus está atuando no mundo para trazer justiça e paz. Com base nessa compreensão, Moltmann destaca a importância da comunidade cristã como um espaço onde a esperança é vivida e compartilhada e onde as pessoas são encorajadas a agir em prol do bem comum.

Assim, a teologia da esperança de Moltmann oferece uma perspectiva importante para a compreensão da relação entre a esperança cristã e o mundo em que vivemos, enfatizando a importância da ação transformadora e da comunidade cristã na vivência da esperança.

Também de acordo com T. M. Johnson, o assunto propõe uma compreensão da esperança cristã como uma grande força transformadora, capaz de mudar o mundo em todas as áreas. A esperança cristã é baseada na crença de que Deus é amor e tem um propósito para cada ser humano. Essa esperança nos encoraja a agir em prol do bem comum e a trabalhar para transformar a sociedade de acordo com os valores do Reino de Deus. Acreditando nessa esperança, podemos encontrar significado e propósito no trabalho e nos esforçar para fazer a diferença no mundo em que vivemos. A visão transformadora da esperança cristã pode inspirar mudanças significativas em nossa perspectiva sobre o trabalho e em nossa maneira de agir no mundo.

Moltmann argumenta que o Deus cristão é um Deus comunitário, que se relaciona com as pessoas por meio da comunidade. Nesse sentido, a comunidade cristã é vista como uma extensão da própria comunidade divina, que deve refletir o amor e a unidade presentes em Deus. A comunidade cristã é um lugar onde a esperança é vivida de maneira concreta, por meio da solidariedade, da justiça e do cuidado com os mais vulneráveis.

A teologia trinitária de Moltmann entende que Deus se revela como Pai, Filho e Espírito Santo, e que cada pessoa da Trindade é distinta, mas inseparável das outras. Moltmann argumenta que a Trindade é uma comunidade de amor e que a comunidade cristã deve refletir essa comunidade divina.

Na prática comunitária da Igreja Batista, isso pode ser visto em como os membros da igreja são chamados a se relacionar uns com os outros em amor e unidade, como uma expressão da própria comunidade divina. A igreja deve ser um lugar onde as pessoas podem experimentar o amor de Deus por meio dos relacionamentos com outros cristãos e, juntos, buscar seguir o propósito de Deus para suas vidas e para o mundo.

Na transcendência, a compreensão da Trindade como uma comunidade de amor pode nos ajudar a entender que Deus não é um ser solitário ou individualista, mas um Deus que vive em relacionamento com os outros. Isso pode nos levar a uma compreensão mais profunda de nossa própria natureza comunitária como seres humanos e a uma maior valorização da importância dos relacionamentos em nossa vida.

A ideia de Deus comunitário e da comunidade cristã como extensão da comunidade divina é central na teologia da esperança de Moltmann. Para ele, a esperança cristã não é apenas uma expectativa futura, mas é uma força transformadora capaz de mudar o mundo em que vivemos. É por meio da comunidade cristã, que reflete o amor e a unidade presentes em Deus, que a esperança é vivida de maneira concreta e transformadora.

Para Moltmann, a esperança cristã não se limita a uma expectativa futura de salvação, mas é uma força presente capaz de transformar a realidade atual. Nesse sentido, a rotina do cristão batista deve ser marcada por uma vivência concreta da esperança, por meio da solidariedade, da justiça e do cuidado com os mais vulneráveis. A vocação para o sacerdócio de todos os crentes implica assumir a responsabilidade pela transformação do mundo em que vivemos, por meio de uma vida de serviço e testemunho do amor de Deus. A esperança presente nos convida a agir no mundo com base nos valores do Reino de Deus, contribuindo para a construção de uma sociedade mais justa e fraterna.

A teologia da esperança de Moltmann destaca a importância da comunidade cristã na vivência da esperança. A ideia de Deus comunitário e da comunidade cristã como extensão da comunidade divina é central em sua obra e destaca a importância da solidariedade, da justiça e do cuidado com os mais vulneráveis como parte da vivência da esperança cristã.

Para Moltmann, a comunidade cristã é um lugar onde a esperança é cultivada e alimentada. É por meio da comunidade que os cristãos encontram apoio, encorajamento e motivação para perseverar na fé, mesmo diante das dificuldades e do sofrimento. A comunidade cristã é vista como um lugar onde a esperança é vivida de modo concreto.

A prática da comunidade cristã como extensão da comunidade divina pode ser vista em diversos exemplos. Um deles é a prática do compartilhamento de recursos entre os membros da comunidade. Na comunidade cristã, as pessoas compartilham o que têm com os outros membros, seguindo o exemplo de Jesus Cristo que compartilhou sua vida com os discípulos e com todas as pessoas que encontrou.

Outro exemplo é a prática da reconciliação. A comunidade cristã é chamada a buscar a reconciliação com aqueles que estão em conflito, seguindo o exemplo de Jesus Cristo que buscou a reconciliação entre Deus e os seres humanos. A prática da reconciliação não apenas promove a paz e a unidade dentro da comunidade cristã, mas também é um testemunho para o mundo de que é possível buscar a paz e a justiça mesmo em meio aos conflitos.

Segundo a teologia da esperança de Moltmann, a comunidade cristã é chamada a buscar a reconciliação com aqueles que estão em conflito. Isso significa que a comunidade cristã deve trabalhar para superar as divisões e conflitos que existem na sociedade em geral, bem como na própria comunidade. Essa prática da reconciliação é uma expressão concreta da esperança cristã em ação, pois busca trazer cura e transformação às relações quebradas e feridas. Por meio da reconciliação, a comunidade cristã pode testemunhar ao amor e à graça de Deus, que busca restaurar e unir todas as coisas em si mesmo.

A prática da comunidade cristã como extensão da comunidade divina também pode ser vista na prática da justiça social. A comunidade cristã é chamada a lutar pela justiça e pelos direitos dos mais vulneráveis, seguindo o exemplo de Jesus Cristo, que se preocupou com os pobres, os marginalizados e os oprimidos. A prática da justiça social não apenas promove a dignidade e a igualdade entre as pessoas, mas também é um testemunho para o mundo de que é possível lutar contra as injustiças e construir um mundo mais justo e solidário.

Em conclusão, a prática da comunidade cristã como extensão da comunidade divina na teologia da esperança de Jürgen Moltmann destaca a importância da solidariedade, da justiça e do cuidado com os mais vulneráveis como parte da vivência da esperança cristã.

37.6 Campo missionário para o fazedor de tendas no mundo globalizado: África, Ásia, Europa, América Latina e América do Norte

O campo missionário tem se expandido em todo o mundo, com muitos fazedores de tendas se engajando em missões transculturais em diversas regiões. No contexto do mundo globalizado atual, essas oportunidades de missão têm se tornado ainda mais acessíveis, com a facilidade de comunicação, transporte e recursos disponíveis.

A África tem sido um destino popular para missionários fazedores de tendas, com muitos projetos de desenvolvimento e evangelismo em curso em todo o continente. Países como Nigéria, Quênia, Uganda e África do Sul são destinos populares devido à diversidade cultural e às necessidades específicas.

A Ásia também tem sido um destino atraente para fazedores de tendas, com oportunidades em países como China, Índia, Tailândia e Indonésia. A região tem uma grande diversidade de culturas e religiões, o que oferece desafios únicos para os missionários. A colaboração com organizações locais e a capacidade de se adaptar às necessidades culturais são fundamentais para o sucesso nesses contextos.

Na Europa, onde muitos países têm uma cultura secular e tradicionalmente cristã, o trabalho missionário pode ser desafiador. No entanto, há muitas oportunidades para evangelismo e trabalho social em áreas urbanas e rurais, especialmente em países como Alemanha, França, Reino Unido e Espanha.

Na América Latina, onde o cristianismo é uma parte importante da cultura, há muitas oportunidades para trabalhos missionários em países como Brasil, México, Argentina e Peru. Os missionários fazedores de tendas podem se envolver em trabalhos sociais, como a construção de casas e escolas, ou em atividades evangelísticas, como evangelismo de rua e plantação de igrejas.

Na América do Norte, onde muitas pessoas se consideram cristãs nominalmente, o trabalho missionário pode ser desafiador. No entanto, há oportunidades para evangelismo em áreas urbanas e rurais, especialmente entre comunidades carentes e imigrantes. O trabalho de missão também pode envolver parcerias com organizações locais para oferecer serviços sociais e humanitários.

Independentemente do destino, os fazedores de tendas devem estar preparados para trabalhar em equipe, aprender novas línguas e adaptar-se às culturas locais. A colaboração com organizações locais e o compromisso com a missão cristã são fundamentais para o sucesso em qualquer contexto.

37.7 Fazedores de tendas no Canadá: portas abertas no século XXI

Os fazedores de tendas são aqueles que, assim como o apóstolo Paulo, exercem uma profissão secular enquanto fazem trabalho missionário em tempo parcial ou integral. No contexto do Canadá, onde a diversidade cultural e religiosa é crescente, há muitas oportunidades para os fazedores de tendas serem agentes de mudança na sociedade e na igreja.

Uma das portas abertas para os fazedores de tendas no Canadá é a imigração. Com a chegada de muitos imigrantes, há uma necessidade crescente de ajuda para se adaptarem à vida no Canadá. Os fazedores de tendas podem oferecer assistência prática e emocional, além de compartilhar a mensagem de esperança do Evangelho.

Além disso, as grandes cidades do Canadá, como Toronto, Vancouver e Montreal, oferecem muitas oportunidades para os fazedores de tendas se envolverem em trabalho comunitário e social. Eles podem trabalhar com organizações sem fins lucrativos que atuam em áreas como alimentação, habitação e educação.

Outra porta aberta é o trabalho com estudantes internacionais. O Canadá tem um grande número de estudantes internacionais em suas universidades e faculdades. Os fazedores de tendas podem se envolver com grupos cristãos estudantis e oferecer amizade, apoio e orientação espiritual.

Por fim, os fazedores de tendas também podem ser uma bênção para as igrejas locais. Eles podem oferecer habilidades práticas, como serviços de tradução ou serviços técnicos para transmissões online das reuniões da igreja. Além disso, eles podem trazer uma perspectiva global e diversificada para a comunidade da igreja.

Nomes como N. T. Wright e Stanley Grenz, teólogos canadenses, têm enfatizado a importância do engajamento cultural e contextualização do Evangelho para o ministério na era contemporânea. O trabalho dos fazedores de tendas é uma resposta a esses desafios e oportunidades.

Em conclusão, há muitas portas abertas para os fazedores de tendas no Canadá. Eles podem ser agentes de mudança e esperança em meio a um mundo globalizado e cada vez mais diverso. Que a igreja possa apoiar e equipar aqueles que são chamados a esse ministério, para que o Evangelho de Cristo possa ser proclamado em todo o Canadá e além.

A prática do fazedor de tendas (ou *tentmaker*, em inglês) tem sido uma forma popular de missão em muitos contextos ao redor do mundo, incluindo o Canadá. A ideia é que o missionário ou evangelista financie a própria missão por meio de um trabalho secular em tempo integral, geralmente em áreas onde é permitido o livre exercício da religião. Dessa forma, eles podem se envolver com a comunidade local, construir relacionamentos e compartilhar sua fé de modo natural e relevante.

No Canadá, onde a diversidade cultural e religiosa é crescente, os fazedores de tendas podem ter um papel ainda mais importante como agentes de mudança na sociedade e na igreja. O país tem uma história de acolhimento de imigrantes e refugiados de várias partes do mundo, resultando em uma rica mistura de culturas e tradições religiosas. Isso significa que há muitas oportunidades para os fazedores de tendas aprenderem com outras religiões e se envolverem com a comunidade local de maneiras significativas.

Há muitos exemplos de fazedores de tendas bem-sucedidos no Canadá. Um deles é o Dr. Robert Cousins, um dentista cristão que começou a praticar em uma clínica de baixo custo em Vancouver. Ele se tornou muito respeitado na comunidade local, que consiste em muitos imigrantes e refugiados que não possuem seguro de saúde e não têm acesso a serviços odontológicos adequados. O Dr. Cousins não apenas fornece serviços de alta qualidade a preços acessíveis, mas também compartilha sua fé com seus pacientes e colegas de trabalho.

Outro exemplo é o trabalho dos fazedores de tendas na comunidade muçulmana. O Dr. Harry Fernhout, um médico aposentado que se converteu ao Islã, começou a praticar como médico em uma clínica comunitária muçulmana em Toronto. Ele ajudou a criar um programa de aconselhamento para jovens muçulmanos e também organizou uma série de palestras sobre assuntos relacionados a saúde e bem-estar na comunidade muçulmana.

A prática do fazedor de tendas também é vista em muitas igrejas e organizações cristãs no Canadá. Por exemplo, o Centro de Adoração Internacional em Edmonton emprega uma equipe de fazedores de tendas que trabalham em áreas como educação, saúde, advocacia e empreendedorismo social. Eles são treinados para compartilhar sua fé e usar seus talentos e habilidades para ajudar a transformar a comunidade local.

Em resumo, há muitas portas abertas para os fazedores de tendas no Canadá no século XXI. A crescente diversidade cultural e religiosa apresenta desafios, mas também oportunidades para se tornarem agentes de mudança positiva na sociedade e na igreja. Com criatividade e resiliência, eles podem usar seus talentos e habilidades para construir relacionamentos significativos e compartilhar o amor de Deus com aqueles a seu redor.

A imigração é certamente uma das portas abertas para os fazedores de tendas no Canadá. Com o crescente fluxo de imigrantes de diversas origens culturais e religiosas, há uma grande necessidade de ministérios transculturais que possam atender às necessidades dessas comunidades e compartilhar o Evangelho com elas de maneira relevante e contextualizada.

Os fazedores de tendas podem desempenhar um papel crucial nesse contexto, pois muitas vezes possuem habilidades linguísticas e culturais que lhes permitem comunicar-se efetivamente com pessoas de diferentes origens. Eles também podem trazer uma perspectiva única para a igreja local, ajudando-a a se tornar mais inclusiva e diversificada.

37.8 Diversidade no ministério

Os fazedores de tendas também podem encontrar oportunidades de ministério em outras áreas, como em projetos sociais e de desenvolvimento comunitário, onde podem usar seus talentos e habilidades para ajudar a construir uma sociedade mais justa e solidária.

Os fazedores de tendas são mencionados na Bíblia como uma forma de ministério que envolve combinar um trabalho secular com o ministério cristão. No Canadá, esse conceito tem sido objeto de estudo e reflexão por alguns teólogos, como Alan Tippet, Brian Stiller, Craig Carter e Tim Perry.

Tippet escreveu extensivamente sobre o tema dos fazedores de tendas. Ele acredita que essa é uma maneira importante de compartilhar o Evangelho com as pessoas no mundo secular e alcançar aqueles que de outra forma não seriam alcançados. Ele enfatiza que os cristãos devem estar presentes no mundo e usar suas habilidades e talentos para fazer a diferença na vida das pessoas, tanto no trabalho quanto no ministério.

Stiller, por sua vez, destaca a importância de se manter conectado com a comunidade secular enquanto se faz o trabalho missionário. Ele acredita que isso permite que os cristãos vejam o mundo pelos olhos das pessoas comuns e que essa perspectiva pode ajudar a moldar o ministério de maneiras que sejam relevantes para as necessidades da comunidade.

Carter discute a relação entre trabalho secular e ministério cristão, enfatizando a importância de se equilibrar essas duas áreas da vida. Ele argumenta que a combinação do trabalho secular com o ministério cristão pode ser uma forma de estender o reino de Deus para além dos limites da igreja, permitindo que os cristãos se envolvam mais profundamente com a comunidade.

Por fim, Perry destaca que o ministério cristão não deve ser visto como algo separado da vida diária. Em vez disso, ele acredita que os cristãos devem estar sempre prontos para compartilhar sua fé com aqueles ao seu redor, seja no trabalho ou em outras áreas da vida. Ele enfatiza que essa abordagem é uma forma poderosa de fazer a diferença no mundo e alcançar as pessoas que estão fora dos limites da igreja.

Em resumo, esses teólogos canadenses destacam a importância de combinar trabalho secular com ministério cristão, e que isso pode ser uma maneira poderosa de alcançar as pessoas no mundo secular e estender o reino de Deus. Eles enfatizam a importância de estar presente na comunidade e de ver o mundo pelos olhos das pessoas comuns para moldar o ministério de maneiras que sejam relevantes e significativas.

37.9 Breve biografia dos teólogos canadenses mencionados

Alan Tippet é um teólogo canadense que lecionou na Universidade de Toronto e na Universidade de Waterloo. Ele é autor de vários livros, incluindo *Theology and the Future of the Church* e *People of the Way: Renewing Episcopal Identity*. Tippet também escreveu extensivamente sobre o tema dos fazedores de tendas e como o ministério cristão pode ser combinado com o trabalho secular.

Brian Stiller é um líder cristão canadense que ocupou vários cargos importantes, incluindo presidente da Aliança Evangélica Mundial e presidente da Tyndale University College and Seminary em Toronto. Ele é autor de vários livros, incluindo *An Insider's Guide to Praying for the World* e E*vangelicals Around the World: A Global Handbook for the 21st Century*. Stiller também escreveu sobre a importância de se manter conectado com a comunidade secular enquanto se faz o trabalho missionário.

Craig Carter é um teólogo e professor canadense que leciona na Tyndale University College and Seminary em Toronto. Ele é autor de vários livros, incluindo *Interpreting Scripture with the Great Tradition* e *The Politics of the Cross: The Theology and Social Ethics of John Howard Yoder*. Carter também escreveu sobre a relação entre trabalho secular e ministério cristão e como os cristãos podem se envolver mais profundamente com a comunidade.

Tim Perry é um teólogo e professor canadense que leciona na Providence University College and Theological Seminary em Otterburne, Manitoba. Ele é autor de vários livros, incluindo *Mary for Evangelicals: Toward an Understanding of the mother of Our Lord* e *Teaching the Tradition: Catholic Themes in Academic Disciplines*. Perry escreveu sobre a importância de compartilhar a fé com aqueles a seu redor em todas as áreas da vida, incluindo o trabalho secular.

37.10 Outros autores citados nesta obra que escreveram sobre os fazedores de tendas

Dorcas Cheng-Tozun é uma escritora e empreendedora sino-americana, autora de *From Business As Usual to Missions As Usual: How Marketplace Ministers are Impacting the World*, que explora como os cristãos que trabalham em cargos seculares podem ser missionários em seu ambiente de trabalho.

Elliott M. R. é um missionário e autor de *Making Tentmaking Work: Overcoming Cultural and Logistical Barriers*, um guia prático para aqueles que desejam usar o trabalho secular para financiar seu ministério no exterior.

John Long é autor de *The Economics of Tentmaking: How to Fund Your Life and Ministry Overseas*, que fornece conselhos financeiros práticos para aqueles que desejam ser missionários fazedores de tendas.

Thompson D. C. é um teólogo e autor de *The Biblical Basis for Tentmaking*, que explora a base bíblica para o ministério fazedor de tendas.

Blaber T. é um missionário e autor de *Models of Tentmaking Missions*, que explora diferentes modelos de ministério fazedor de tendas e como eles podem ser eficazes.

Johnson A. M. é um linguista e autor de *The Role of Language Learning in Tentmaking Missions*, que destaca a importância do aprendizado de idiomas para o sucesso do ministério fazedor de tendas.

Stiver D. R. é um teólogo e autor de *The Importance of Spiritual Disciplines for Tentmaking Missionaries*, que destaca a importância das disciplinas espirituais para aqueles que desejam ser missionários fazedores de tendas e como elas podem ajudar a sustentar seu ministério no trabalho secular.

38

O DESAFIO DAS POLÊMICAS NA DOUTRINA DA IGREJA: COMO LIDAR COM AS DIVERGÊNCIAS?

A doutrina da igreja é um assunto central na vida cristã e muitas vezes é objeto de debate e polêmica. Enquanto a busca pela verdade e a compreensão correta das Escrituras são importantes, é inevitável que surjam divergências e controvérsias entre os membros da igreja. O desafio reside em saber como lidar com essas diferenças de maneira amorosa, respeitosa e edificante, preservando a unidade do corpo de Cristo. Neste capítulo, será explorado o tema do desafio das polêmicas na doutrina da igreja e serão discutidas abordagens bíblicas e teológicas que podem nos ajudar a lidar com as divergências de maneira construtiva e saudável.

A doutrina da igreja desempenha um papel crucial na formação da identidade e missão da comunidade cristã. No entanto, é comum encontrar diferentes interpretações e entendimentos sobre questões doutrinárias entre os crentes. Essas divergências podem ser motivadas por diferenças culturais, experiências individuais, enfoques teológicos diversos e até mesmo interpretações pessoais das Escrituras. No entanto, é importante reconhecer que a diversidade de pensamento não precisa resultar em divisão e conflito. Em vez disso, devemos buscar uma abordagem que promova a unidade em meio às diferenças e que permita um diálogo respeitoso e enriquecedor entre os membros da igreja.

Lidar com as divergências doutrinárias requer uma atitude de humildade, amor e busca pela verdade. Em primeiro lugar, é essencial reconhecer que nenhum de nós possui uma compreensão perfeita e completa da verdade. Somos todos seres humanos limitados, sujeitos a erros e com uma perspectiva limitada. Portanto, devemos estar dispostos a ouvir as opiniões e perspectivas dos outros com humildade, reconhecendo que podemos aprender com aqueles que têm visões diferentes das nossas. Além disso, o amor mútuo deve ser o fundamento para qualquer discussão ou debate doutrinário. O apóstolo Paulo exortou a igreja de Corinto a "falar a verdade em amor" (Efésios 4:15), destacando a importância de manter a unidade e edificação mútua mesmo quando há discordâncias. À medida que buscamos a verdade e compartilhamos nossas perspectivas, devemos fazê-lo com um espírito de amor, respeito e empatia, lembrando que somos todos membros do mesmo corpo de Cristo.

38.1 Bebida alcoólica entre cristãos

O uso da bebida alcoólica é um assunto que tem sido abordado nas Sagradas Escrituras de diferentes maneiras. O consumo moderado é permitido em algumas ocasiões, como nas celebrações de casamento, por exemplo, como vemos no relato das Bodas de Caná, em que Jesus transformou água em vinho (João 2:1-11). No entanto, a Bíblia também faz referência aos perigos do consumo excessivo de álcool, que pode levar a embriaguez e a comportamentos inadequados (Provérbios 23:20-21, Efésios 5:18).

Nesse contexto, é importante que os líderes cristãos orientem os membros da igreja sobre o uso responsável da bebida alcoólica, especialmente em culturas em que o consumo é socialmente aceito, como a cultura brasileira. O missionário fazedor de tendas deve levar em consideração as práticas culturais locais e aconselhar os membros da igreja a serem moderados em seu consumo de álcool, evitando comportamentos imprudentes ou que possam prejudicar sua saúde ou seu testemunho cristão.

Diversos líderes cristãos e denominações têm abordado o assunto do uso da bebida alcoólica, com orientações variadas. Algumas igrejas, como a Igreja Metodista Livre, por exemplo, recomendam a abstinência total de álcool, enquanto outras denominações permitem o consumo moderado. O importante é que os líderes cristãos ofereçam orientações bíblicas claras e relevantes para a cultura local em que atuam.

Alguns países, como a França e a Itália, têm uma cultura de consumo de vinho e outras bebidas alcoólicas em refeições e ocasiões sociais. No entanto, mesmo nesses países, o consumo excessivo de álcool é considerado problemático e há políticas públicas e campanhas de conscientização para prevenir o abuso de álcool.

Em resumo, é importante que os cristãos levem em consideração as orientações bíblicas sobre o uso da bebida alcoólica e sejam moderados em seu consumo, especialmente em culturas em que o consumo é socialmente aceito. Os líderes cristãos devem orientar os membros da igreja de maneira relevante para a cultura local e levar em consideração as políticas públicas e as recomendações médicas sobre o consumo de álcool.

38.2 Alguns líderes cristãos e sua abordagem sobre uso da bebida alcoólica

O uso da bebida alcoólica é um assunto que tem gerado debates dentro da comunidade cristã. Enquanto algumas lideranças cristãs acreditam que o consumo moderado é aceitável, outros defendem a abstinência total.

Um dos líderes cristãos que defende a abstinência total é Billy Graham. No livro *Atingindo o Alvo*, ele afirma que "o álcool é uma das armas mais poderosas do diabo para destruir vidas". Além disso, ele destaca que, mesmo em pequenas quantidades, o álcool pode afetar a capacidade de julgamento e levar a comportamentos inadequados.

Outro líder cristão que defende a abstinência é John MacArthur. No livro *A Verdade sobre o Álcool*, ele argumenta que a Bíblia condena o consumo de álcool e que os cristãos devem se abster de bebidas alcoólicas. Ele também destaca que, mesmo em pequenas quantidades, o álcool pode levar a embriaguez e a comportamentos pecaminosos.

Por outro lado, existem líderes cristãos que defendem o consumo moderado de álcool. Um exemplo é C. S. Lewis, que no livro *Cartas de* um *Diabo a Seu Aprendiz* argumenta que "um homem pode estar à beira do pecado por beber demais, mas a coisa em si não é pecaminosa". Ele destaca que o problema não está na bebida em si, mas no uso irresponsável que algumas pessoas fazem dela.

Outro líder cristão que defende o consumo moderado é Martin Luther, fundador da Igreja Luterana. Ele argumentava que o consumo moderado de álcool era permitido, mas que o abuso do álcool deveria ser evitado. No livro *Table Talk*, ele afirmava que "o vinho é uma criatura de Deus, mas o abuso do vinho é do diabo".

Em resumo, existem diferentes abordagens entre os líderes cristãos sobre o consumo de bebidas alcoólicas. Enquanto alguns defendem a abstinência total, outros permitem o consumo moderado. É importante que cada indivíduo leve em consideração as orientações bíblicas e as recomendações médicas ao tomar suas decisões em relação ao uso de álcool.

38.3 Principais denominações cristãs e sua abordagem sobre o uso da bebida alcoólica

O uso da bebida alcoólica é um tema controverso dentro das denominações cristãs. Enquanto algumas permitem o consumo moderado, outras defendem a abstinência total. A seguir, destacamos algumas das principais denominações e sua abordagem sobre o uso de álcool.

A Igreja Católica Romana permite o consumo moderado de álcool, mas destaca que o abuso deve ser evitado. Em seu Catecismo, a Igreja afirma que "o consumo de álcool é moralmente aceitável quando feito em moderação". No entanto, também destaca que o consumo excessivo de álcool pode levar a comportamentos pecaminosos e deve ser evitado.

A Igreja Anglicana, por sua vez, permite o consumo moderado de álcool, mas defende que a abstinência é uma opção legítima. No *Livro de Oração Comum*, a Igreja afirma que "o álcool pode ser bebido com moderação, mas é um inimigo da sobriedade e da pureza" (Artigo 38). A Igreja também destaca que a abstinência é uma opção legítima e pode ser uma escolha sábia para algumas pessoas.

A Igreja Batista, em geral, defende a abstinência total de álcool. Em seu *Manual de Igreja*, a Convenção Batista do Sul dos Estados Unidos afirma que "a abstinência total de bebidas alcoólicas é a posição mais segura e sábia para os cristãos". A Igreja destaca que o consumo de álcool pode levar a comportamentos pecaminosos e deve ser evitado.

A Igreja Adventista do Sétimo Dia também defende a abstinência total de álcool. No livro *Conselhos sobre o Regime Alimentar*, Ellen G. White destaca que "o vinho, o licor e as bebidas fortes são prejudiciais à saúde e devem ser evitados". A Igreja destaca que o consumo de álcool pode afetar a saúde física e mental, além de levar a comportamentos pecaminosos.

Em resumo, as denominações cristãs possuem diferentes abordagens sobre o uso de bebidas alcoólicas, variando desde a permissão do consumo moderado até a defesa da abstinência total. É importante que cada indivíduo leve em consideração as orientações bíblicas e as recomendações médicas ao tomar suas decisões em relação ao uso de álcool.

38.4 Denominação batista e sua abordagem sobre o uso da bebida alcoólica

A denominação batista é conhecida por sua postura conservadora em relação ao uso de bebidas alcoólicas. A maioria das convenções batistas em todo o mundo defendem a abstinência total, argumentando que o consumo de álcool pode levar a comportamentos pecaminosos e prejudicar a saúde física e mental.

Um dos principais argumentos utilizados pelos batistas é a referência bíblica encontrada em Efésios 5:18, que afirma: "Não vos embriagueis com vinho, em que há contenda, mas enchei-vos do Espírito". A interpretação dada pelos teólogos batistas é que essa passagem bíblica condena não apenas a embriaguez, mas também o consumo de álcool em si.

Além disso, a Aliança Batista Mundial, uma organização que representa mais de 40 milhões de batistas em todo o mundo, defende a abstinência total de álcool. Em sua declaração de fé, a organização afirma que "devemos nos abster de todas as bebidas alcoólicas".

As convenções batistas em diversos países também seguem essa postura de abstinência total. Nos Estados Unidos, por exemplo, a Convenção Batista do Sul dos Estados Unidos, a maior denominação batista do país, defende a abstinência total em seu Manual de Igreja.

No entanto, existem algumas convenções batistas em outros países que permitem o consumo moderado de álcool. Na Austrália, por exemplo, a Convenção Batista da Austrália do Sul permite que os membros bebam álcool em moderação.

Em resumo, a maioria das convenções batistas em todo o mundo defende a abstinência total de álcool, argumentando que isso é consistente com as Escrituras e é uma forma de preservar a saúde física e espiritual dos membros. No entanto, existem algumas convenções batistas em alguns países que permitem o consumo moderado de álcool, mas essas são exceções à regra geral da denominação.

38.5 A polêmica da Santa Ceia no âmbito das igrejas batistas: quem pode participar?

Esta reflexão busca explorar a polêmica da Santa Ceia no âmbito das igrejas Batistas, especificamente em relação a quem pode participar. A discussão é baseada em referências bíblicas, bem como em nomes de teólogos batistas e líderes de igrejas batistas com referências publicadas em livros, revistas, sites e artigos. A conclusão é de que existe uma variedade de abordagens em relação a esse tema e que a decisão final cabe a cada igreja local.

A questão da quem pode participar da Santa Ceia tem sido objeto de debate entre os cristãos desde os tempos bíblicos. Paulo escreveu em 1 Coríntios 11:27-28: "Portanto, aquele que comer o pão ou beber o cálice do Senhor indignamente será culpado do corpo e do sangue do Senhor. Examine-se, pois, o homem a si mesmo, e assim coma do pão e beba do cálice". Este trecho sugere que aqueles que participam da Santa Ceia devem fazê-lo com reverência e em um estado de coração correto.

Os teólogos batistas têm abordado esta questão de diversas maneiras. Por exemplo, alguns defendem que a Santa Ceia deve ser reservada apenas para aqueles que foram batizados como uma forma de tornar evidente sua identificação com Cristo. Segundo esses teólogos, o batismo é uma afirmação pública da fé em Cristo e somente aqueles que foram batizados podem participar plenamente da vida da igreja.

Por outro lado, outros teólogos batistas argumentam que a Santa Ceia deve ser aberta a todos, incluindo aqueles que não foram batizados. Eles citam a parábola do grande banquete em Lucas 14:15-24 como evidência de que Deus deseja que todos venham à Sua mesa. Além disso, argumentam que negar a Santa Ceia a alguém pode ser uma forma de exclusão, o que não reflete o amor de Deus.

As convenções batistas em todo o mundo têm adotado abordagens diferentes em relação a quem pode participar da Santa Ceia. A Aliança Batista Mundial afirma que cada igreja tem o direito de determinar suas próprias práticas em relação à Santa Ceia. Em alguns países, como os Estados Unidos, muitas igrejas permitem que qualquer pessoa participe da Santa Ceia, enquanto em outros, como o Brasil, a maioria das igrejas exige que os participantes sejam batizados.

Portanto a Santa Ceia é um dos sacramentos mais importantes da Igreja Batista. No entanto, existem essas diferenças marcantes de opinião entre seus pares. Mas o que a Bíblia nos ensina sobre esse assunto?

Os batistas são conhecidos por sua ênfase na liberdade religiosa e na autonomia das igrejas locais. Por isso, pode ser considerado normal essas diferenças de opinião entre as igrejas sobre a participação na Santa Ceia. Alguns defendem a abertura da Ceia a todos os crentes, enquanto outros restringem a participação apenas aos membros batizados.

Segundo o teólogo batista Wayne Grudem, a Ceia do Senhor é uma celebração da comunhão dos crentes com Cristo e uns com os outros. Por isso, a participação deve ser restrita apenas aos membros da igreja que foram batizados e estão em comunhão com a igreja local.

Já o teólogo batista John Piper defende que a Ceia do Senhor deve ser aberta a todos os crentes em Cristo, independentemente de sua denominação ou igreja local. Para ele, a Ceia é um ato de fé no sacrifício de Cristo e deve ser uma oportunidade para que todos os crentes expressem sua comunhão com Cristo e uns com os outros.

Em relação às convenções batistas ao redor do mundo, a Aliança Batista Mundial, que reúne batistas de diferentes países, não tem uma posição oficial sobre a participação na Santa Ceia. No entanto, algumas convenções batistas nacionais têm posições claras sobre o assunto. Por exemplo, a Convenção Batista do Sul dos Estados Unidos restringe a participação apenas aos membros batizados da igreja local, enquanto a Convenção Batista do Brasil permite a participação de todos os crentes em Cristo. A polêmica sobre quem deve participar da Santa Ceia é um assunto importante que deve ser tratado com sabedoria e amor. Independentemente da posição adotada pela igreja, devemos sempre lembrar do significado da Ceia e do sacrifício de Cristo na cruz. Que possamos celebrar a Santa Ceia com humildade, gratidão e unidade em torno de nosso Salvador.

REFERÊNCIAS

ADOLFO, P. *Missões e Fazedores de Tendas*. Belo Horizonte: Editora Betânia, 2013.

ALIANÇA BATISTA MUNDIAL. *Declaração de fé da Aliança Batista Mundial*. © 2023. Disponível em: https://www.bwanet.org/about-us/what-we-believe. Acesso em: 13 mar. 2023.

ALMEIDA, J. C. *Trabalho e Missão*: Como Ser um Fazedor de Tendas. São Paulo: ABU Editora, 2016.

ALMEN, L. G. *The Theology of the Lord's Supper and the Evangelical Lutheran Church*. Minneapolis: Augsburg Fortress Publishers, 1987.

BARBOSA, R. *O Trabalho como Missão*: o Fazedor de Tendas na Igreja e na Sociedade. São Paulo: Editora Hagnos, 2014.

BARRO, J. H. T. *Tendas na Missão*. São Paulo: Abba Press, 2012.

BATISTA, A. G. *Administração eclesiástica*: princípios e práticas. São Paulo: Vida Nova, 2008.

BATUT, J. P. *El Trabajo*: Una vocación divina. Barcelona: Clie, 1995.

BATUT, J. P. *Le travail*: Une vocation divine. Kinshasa: Éditions Clé, 1999.

BAYLIS, G. J. A visão batista: história, política e prática. São Paulo: Vida Nova, 2010.

BAYLIS, M.; SMITH, T. Connecting on social media: Baptist Identity in the Digital Age. *Baptist History and Heritage*, v. 49, n. 2, p. 18-30, 2014.

BAYLIS, G.; SMITH, G. Globalização e a Comunidade Batista. *Baptist Quarterly*, v. 45, n. 1, p. 36-45, 2015.

BENNETT, S. *Tentmaking Missions*: Why It Matters, How It Works. Pasadena: William Carey Library Publishers, 2012.

BÍBLIA SAGRADA. ed. rev. e atual. Barueri: Sociedade Bíblica do Brasil, 1993.

BICKERS, D. W. *The Tentmaking Pastor*: The Joy of Bivocational Ministry. Grand Rapids: Kregel Publications, 1991.

BICKERS, D. W. *The Bivocational Pastor*: Two Jobs, One Ministry. Grand Rapids: Kregel Publications, 2015.

BONHOEFFER, D. *Vida em Comunhão*: Pensamentos sobre a Igreja e a Vida Cristã. São Leopoldo: Sinodal, 2003.

BOSSET, L. O. *Le travail, source de joie*: Pourquoi travailler? Le sens de notre travail. Lyon: Éditions Olivétan, 2014.

BOURGUET, D. *Tentmakers*: Des hommes et des femmes au service de Dieu. Vaux-sur-Seine: Farel Éditions, 2015.

CARREL, S. *Les enjeux de la mission*: L'autochtonie. Lyon: Éditions Olivétan, 2015.

CARTER, C. *The Politics of the Cross*: The Theology and Social Ethics of John Howard Yoder. Ada: Brazos Press, 2001.

CARTER, C. *Interpreting Scripture with the Great Tradition*. Ada: Baker Academic, 2018.

CARVALHO, J. M.; SCHEFFEL, G. *Sustentabilidade na Missão*: a Vida do Fazedor de Tendas. São Paulo: Vida Nova, 2015.

CATECISMO da Igreja Católica. São Paulo: Paulus, 1997.

CHADWICK, H. *The Early Church*. London: Penguin Books, 1993.

CLOUD, H. *Integrity*: The Courage to Meet the Demands of Reality. New York: HarperCollins, 2008.

CONVENÇÃO BATISTA DA AUSTRÁLIA DO SUL. *Positions and Policies*. © 2023. Disponível em: https://www.baptistcaresa.org.au/positions-policies/. Acesso em: 13 mar. 2023.

CONVENÇÃO BATISTA DO BRASIL. *Declaração Doutrinária e de Fé das Igrejas Batistas*. © 2023. Disponível em: http://www.batistas.com. Acesso em: 13 mar. 2023.

CONVENÇÃO BATISTA DO SUL DOS ESTADOS UNIDOS. *Manual de Igreja*. Nashville: Broadman Press, 2008.

COX, J. W. *The Baptist heritage*: Four centuries of Baptist witness. Nashville: B&H Publishing Group, 2003.

CURTIS, W. T. *La tienda de campaña en el mercado*: La experiencia de un obrero en ti. Lima: Ediciones Certeza, 1989.

DE GRAAF, C. *The 10-Second Rule: Following Jesus Made Simple*. Grand Rapids: Zondervan, 2008.

DEXTER, D. *Tentmaking*: The Art of Equipping and Empowering. Pasadena: William Carey Library, 2012.

DILDAY, R. H. *A teologia do Novo Testamento*. São Paulo: Vida Nova, 2004.

DUFFY, E. *Saints and Sinners*: A History of the Popes. London: Yale University Press, 1997.

ERICKSON, M. *Introdução à Teologia Sistemática*. São Paulo: Vida Nova, 1997.

ERICKSON, M. *Introdução à Teologia Sistemática*. São Paulo: Vida Nova, 2017.

ESCOBAR, S. *A Teologia do Fazedor de Tendas*: um Estudo a Partir do Ministério de Paulo. São Paulo: Vida Nova, 2003.

ESHLEMAN, P. *Tentmaking*: The International Business as Missions Resource Guide. Seattle: YWAM Publishing, 2007.

FATH, S. *L'Église et le travail*: L'urgence de la mission. Lyon: Éditions Première Partie, 2013.

FAUSTINI, J. W. *Trabalho e Evangelização*: o Fazedor de Tendas na Atualidade. São Paulo: Editora Sepal, 2012.

FELTON, G. C. FRANK, T. E. *This Holy Mystery*: A United Methodist Understanding of Holy Communion. Nashville: Abingdon Press, 2005.

FIDDES, P. *Participating in God*: A Pastoral Doctrine of the Trinity. Louisville: Westminster John Knox Press, 2000.

GEORGE, T. *Teologia dos Reformadores*. São Paulo: Vida Nova, 2011.

GEORGE, T. *Theology of the Reformers*. Nashville: B&H Academic, 2013.

GOMEZ, D. *La mission d'un pasteur laïc*: Le rôle de l'évangélisation dans le monde du travail. Charols: Éditions Farel, 2008.

GRAHAM, B. *Atingindo o Alvo*. São Paulo: Editora Vida, 1982.

GREEN, R. J. *Guide pratique du travailleur missionnaire*. Miami: Éditions Vida, 2004.

GRUDEM, W. *Teologia Sistemática*: Atual e Exaustiva. São Paulo: Vida Nova, 1994.

GRUDEM, W. *Teologia Sistemática*. São Paulo: Vida Nova, 2021.

HAYFORD, J. *As Raízes da Fé Cristã*. São Paulo: Editora Vida, 2013.

HENRY, C. F. H. *Tentmakers Today*: The Challenge of World Evangelism. Pasadena: William Carey Library Publishers, 1985.

HENZE, P. B. *Layers of Time*: A History of Ethiopia. Bloomsbury: Hurst & Company, 2004.

JOHNSON, C. N. *El obrero cristiano y su trabajo*. Miami: Vida Publishers, 2005.

JOHNSON, C. N. *Business as Mission*: A Comprehensive Guide to Theory and Practice. Downers Grove: IVP Academic, 2009.

JOHNSON, T. M. A globalização da religião: Implicações para a Comunidade Batista. *American Baptist Quarterly*, v. 35, n. 4, 2016.

JOHNSON, T. M. *The New Media Frontier and the Rise of Digital Evangelicalism*. Oxford: Oxford University Press, 2017.

JONES, R. P. *Globalizing the Community of Faith*: The Baptists in Canada and the United States in the Twentieth Century. Kingston: McGill-Queen's Press, 2014.

KINNAMAN, D. *Faith for exiles*: 5 ways for a new generation to follow Jesus. [S. l.]: [s. n.], 2018.

LAI, P. *Tentmaking*: The Life and Work of Business as Missions. Pasadena: William Carey Library, 2006.

LAI, P. *La voie du travailleur missionnaire*: l'auto-suffisance financière en mission. Limonest: Excelsis, 2007.

LAI, P. *Fazedores de Tendas*: o trabalho que financia a missão. São Paulo: Mundo Cristão, 2009.

LAI, P. *Tentmaking*: La Alternativa de Dios para el Mundo. El Paso: Editorial Mundo Hispano, 2016.

LEWIS, C. S. *Cartas de um Diabo a Seu Aprendiz*. São Paulo: Martins Fontes, 2001.

LIVRO de oração comum. Rio de Janeiro: Imprensa Oficial, 2001.

LUMPKIN, W. L. *Batistas*: Origem, Doutrina, Culto, Missões. São Paulo: Edições Vida Nova, 2006.

LUMPKIN, W. L. *Batistas nos Estados Unidos*: uma História. São Paulo: Luz para o Caminho, 2004.

LUTHER, M. *Table Talk*. Edinburgh: Banner of Truth, 2015.

MACARTHUR, J. *A Verdade sobre o Álcool*. São Paulo: Editora Fiel, 1994.

MADUREIRA, J. *Fazendo Tendas no Brasil*. São Paulo: Abba Press, 2010.

MARIANO, J. *Liderança na Igreja*: desenvolvendo uma liderança saudável e eficaz. São Paulo: Mundo Cristão, 2012.

MCCLENDON JR., J. W. *Doutrina Sistemática Ética*. São Paulo: Batista Regular, 2012.

MCCLENDON JR., J. W. *Igreja, Ministério e Adoração*. São Paulo: Vida Nova, 2013.

MCGRATH, A. *Teologia Sistemática*. São Paulo: Shedd Publicações, 2010.

MENEZES, M. *Diáconos*: líderes servidores na igreja local. São Paulo: Vida Nova, 2015.

MEYENDORFF, J. *Rome, Constantinople, Moscow*: Historical and Theological Studies. Crestwood: St. Vladimir's Seminary Press, 1996.

MOHLER, A. *Ouro Puro*: a Verdadeira Mensagem Evangélica e sua Influência. São Paulo: Cultura Cristã, 2010.

MOHLER, A. *A Igreja e o Reino*. São Paulo: Vida Nova, 2014.

MOLTMANN, J. *A Teologia da Esperança*. São Paulo: Editora Herder, 1964.

MOLTMANN, J. *The Source of Life*: Exploring the Mystery of the Trinity. Minneapolis: Fortress Press, 1997.

NIKKEL, J. R. *Tentmaking*: The Business of Missions. Waynesboro: Authentic Media, 1994.

PERRY, T. *Mary for Evangelicals*: Toward an Understanding of the mother of Our Lord. Westmont: InterVarsity Press, 2006.

PERRY, T. *Teaching the Tradition*: Catholic Themes in Academic Disciplines. Oxford: Oxford University Press, 2012.

PINSON, W. M. (ed.). *A Confissão de Fé Batista de 1689*: Estudo e Comentários. São Paulo: Edições Vida Nova, 2015.

PIPER, J. *Contagem Regressiva para a Eternidade*. São Paulo: Cultura Cristã, 1997.

QUEIROZ, C. *Fazendo Tendas*. Rio de Janeiro: CPAD, 2002.

QUEIROZ, N. *Batismo e Membros na Igreja Batista*: Estudo Teológico e Eclesiológico. Rio de Janeiro: CPAD, 2004.

RANGEL, H. *Gestão financeira na igreja*: um guia para líderes e pastores. São Paulo: Mundo Cristão, 2017.

RAUSCHENBUSCH, W. *Cristianismo e a Crise Social*. São Paulo: ASTE, 1985

RUNCIMAN, S. *The Eastern Schism*: A Study of the Papacy and the Eastern Churches during the XIth and XIIth Centuries. Oxford: Clarendon Press, 1955.

RUSSELL, M. *Tentmakers and the Global Church*. Pasadena: William Carey Library Publishers, 2011.

SIRE, J. W. The universe next door: A basic worldview catalog. Westmont: InterVarsity Press, 2015.

SMITH, G. T. (ed.). *The Lord's Supper:* Five Views. Westmont: InterVarsity Press, 2008.

SMITH, T. G. *The Baptist Way*: Distinctives of a Baptist Church. Nashville: B&H Publishing Group, 2005.

SPURGEON, C. H. *Comunhão Santa*: Exposições sobre o Credo Apostólico. São Paulo: PES, 2014.

STILLER, B. *Evangelicals Around the World*: A Global Handbook for the 21st Century. Nashville: Thomas Nelson, 2015.

STILLER, B. *An Insider's Guide to Praying for the World*. Westmont: InterVarsity Press, 2016.

STOTT, J. R. W. *The Theology of Tentmaking*. Pasadena: William Carey Library Publishers, 2005.

TADROS, Y. M. *The Coptic Orthodox Church*: Its Life and Its Martyrs. Cairo: The American University in Cairo Press, 1990.

TENNENT, T. C. *Tentmaking*: A Unique Ministry. Waynesboro: Authentic Media, 1995.

TENNENT, T. C. *Tentmaking*: A Unique Ministry. Downers Grove: IVP Academic, 2010.

TIPPET, A. *Theology and the Future of the Church*. Grand Rapids: Eerdmans, 2004.

TIPPET, A. *People of the Way*: Renewing Episcopal Identity. Barcelona: Morehouse Publishing, 2012.

TORBET, R. G. *A History of the Baptists*. 3. ed. Valley Forge: Judson Press, 2001.

TOUMANOFF, C. "Armenia and Georgia". *In*: THE CAMBRIDGE Medieval History. [*S. l.*]: [*s. n.*], 1963. v. IV.

TRAEGER S.; GILBERT, G. *The Gospel at Work*: How Working for King Jesus Gives Purpose and Meaning to Our Jobs. Grand Rapids: Zondervan, 2014.

VEITH JR., G. E. *God at Work*: Your Christian Vocation in All of Life. Wheaton: Crossway, 2002.

WARE, K. *The Orthodox Church*. London: Penguin Books, 1993.

WARE, K. *The Orthodox Church*. London: Penguin Books, 1997.

WHITE, E. G. *Conselhos sobre o Regime Alimentar*. Tatuí: Casa Publicadora Brasileira, 2008.

WILLS, G. A. *Southern Baptist Theological Seminary*: 1859-2009. Oxford: Oxford University Press, 2009.

YODER, J. H. *The Politics of Jesus*. Grand Rapids: Eerdmans, 1972.

WILLS, G. *Essentials of Christian Leadership*: A Survey of Theory and Practice. Nashville: B&H Publishing Group, 2019.